KB133721

아Q 생명의 여섯 순간

고전 새로 읽기

아Q 생명의 여섯 순간

왕후이의 아Q정전 새로 읽기

왕후이 지음 **김영문** 옮김

너머북스

아Q 생명의 여섯 순간

– 왕후이의「아Q정전」새로 읽기

2015년 8월 17일 제1판 1쇄 인쇄
2015년 8월 25일 제1판 1쇄 발행

지은이 왕후이
옮긴이 김영문
펴낸이 이재민, 김상미

편집 이상희
디자인 달뜸창작실, 최인경

종이 다올페이퍼
인쇄 천일문화사
제본 광신제책

펴낸곳 너머북스
주소 서울시 종로구 자하문로 100-1(청운동 108-21) 청운빌딩 201호
전화 02) 335-3366, 336-5131 팩스 02) 335-5848
등록번호 제313-2007-232호

ISBN 978-89-94606-38-5 03820

너머북스와 너머학교는 좋은 서가와 학교를 꿈꾸는 출판사입니다.

중국 문제에 주목하여

중국 이야기를 다시 빚자.

일러두기

1. 이 책은 왕후이, 『아Q의 생명의 여섯 순간 – 왕후이의 「아Q정전」 새로 읽기』(汪暉, 阿Q生命中的六个瞬間, 상해: 화동사범대학출판사, 2012)를 번역한 본문과 루쉰, 『루쉰전집魯迅全集』(북경: 인민문학출판사, 2005) 제1권에 실린 「아Q정전」을 번역한 부록으로 이루어져 있다.
2. 부록 「아Q정전」은 본문의 번역자가 새로 번역한 것이다.
3. 이 책에 나오는 중국 인명, 지명 등은 중국어 발음으로 표기하였다.
4. 본문의 내용을 이해하는 데 직접 도움이 되는 것은 각주로 두고, 서지사항 등은 미주로 두었다. 부록 「아Q정전」의 주는 모두 미주로 두었다.

이 글을 쓰는 이유

사상사 부문에서 '유대인'이라는 주제는 줄곧 하나의 '문제'로 우리 앞에 가로놓인 채 많은 사람에게 다양한 사고의 실마리를 제공한다. 지금 3천 년 역사에서 일찍이 없었던 대변화의 국면을 맞아 두드러지게 드러나는 현상 중 하나는 이제 '중국인' 역시 하나의 주제가 되어 세계의 면전에 가로놓여 있다는 사실이다. 이 또한 논란이 분분한 연구 대상이 되고 있다. 중국의 강력한 굴기에 따라 이 주제는 날이 갈수록 더 두드러지고 첨예해지고 있다. 당신이 어떤 견지에 서 있든 이것은 미래의 몇 세대 사람들까지 반드시 받아들이고 떠맡아야 할 임무가 되었다. 그 원인을 탐구해보면 간단한 대답을 얻을 수 있다. 그것은 바로 중국인이 떨쳐 일어났기 때문이다.

백 년 동안 '낙후된 상태에서 구타당한' 중국인의 절실한 경험을 통해 우리는 '세계 보편의 신화'에 확신을 갖게 되었다. 중국은 '동아병부'東亞病夫라 불리던 약골이었던지라 서구의 '약방'에서 보약을 지어 먹어야 성인으로 자랄 가망이 있었다. 이 때문에 우리는 기술 발전 과정에서 '그것의 노예가 되는 길'을 선택했다. 또 우리는 절대적 희화화 과정에서 '민주'를 받아들였으며, 대중이 침을 뱉는 과정에서 '자유'를 수용했다. 오늘날 현대 기술의 장관이 펼쳐지고 있다. 우리가 보유해야 할 것이 어느 시대보다 많지만 잃어야 할 것도 어느 시대보다 많은 듯하다. 떨쳐 일어난 신체는 튼실해졌지만 우리는 아직도 머리를 가누는 방법을 알지 못한다.

중국에는 『서유기西遊記』라는 신화가 있다. 스승과 제자 네 명이 온갖 고난을 무릅쓰고 서역으로 '불경을 구하러' 간다는 내용이다. 이 신화에 '숨은 뜻'은 '불경을 구하는' 일이 쉽지 않다는 것이다. 여행길 내내 요괴와 귀신이 계속해서 출현한다. 진짜 불경을 구하기는 더욱 어렵다. 여정 중 진짜와 가짜의 유혹이 끊임없이 이어진다. 목전의 중국도 사실 '불경을 구하는' 길을 가고 있다. 이른바 "감히 묻건대 길은 어디에 있는가?"라는 상황이 전개되고 있다.

'불경'을 구하는 목적은 물론 염불을 하기 위해서다. 염불을 하는 목적은 당연히 '득도'를 하기 위해서다. 문제는 우리가 갈망하는 '득도'의 열매가 무엇이며, 우리에게 필요한 불경은 무엇인가 하는 점이다. 어디에서 '불경을 구하'고, 무슨 '불경'을 구하며, 어떤 '불경'으로 염불할 것인가? 이것은 물론 중국 굴기의 여정과 중국 민족 부흥의 노정과 밀접하게 연관된 일이다.

우리는 우리의 사상 식단을 정리하고 분석하여, 현란한 사상의 스펙트럼 속에서 중국인의 '바탕색'을 찾아 중국의 '이야기'를 다시 빚어내고 중국의 '문제'에 주목해야 한다. 이것이 우리가 기대하는 일일 뿐만 아니라 이 책의 여섯 가지 분석의 취지가 지향하는 바이기도 하다.

뎬뎬點點

2011년 8월 10일

한국어판 서문

여행 도중 니웨이궈倪爲國 선생의 편지를 받았다. 『아Q 생명의 여섯 순간-왕후이의 「아Q정전」 새로 읽기阿Q生命中的六个瞬間』가 이미 한국어로 번역되어 출판을 앞두고 있고, 출판사에서 길이에 상관없이 한국 독자를 위해 서문을 한 편 써달라고 요청하는 내용이었다. 2014년에 나의 루쉰 관련 첫 저작 『절망에 반항하라反抗絶望』 한국어판이 출판되었는데, 1989년에서 1990년까지 이 책의 중국어판을 편집한 사람도 바로 니웨이궈 선생이었다.

손꼽아 보면 우리가 우정을 쌓은 지 벌써 30년이 가까워온다. 기실 나와 한국 친구들 간의 교류는 루쉰에 대한 사고에서 비롯되었고, 그 인연은 바로 『절망에 반항하라』 한국어판 출간으로 시작되었다. 나에게 루쉰은 20세기 중국의 문화유산으로 인식될 뿐 아니라 동시대 아시아 내지 전 세계 피압박민족의 정신적 스승으로 인식된다. 한국의 지성계에서도 루쉰은 단지 '중국 작가'의 한 사람에 그치지 않는 듯하다. 내가 아는 몇몇 한국 친구도 모두 한국 사회를 사색하기 위한 필수불가결의 사상 자원으로 루쉰을 인식하고 있었다.

「아Q정전」은 루쉰의 문학작품 중에서 가장 유명한 소설이며 이에 대한 평론도 이루 헤아릴 수 없을 정도로 많다. 소설이 탄생한 순간부터 거의 모든 독자가 이 작품이 위대하다는 사실을 부인하지 못했다. 그러나 주제, 묘사방법, 창작동기를 둘러싸고 끊임없이 논쟁이 발생했다. 루쉰도 생전에 이례적으로 이 소설에 대해 여러 번 해설을 하며 평론가들의 담론에 응답했다. 당시의 평론에 루쉰은 그리 만족하지 못한 듯하다. 『절망에 반항하라』를 쓸 때도 나는 이 소설을 언급한 적이 있지만 중점적으로 분석할 기회는 갖지 못했다. 지금까지 언급한 사람이 매우 많기 때문에 새로운 의미를 길어내기 쉽지 않다.

대체로 7~8년 전 나는 칭화대학清華大學에서 학부생을 위해 '루쉰 작품 강독' 과목을 개설한 적이 있다. 루쉰의 잡문, 소설, 수필 가운데 10여 편을 뽑아 전부 여덟 번 강의를 진행하면서 텍스트를 자세하게 읽었다. 강독 과정에서 나는 「아Q정전」과 『새로 쓴 옛날이야기故事新編』에 대해 분명하게 해설할 수 없었다. 매번 강의 전에 텍스트를 자세히 읽었지만 강의 원고를 쓸 수 없었다. 그러나 뜻밖에도 학생들뿐 아니라 나 자신도 이 두 차례 강의에서 가장 풍성한 수확을 얻었다. 바로 이 두 차례 강의를 통해 나는 거의 30년 전에 형성된 기존 해석의 틀을 돌파할 계기를 마련했다. 조교가 여덟 번의 강의 녹음을 정리해놓았지만 나는 지금까지 「아Q정전」에 관한 이 한 편의 글만 수정하여 출판했다. 기타 각 편들은 아직 내 컴퓨터 속에서 조용하게 잠들어 있다.

그러나 그 강의가 끝난 뒤 나는 대학원생을 위한 전문 과목을 개설했고 『새로 쓴 옛날이야기』에 실린 스토리 여덟 편을 차례차례 자세히 읽고 토론했다. 아직 책으로 출간하지는 않았지만 해석의 체계는 다 잡혀 있다. 적어도 나에게 그 강의는 정말 망외의 수확이라 할 만했다. 『절망에 반항하라』를 출판하고 나서 지금까지 나는 이미 25년간 루쉰에 관한 연구에 종사하지 못했다. 그러나 루쉰에 관한, 그리고 그의 사상과 문학에 관한 끊임없는 논쟁이 수시로 나의 뇌리를 맴돌곤 했다. 나는 때가 되면 루쉰을 새롭게 해석할 수 있을 것으로 생각한다.

책의 형식으로 출판하기 전인 2011년에 나는 이 강의 원고를 논문 형식으로 먼저 상하이의 『현대 중문 학간現代中文學刊』에 발표했다. 당시는 바로 신해혁명 100주년이 되는 해였다. 「아Q정전」은 국민성에 대한 비판일 뿐 아니라 1911년 혁명에 대한 사색이기도 하다. 루쉰은 여러 해가 지난 뒤 다시 또 혁명이 일어난다 해도 아Q와 같은 혁명당이 거듭 생겨날 것이라고 했다. 이러한 의미에서 이 소설은 신해혁명에 대한 사색일 뿐 아니라 장차 반복해서 출현할 수 있는 혁명과 혁명가에 대한 탐색이라고도 할 수 있다. 강의 원고에서 나는 아Q의 생명과정 속 여섯 순간을 집어낸 뒤 그것을 이러한 혁명 문제와 결합하여 자세히 분석했다. 나는 이것을 20세기 중국의 위대한 발단에 바치는 제례의식으로 삼고자 했다.

「아Q정전」 스토리는 1911년 신해혁명 전후에 발생했다. 이는 한반도가 일본의 식민지로 전락한 시기와 서로 중첩된다. 루쉰이 이 작품을 쓴 시기도 1919년의 '5.4운동'이 퇴조한 시기였고, '5.4운동'의 폭발도 바로 같은 해 한국에서 있었던 '3.1독립만세운동'의 폭발과 서로 중첩된다. 상호 연관된 역사를 새롭게 이해하려는 우리에게 루쉰의 해석이 어쩌면 또 다른 의미를 던져줄지도 모른다.

아Q의 시대는 분명 지나갔다. 일찍이 1926년에 중국의 영향력 있는 비평가들이 그렇게 선언했다. 그 후에도 거듭해서 그렇게 단언한 사람들이 있었지만 아Q의 시대는 생각지도 못한 방식으로 다시 등장하곤 했다. '죽어버린 아Q시대' 이후에도 우리는 우리 시대의 내부에 잠복해 있는 아Q적 요소들을 쉽게 찾아낼 수 있다. 나는 이 책 '나가는 글'에서 루쉰의 작품이 중·고등학교 교과서에 들어가야 하는지와 관련된 논쟁을 언급했다. 그것은 바로 루쉰이 아직까지 살아 있다는 증거다. 하지만 그것이 루쉰의 본래 의도와는 전혀 부합하지 않는다. 루쉰은 자신의 작품이 '빨리 썩어 없어져야' 한다고 했기 때문이다.

이제 글의 말미에 옮긴이 김영문의 헌신에 감사드린다. 그들은 '빨리 썩어 없어져야' 할 이 작품의 수명을 연장하여 한국 독자와 만나게 했다. 나는 이제 다행히 이러한 인연을 계기로 한국 독자들의 비평을 고대할 수 있게 되었다.

2015년 4월 20일 월요일

베니스에서 왕후이

삼가 이 책으로

새로운 시대의 발단이 된

신해혁명을 기념하고자 한다.

차례

들어가는 글

이 책에서는 「아Q정전」을 새롭게 읽으려 시도했다. 저자는 아Q 생명 과정의 여섯 순간을 세밀히 분석해 '정신승리법'의 순간적인 효력 상실과 그 후과後果를 드러내보였다. 또 저자는 작품을 독창적으로 해독해 「아Q정전」 연구사의 3대 경전적 문제에 체계적인 해답을 제시했다. 3대 문제는 다음과 같다. 첫째, 작품의 서술방식에 단절이 있는가? 둘째, 아Q와 정신승리법은 국민성의 대표인가 아니면 농민계급의 사상 특징인가? 셋째, 아Q는 진정으로 혁명을 할 수 있었을까?

그럼 국민성의 전형으로서 아Q와 혁명당원으로서 아Q는 인격상으로 한 사람일까, 두 사람일까? 이러한 문제에 해답을 제시하는 과정에서 저자는 중국 혁명과 관련된 역사적 해석, 그리고 문학서술과 관련된 중요한 문제를 제기했다. 그 문제는 다음과 같은 것들이다. 국민성은 단면의 것인가? 자아반성을 포함하는가? 아Q의 계급 신분과 사회유형을 어떻게 확정할 것인가? '중복'되는 현실변혁 과정에서 어떻게 '혁명'을 정의할 것인가? 「아Q정전」에서 역사와 본능, 의식과 잠재의식, 정신과 신체는 어떤 관계를 맺고 있는가? 루쉰의 '아래로의 초월'을 어떻게 해석할 것인가? 그리고 동일한 시각으로 신해혁명과 계몽에 대한 사고를 어떻게 해석할 것인가?

키워드: 국민성, 귀신, 신해혁명, 직감과 중복, 정신과 육체, 정사正史**, 아래로의 초월**

「아Q정전」은 루쉰의 저작 중에서 영향력이 가장 크고 전파 범위가 제일 넓을 뿐 아니라 현대 중국문학의 경전으로 공인된 작품이다. 이 작품은 탄생한 날부터 '아Q는 누구인가? 작품의 주제를 어떻게 해석할 것인가?'를 둘러싸고 평론가들이 각각 지극히 상이한 관점을 드러냈다. 논쟁의 초점은 대체로 다음과 같은 세 가지 문제로 집중된다.

첫째, 작품의 서술방식에 단절이 있는가? 둘째, 아Q와 정신승리법은 국민성의 대표인가 아니면 농민계급의 사상 특징인가? 셋째, 아Q는 진정으로 혁명을 할 수 있었을까? 그럼 국민성의 전형으로서 아Q와 혁명당원으로서 아Q는 인격상으로 한 사람일까, 두 사람일까?

루쉰 본인도 이 작품에 대해 아주 드물게 겨우 몇 차례 해석과 변호를 했을 뿐이다. 그 또한 각 평론가의 평론에 대해 그다지 만족하지 못했음이 틀림없다.

나는 이 책에서 텍스트를 자세히 읽음으로써 「아Q정전」을 새롭게 해석하고 분석하고자 한다. 이러한 시도의 성공 여부에는 독자들의 비평과 전문가의 지적이 필요하다.

루쉰. 1928년 3월 상하이 자베이 구 징윈리에서.

1.

「아Q정전」 서술방법과 '국민성' 문제

1904년 도쿄 센다이의학전문학교 시절의 루쉰(뒷줄 오른쪽).

두 가지 서술 전통 사이의 「아Q정전」

「아Q정전」은 설서인說書人*의 서술방식 중에서 몇 가지 요소를 채택했으면서도 상대적으로 그 방식에서 초연한 견지에 서 있다. 그러나 이러한 초연한 서술기법이 결코 내용상 직접적 표현으로 드러나는 것은 아니다. 「아Q정전」의 서술방식은 '5.4'문학의 주관성과 서로 매우 다른 모습을 보인다. '5.4'신문화 운동은 구문학을 반대하고 신문학을 제창했다. 그중 세 가지 장르의 변화가 사람들의 주목을 가장 많이 받아왔다. 첫째는 고전시 전통과 확연히 다른 신시다. 둘째는 만청晩清 문명희文

* 설서인: 중국의 전통적인 이야기 공연 양식을 설서說書라 하고, 그것을 공연하는 사람을 설서인 또는 설화인說話人이라고 한다. 우리나라의 판소리 양식과 유사하지만 강사講史, 평화平話, 평화評話 등은 창唱보다는 구연口演을 통한 이야기 전달에 주안점을 둔다. 그러나 제궁조諸宮調 양식은 이야기보다 창을 훨씬 더 중시한다. 대체로 당대 변문變文에서 시작하여 송대 강창講唱으로 발전해 지금까지도 중국에서 그 전통이 꾸준히 이어지고 있다. 『삼국지연의三國志演義』나 『수호전水滸傳』 같은 중국 고대 장회소설章回小說은 이 설서인들의 이야기 대본에서 발전한 것으로 알려져 있다. -옮긴이

明戱*로부터 발전해온 새로운 연극 양식으로, 중국 전통극과 확연히 다른 서구 연극 형식이다. 셋째는 서술방법에서 전통소설과 확연히 다른 단편소설이다. 중국의 신문학은 백화白話(구두어)로 문언文言(서면어)을 대신했기 때문에 과거 전통 백화소설의 언어 형식과 일정한 연속성을 가지고 있다.

그러나 신문학 백화 단편소설의 체재와 기교는 설서인의 문학과 당시 유행한 흑막소설, 공안소설公案小說,** 원앙호접파鴛鴦蝴蝶派*** 소설과는 상당히 다른 모습을 보인다. 서사방식에서도 흔히 부분적이고 단면적이며 주관적인 방식으로 작품을 서술해나간다. 체코 학자 푸르세크 J. Průšek는 중국 신문학의 세 가지 기본 특징을 주관성, 개인주의, 비관주의로 결론지었다. 그는 주관성, 개인주의, 심지어 비관주의라는 각도에서 관찰해보면 '5.4'소설은 전통소설의 형태에서 벗어나 오히려 고전 산문과 고전 시가의 전통에 근접했다고 논증했다.[1]

---

* 문명희: 우리나라 개화기 신파극과 유사한 중국의 새로운 연극 양식이다. 대체로 1906년 일본 유학생 리수퉁李叔同, 어우양위쳰歐陽予倩, 루징뤄陸鏡若 등이 도쿄에서 춘류사春柳社라는 연극단체를 만들고, 1907년 뒤마A. Dumas의 「춘희椿姬: 다화녀茶花女」 제3장을 중국 현대어로 공연한 것에 그 기원을 두고 있다. 중국 전통극에서는 창과 동작을 강조하는 데 비해 문명희는 서양 연극 양식을 수용하여 거의 대화로만 공연하기 때문에 화극話劇이라고도 한다. 청말 민초民初에 상하이, 베이징, 톈진으로도 수입되어 한 시기를 풍미했다.—옮긴이

** 공안소설: 중국 전통소설 중에서 범죄 해결을 내용으로 하는 소설이다. 중국 전통 탐정소설이라고 할 만하다. 우리에게 잘 알려진 드라마 「판관 포청천」도 「포공안包公案」이라고 불리는 유명한 공안소설이 원작이다. 청말 민초에 상하이나 베이징 같은 대도시에서 대중소설로 큰 인기를 끌었다.—옮긴이

*** 원앙호접파: 청말 민초 상하이나 베이징 등 대도시 통속문학 잡지에서 유행한 전통소설이다. 대체로 재자가인才子佳人의 연애담을 중국 전통의 장회소설 형식으로 연재했다. 중국 신문학운동가들의 집중 공격을 받았다.—옮긴이

루쉰의 많은 소설, 예컨대 「두발 이야기頭髮的故事」, 「오리의 희극鴨的喜劇」 등도 그의 몇몇 산문과 구분하기가 쉽지 않다. 「광인일기狂人日記」 속의 '나'도 세계에 대한 광기와 식인 역사를 직접 표현한다. 이 소설의 일기체도 주관성을 담보하는 형식이다. 「고향故鄕」과 「축복祝福」에서는 룬투閏土와 샹린 아줌마祥林嫂 이야기를 묘사하면서 루전 혹은 저둥의 시골 마을을 무대로 삼았다. 이 두 이야기는 '내'가 고향으로 돌아가는 과정에서 겪은 것이다. 이야기 전개는 귀향 과정에서 '내'가 겪은 경험, 감정, 사상 변화가 중심이 된다. 이 때문에 룬투와 샹린 아줌마 이야기에 포함된 내면의 의미를 파악하려면 '나'의 주관성 문제를 탐구하지 않을 수 없다. 만약 이들 이야기와 서사형식의 연관성을 이해하지 못하면 이 작품들의 의미를 설명하기 어렵다. 루쉰의 잡문과 산문에서 보이는 몇 가지 묘사기법과 그의 소설 사이의 장르상 간격도 결코 절대적인 것이 아니다. 이들 작품은 세상의 천태만상을 묘사했지만 서사방식은 주관적이다.

「아Q정전」의 서술방식은 통상적인 '5.4'소설과 아주 달라서 전형적인 현대소설의 묘사기법을 쓰지 않은 것처럼 보인다. 이는 루쉰 작품 가운데서도 매우 특이한 것이다. 「아Q정전」은 1921년 12월 4일부터 베이징 신문 「천바오晨報」 부간副刊의 '우스갯소리' 코너에 발표되기 시작했다. 매주 혹은 격주로 한 차례씩 게재되면서 마치 통속소설 연재 분위기를 흉내낸 듯하다. 서술방식에도 설서인 문학의 그림자가 아주 강렬하게 남아 있다. 제2장부터는 발표 마당을 '신문예' 코너로 옮겼고, 1922년 2월 12일 연재를 완료했다.

중국 전통 장편소설은 전지적 시점의 설서인(이야기꾼)이 모든 서술을 총괄한다. 화설話說 모년 모월 어느 곳에 어떤 사람이 있었다고 하면서 이야기를 전개해나간다. 이것을 '머리에서부터 이야기를 시작한다'從頭說起라고 일컫는다. 그런 후 '계속 이어서 이야기하다가'接下去說 어떤 계기가 되면 들머리를 나누어 이야기를 전개한다. 이것이 바로 '갈래가 둘로 나뉘어 각각 한 갈래씩 이야기를 계속한다'話分兩頭, 各表一枝는 방식이다. 이후 다시 '갈라진 들머리에서 이야기를 시작한다고 쐐기를 박고 나서 이어서 이야기를 전개해나간다. 예를 들면 송강宋江 이야기로 이규李逵, 연청燕青 등 한 무리 인물의 이야기를 이끌어내는 것과 같은 방식이 그것이다.

나는 어려서 양저우에서 자랐다. 양저우 평화評話는 매우 유명하다. 그 가운데 경전적 이야기는 왕사오탕王少堂이 들려주는 『무송武松』 이야기다. 그 이야기는 내가 어릴 때 이웃에 살던 쑨룽푸孫龍父 선생이 정리한 것이다. 그중 술에 취해 서문경을 죽이는 대목이 가장 유명하다. 무송이 서문경을 죽이기 위해 주루의 가장 낮은 곳에서 가장 높은 곳으로 올라가는데 도중에 계단을 몇 개 거친다. 만약 무송이 두세 걸음 만에 주루로 올라가 서문경을 바로 죽인다면 그 이야기를 길게 이어갈 방법이 없다. 반드시 하나의 이야기가 또 하나의 이야기로 세트처럼 이어져야만 청중을 붙잡아놓을 수 있다.

왕사오탕이 무송 이야기를 할 때 무송이 아래층에서 위층까지 모두 일곱 걸음을 걷는데 그 이야기를 7일 동안 계속한다. 매일 청중은 무송이 위층으로 올라가 서문경을 죽이길 기다린다. 왕사오탕도 무송이 바로 뛰어올라갈 것처럼 이야기한다. 그러나 끝내 해가 서산으로 기울고서야 무송이 계단 하나를 올라서는 듯하지만 한 발은 아직 계단에 내려딛지도 못했다. 설서인은 모든 것을 알고 있으며, 그가 존재하지 않는 곳은 없다. 그는 당신의 전생과 현생까지 모든 내막을 알고 있다. 당신 집안일도 알고 있을 뿐 아니라 당신이 속으로 무슨 생각을 하는지도 알고 있다. 그러나 현대소설은 이렇게 묘사할 수 없다. 예컨대 「광인일기」에서 광인의 형님이나 다른 사람은 왜 광인이 그런 망상을 하는지 알 수 없다. 왜 일기라는 체재를 채택했을까? 일기는 완전히 주관적 기록이기 때문이다. 이러한 시각으로 말하면 설서인의 문학에는 어떤 애매한 부분도 있을 수 없다.

서구 장편소설이 구조의 상이함을 중시하는 것과 달리 중국 전통소설의 서사방식은 비교적 단순해서 대부분 이야기 전달을 중심으로 삼는다. 즉 한 인물을 실마리로 삼아 주로 그와 다른 사람의 만남을 통해 다양한 이야기를 구성해나간다. 서술기법상 이러한 방식을 '단선구조'라 칭할 수 있다. 「아Q정전」은 아Q라는 인물과 성격을 중심에 놓은 소설이다. 기타 인물은 모두 아Q를 둘러싸고 묘사된다. 어조에서는 흡사 설서인 문학 같지만 은연중 중국 역사서의 열전 전통도 모방하고 있다. '열전'이란 한 사람의 전기로, 한 인물을 단선적으로 묘사하기에 서사구조가 매우 단순하다. 그러나 「아Q정전」은 작품 묘사가 인물의 성격과 운명을 둘러싸고 전개되기는 하지만 이야기 전달만을 중심으로 삼지 않았기 때문에, 전통적인 설서인 문학의 범주로 제한되지 않는다. 루쉰은 뒷날 스스로 다음과 같이 진술했다.

「아Q정전」의 제1장을 게재한 후 바로 '괴로움'이 밀려왔다. 매번 이레 만에 반드시 글을 한 편 써야 했기 때문이다. 나는 당시 전혀 바쁘지 않았지만 마치 유민처럼 생활하고 있어서 밤이 되면 통로로 쓰는 방에서 잠을 자야 했다. 이 방은 뒤편에 작은 창이 하나밖에 없고 글을 좀 써볼 만한 공간도 없었다. 그러니 어떻게 조용히 앉아서 생각을 좀 해볼 수 있겠는가? 쑨푸위안孫伏園은 몸이 요즘처럼 그렇게 뚱뚱하지는 않았지만 벌써부터 웃음을 실실 흘리며 원고를 독촉하는 수완을 발휘하곤 했다.……[2)]

「아Q정전」의 창작 동기는 구식소설의 유통 방식처럼 신문 부간 연재에서 비롯했다. 신문 정식판에는 대부분 시사정치 기사가 실리지만 부간에는 '우스갯소리' 같은 코너도 있어서, 차나 술을 마신 후 오락거리로 읽어볼 만한 글을 싣곤 했다. 그러나 그는 제1장을 쓰고 나서 점점 진지해지기 시작했고, 쑨푸위안도 '우스갯소리'로 느껴지지 않아서, …… 제2

장부터는 '신문예' 코너로 연재 장소를 옮기게 되었다. 이처럼 한 주 한 주 어렵사리 계속 써나가다 결국 어쩔 수 없이 아Q가 혁명당이 되어야 하는 문제가 생겼다.[3] 「아Q정전」이란 이름의 '신문예'는 문예이긴 해도 구식소설과는 아주 달랐고, '우스갯소리'로 간주할 수 없었으며, 그 우의도 자못 엄숙했다. 나는 이 글 뒤편에서 「아Q정전」의 문체 변화, 코너 이동, 아Q의 운명 그리고 특히 아Q와 혁명문제를 연관 지어 자세히 분석하고자 한다.

외국 소설의 영향과 '국민성'의 이중성

「아Q정전」의 통상적인 서술형식과 우의의 복잡성을 어떻게 이해해야 할까? 이 문제를 가장 먼저 언급한 사람은 루쉰의 동생 저우쭤런周作人이다. 1923년 3월 「천바오」 부간 19호에 중미仲密의 「아Q정전」이란 평론이 발표되었다. 중미는 저우쭤런의 필명이다. 그는 이렇게 말했다.

나와 「아Q정전」의 저자는 서로 아는 사이이므로 이 소설을 객관적이고도 공평하게 비평하는 것이 그리 쉽지만은 않은 일이다. 그러나 이 소설 창작의 취지를 대략 알고 있기에 혹시 설명을 약간 가하여 독자들이 이 소설의 진상을 이해하는 데 도움을 줄 수 있을지도 모르겠다. 이것이 좋은 일인지 나쁜 일인지는 나도 알 수 없다.[4)]

저우쭤런이 대단하다는 이유는 그가 이 소설의 주제를 명확하게 밝혀냈기 때문이 아니다. 그가 이 소설의 창작 취지를 대강 알았으면서도 "이 소설을 객관적이고도 공평하게 비평하는 것이 그리 쉽지만은 않은 일이다"라고 지적했기 때문이다. 저우쭤런은 이 소설의 통속적인 서사형식을 둘러싸고 논의를 진행하면서 "「아Q정전」은 풍자소설이다"라고 인식했다. "풍자소설은 이지적인 문학의 한 갈래다." 그것은 감상적·낭만적인 문학 유형과 구별된다. 그는 또 「아Q정전」이 "고전적인 사실주의 작품이고, 루쉰의 창작 취지는 '증오'이며, 정신은 부정적이지만 그 증오가 결코 염세주의로 변하지는 않았다"고 분석했다.[5] 사람은 증오 가운데서나 증오 이후에 이 세상이 올바르지 않다고 느끼게 된다. 이 때문에 부정적인 감정과 염세 사상은 늘 밀접하게 관련을 맺는다. 그러나 저우쭤런은 "부정적인 감정이 모두 파괴적으로 흐르는 것은 결코 아니다"라고 말했다. 이것은 참으로 미묘한 언급이다.

그것이 풍자소설이든, 이지적 문학이든, 고전적 사실주의 작품이든 아니면 루쉰의 정신이 부정적이든 상관없이, 저우쭤런의 평론은 유럽 소설 계보라는 틀 안에서 진행되었다. 그는 다음과 같이 인용했다.

미국의 폴레트W. Follett**는 『근대소설사론**近代小說史論**』에서 이렇게 말했다. "정치나 종교에 관해서 어떻게 말하든 상관없이 문학에서는 모종의 파괴가 항상 유일하게 가능한 건설로 작용한다는 것이 하나의 진리다. 풍자는 여러**

시기의 작품, 예를 들면 18세기의 시에서는 인습의 지경으로 타락하고 말았다. …… 그러나 진정한 풍자는 사실 이상주의의 한 가지 형태다. 그것은 참을 수 없는 악습에 대한 정의로운 분노의 표시이며, 이 혼란한 세계에서 사악과 부패로 야기되는 각종 모욕과 손상에 대한 도덕의식의 자연스러운 반응이다. …… 그 방법은 더러 파괴적이기도 하지만 그 정신은 여전히 이러한 세계를 뛰어넘고 있다." 이 때문에 풍자에 입각한 증오는 사랑의 또 다른 형태라고 할 수 있다.[6)]

풍자는 열애의 또 다른 형식이며, 부정적인 어조로 긍정적인 내용을 표현할 수 있다. 이것이 바로 "「아Q정전」의 풍자는 중국 역대 문학작품 가운데서 가장 찾아보기 힘든 수법에 속한다"라고 말한 저우쭤런의 근거였던 셈이다. 문학사의 시각으로 살펴보면 중국 문학에도 풍자가 드물지 않았지만 그것은 대부분 '뜨거운 풍자'熱諷였다. 그러나 「아Q정전」의 풍자는 "이른바 차가운 풍자, 즉 냉소다."[7)] 루쉰은 신랄한 풍자를 이용하지 않고 반어, 즉 차가운 방식의 풍자를 이용했다. 저우쭤런의 판단에 근거해보면 「아Q정전」은 중국 문학사에서도 이와 유사한 그림자를 찾아볼 수 있지만, 근본적으로는 외국 소설을 참조해서 쓴 작품이라고 한다.

중국 근대소설 가운데서는 『경화연鏡花緣』[*]과 『유림외사儒林外史』[**]의 일부

---

* 『경화연』: 청나라 후기 이여진李汝珍이 쓴 사회비판 소설이다. 중국 관리 사회에서 뜻을 잃은 당오唐敖가 외국을 유람하며 중국의 미신이나 폐습을 신랄하게 비판하는 내용이다. 전체 100회본 장회

분이 대략 「아Q정전」과 비슷하다. 그러나 『관장현형기官場現形記』* 와 『20년 동안 목도한 괴현상二十年目睹之怪現象』**** 등은 대부분 신랄한 매도이므로 「아Q정전」과 성격이 아주 다르다. 물론 이런 작품들도 풍자소설 범주에 들어가기는 한다. 「아Q정전」 필법의 근원을 찾으려면 외국 단편소설의 숲으로 거슬러 올라가야 한다. 그중에서도 러시아의 고골리N. V. Gogol와 폴란드의 시엔키에비치H. Sienkiewicz의 영향이 가장 뚜렷하고, 일본의 나쓰메 소세키夏目漱石와 모리 오가이森歐外의 저작도 적지 않은 영향을 끼쳤다. 현재 고골리의 「외투」와 「광인일기」, 시엔키에비치의 「목탄화」·「추장」 등과 모리 오가이의 『침묵의 탑』이 모두 중국어로 번역되어 있다. 이들 몇몇 작품만 읽어봐도 「아Q정전」에 끼친 적지 않은 흔적을 찾을 수 있다. 나쓰메 소세키의 영향은 반어로 충만한 그의 걸작 『나는 고양이로소이다』에서 쉽게 찾아볼 수 있다.[8)]**

「아Q정전」은 외국 소설의 영향을 많이 받았지만 외국 작품에서 파생되어 나온 아류가 아니다. 루쉰은 나름의 독특한 창조 과정을 거쳤다.

소설이다. ―옮긴이

** 『유림외사』: 청나라 후기 오경재吳敬梓가 쓴 사회비판 소설이다. 출세와 공명을 위해 비열하고 추악한 짓을 일삼는 중국 전통사회 지식인을 통렬하게 매도했다. 전체 56회본 장회소설이다. ―옮긴이

*** 『관장현형기』: 청말 이보가李寶嘉가 쓴 견책소설譴責小說이다. '견책'이란 사회의 부패상을 꾸짖는다는 뜻이다. 당시 관리사회의 부패를 신랄하게 꾸짖은 소설로 모두 5편 60회로 되어 있다. 루쉰은 『중국소설사략中國小說史略』에서, 이 소설과 우워야오吳沃堯의 『20년 동안 목도한 괴현상』, 류어劉鶚의 『라오찬 여행기老殘遊記』, 쩡푸曾樸의 『악의 세계의 꽃孽海花』을 청말 4대 견책소설로 꼽았다. ―옮긴이

**** 『20년 동안 목도한 괴현상』: 청말 오옥요吳沃堯가 쓴 견책소설이다. 주인공 '구사일생'이 중국 전역을 돌며 목격한 괴현상을 서술하는 내용이다. 모두 108회로 되어 있다. 위의 각주 참조. ―옮긴이

저우쭤런은 형식과 풍격의 측면에서 국민성 문제를 다루었다. 국민성 문제는 통상적으로 「아Q정전」의 주제로 인식되어왔다. 그러나 저우쭤런은 이 주제를 작품 창조 과정의 자연스러운 요소로 간주했다. 그는 아래와 같이 분석했다.

그러나 국민성은 실제로 기묘한 것이다. 이 소설은 수많은 외국 성분을 받아들였다. 그러나 결과적으로 슬라브족으로부터는 대륙의 압제적 분위기는 받아들였지만 '웃음 속 눈물'은 받아들이지 않았고, 일본으로부터는 동방의 기이한 꽃무늬는 받아들였지만 담담하고 해학적인 맛俳味**은 받아들이지 않았다. 이 말을 나는 「아Q정전」에 대한 찬사로 간주할 수 있다고 믿지만, 다른 한편으로는 폄어로 간주하는 것도 불가한 일이 아니라고 생각한다.**[9)]

저우쭤런은 국민성이 기묘한 것이라면서 루쉰은 결코 중국의 국민성을 극도로 미워하는 마음을 갖지 않았다고 했다. 또 저우쭤런은 이렇게 봤다. "중국의 국민성은 루쉰 자신의 심령 속에도 깊이 스며들어 있기 때문에 러시아 문학의 기교를 배웠지만 그것의 어떤 맛은 루쉰의 창작과 모방 과정에서 담담하게 여과되었다. 루쉰은 또 일본 소설의 기법을 배웠지만 일본 문학의 어떤 맛도 그의 작품에서는 사라져버렸다." "이성적인 요소가 많고 열정적인 성분은 부족한 특징이라든가, 증오는 많고 사랑은 부족한" 풍자 기법은 어떤 면에서 스위프트J. Swift와 좀 비슷해 보이기도 한다. 그러나 그것은 여전히 중국 고유의 풍취라고 할 만하다.

이처럼 다양한 차감 이후에 형성된 단순한 서술기교를 객관적이고 공평하게 평가하기는 참으로 쉬운 일이 아니다. 결국 이 독특한 맛은 루쉰 자신에게 스며든 국민성의 소산이다.

바꾸어 말하면 「아Q정전」의 서술에는 두 가지 국민성의 대화가 포함되어 있다. 하나는 루쉰의 서술기법 자체에 구현되어 있는 국민성으로, 우리는 그것을 반성적으로 혹은 능동적으로 국민성을 재현하는 국민성이라고 부를 수 있을 듯하다. 다른 하나는 반성과 재현 대상으로서의 국민성이다. 만약 '정신승리법'이 국민성의 특징이라면 그것은 응당 대립면이나 대응면을 갖고 있어야 한다. 즉 정신승리법을 '성찰 대상으로서의 국민성'에 자리 잡게 해야 한다. 국민성은 단순한 어떤 것이 아니다. 자신을 심판 대상으로 삼는다는 것 자체가 자신이 이미 심판자의 잠재능력을 갖고 있음을 의미한다. 이것이 바로 이른바 국민성의 이중성이다. 우리는 이 이중성 간의 관계와 대화를 통해 「아Q정전」이라는 소설의 주제와 서술방법을 이해해야 한다.

둘째 귀신에 홀린 듯하다

일본의 해석자들은 국민성과 작가 간의 이 같은 신비한 관계를 규명하면서 더욱 구체적으로 「아Q정전」 텍스트에서 그 근거를 찾아냈다. 일본의 유명한 루쉰 연구 전문가 마루오 츠네키丸尾常喜는 『'인간'과 '귀신'의 갈등「人」「鬼」の葛藤』이란 저서에서 「아Q정전」 분석에 지면을 많이 할애했다. 그는 「아Q정전」 '서문'의 진술을 근거로 아Q의 Q를 'Quei'(궤이)로 읽어야 하고, 그것은 바로 루쉰의 고향 사오싱 사람들의 발음으로 '鬼'(귀신)를 의미한다고 하면서 아Q는 바로 '鬼'(귀신)임을 논증했다. 「아Q정전」 '서문'에는 다음과 같은 묘사가 있다.

내가 아Q에게 정전正傳을 지어주려 한 것은 한두 해 사이의 일이 아니다.

그러나 한편으로 쓰고 싶은 마음이 있으면서도 다른 한편으로는 망설여지기도 했다. 이 점에서도 나는 뛰어난 문필가가 아니라는 사실을 알 수 있다. 옛날부터 불후의 문장은 모름지기 불후의 인물을 전하기에, 사람은 문장으로 전해지고 문장은 사람으로 전해지게 된다. 따라서 결국 누가 누구를 전하는지도 모를 상황이 되는 셈이다. 하지만 나 같은 사람이 결국 아Q 같은 사람을 후세에 전하겠다고 결론짓게 되었으니 이건 숫제 귀신에 홀린 듯하다.[10)]

「아Q정전」이 탄생한 이후 지금까지 중국의 평론가 중에서는 "숫제 귀신에 홀린 듯하다"仿佛思想裏有鬼似的라는 대목에 큰 의문을 품은 사람이 없었다. 중국인의 견지에서 보면 이 말은 아주 간단하다. 그것은 바로 내 의지가 아니라 귀신에 홀려서 결국 「아Q정전」 따위의 작품을 쓰게 됐다는 뜻이다. 그러나 일본의 번역가들은 「아Q정전」을 번역할 때 "숫제 귀신에 홀린 듯하다"라는 대목을 어떻게 해석할 것인가 하는 문제에 봉착했다. 이 문제를 최초로 제기한 사람은 다케우치 요시미竹內好였다.

이 구절을 어떻게 번역할 것인가 하는 문제를 둘러싸고 일본 학자들 사이에 대대적인 논쟁이 벌어졌다. 단순히 귀신에 홀렸다는 중국인의 해석과 달리 일본 학자들은 "숫제 귀신에 홀린 듯하다"라는 구절에 포함되어 있는 '귀신'에 모종의 객관성이 포함되어 있다고 인식했다. 우리는 이 구절이 바로 아Q의 귀신이 내 사상 속으로 진입해 들어왔음을 가리킨다고 말할 수도 있고, 저우쭤런의 언급처럼 아Q의 존재 이유가 바로 귀신처럼 중국인의 '오랜 인습적 내림' 속에 존재하는 것이라고 말할 수도 있다. 또 이 '귀신'은 바로 아Q의 '정신승리법'을 드러내는 능동적 '국민성'이라 할 수도 있지만, 그것은 기실 위의 설명과 동전의 양면 같은 것이라고 말할 수도 있다. 이와 같은 동전의 양면성은 '정신승리법'이 반드시 폐쇄적인 체계가 아니라 전환이 가능한 내부 동력으로 존재하고 있음을 알려준다.

아Q가 누구냐는 문제에도 역사적으로 수많은 논쟁이 있었다. 국민성은 존재하지 않는 곳이 없고, 아Q도 존재하지 않는 곳이 없다는 논리는 마치 한 가지 사물에 두 측면이 있는 것과 흡사하다. "존재하지 않는 곳이 없다"는 이 한 가지 특성에 근거해서 말해보면, 아Q 혹은 아Q현상은 확실히 '귀신'과 유사한 측면이 있다. 저우쭤런은 다음과 같이 말했다.

아Q란 사람은 중국인의 모든 '인습적 내림'의 결정체로, 자기 의지 없이 사회적 인습의 관례를 자기 의지로 삼는 사람이다. 따라서 이들은 현 사회에 존재하지 않는 듯하면서도 도처에 존재한다.[11)]

아Q는 한 사람이 아니라 전체 사회의 인습적 내림의 결정체이며 모든 전통의 응집이다. 이에 대한 마오둔茅盾의 평론도 유사한 모습을 보인다.

아Q란 사람을 현 사회에서 실제로 지목할 수는 없을 것이다. 그러나 나는 이 소설을 읽으면서 아Q란 사람이 매우 낯이 익다고 느꼈다. 그렇다! 그는 중국인이 지닌 품성의 결정체였다.[12)]

아Q를 추상적으로 국민성의 인습적 내림이라고 설명하는 것 이외에도, "존재하지 않는 곳이 없다"고 말하는 배후에는 구체적인 증거가 있다. 『신청년新青年』 잡지의 주요 작가 가운데 한 사람인 가오이한高一涵은 자신이 쓴 어떤 글에서 어느 날 친구와 만나 이야기를 나눈 상황을 기록해놓았다. 그 친구는 「아Q정전」을 읽으면서 그 소설이 흡사 자기 자신을 묘사한 것처럼 느꼈다고 한다. 이 때문에 그 친구는 그 소설의 작가 '바런'巴人이란 사람이 누구냐고 여기저기 수소문하고 다녔다고 한다. 「아Q정전」 작가의 필명은 바런이었는데, 그것은 '샤리바런'下里巴人[*]에서 뜻을 취하여 '정전'正傳[**]의 형식과 잘 어울리도록 배려한 장치다. 그 친구는 이리저리 수소문하다가 마침내 작가가 누군지 알고는 안도의 한숨을 내쉬었다고 한다. 그는 가오이한에게 말하기를 "내가 이

---

* 샤리바런: 송옥宋玉의 「대초왕문對楚王問」에 나온다. 이 글에서 양춘백설陽春白雪은 고급음악을, 하리파인下里巴人은 민간에서 유행하는 저속한 음악을 의미한다. 당시 루쉰은 민간의 언어인 백화로 하층민인 아Q 이야기를 썼기 때문에 '下里巴人'에서 '巴人'을 따서 필명으로 삼았다. -옮긴이

** 정전: 「아Q정전」의 제목 '정전'도 중국 민간 이야기꾼說書人들의 상투어인 "한담일랑 제쳐두고 본 이야기로 돌아가자"閑話休題, 言歸正傳에서 '정전'을 딴 것이다. 이 역시 당시 루쉰의 필명 '바런'과 의미가 통하는 작명법이다. -옮긴이

작가를 몰랐을 때는 이 소설이 나를 모델로 한 줄 알았다"고 했다. 루쉰 자신이 쓴 글에서도 우리는 유사한 대목을 찾아볼 수 있다.

(나 때문에 의심을 받은 아무개 선생이) 누구인지 모르니 안타까울 따름이다. 내가 필명으로 쓴 '바런'이란 두 글자는 작가를 자칫 쓰촨 사람[*]으로 의심하게 하므로 그 아무개 선생이 혹시 쓰촨성 사람인지도 모를 일이다. 이후 이 소설을 『외침吶喊』에 수록할 때도 여전히 내게 "당신은 실제로 누구와 누구를 욕했소?"라고 묻는 사람이 있을 정도였다. 나는 정말 슬프고 분했다. 사람들에게 내가 그처럼 비열하지 않다는 걸 보여주지 못한 게 한스러울 따름이었다.[13)]

이런 사례는 모두 아Q가 '존재하지 않는 곳이 없는' 인물임을 생동감 있게 설명해준다. 가오이한은 루쉰과 러시아 작가 체홉A. P. Chekhov, 고골리를 비교하면서 후자의 작품은 불후한 생명력으로 만국에 통용되는 유형이고, 아Q는 하나의 민족 사이에서만 통용되는 유형이라고 인식했다. 미국인, 러시아인, 프랑스인은 아Q와 관련이 없다는 것이다. 아Q는 "마치 신화 속 판도라 상자처럼, 악몽 같은 중국 4천 년 역사의 경험으로 조성된 모든 '인습적 내림'의 규칙을 승계한 문학형상이다"라고 했다. 이러한 설명에 근거해보면 아Q는 정말 「광인일기」에 나오는 '케케묵은 치부책'陳年的流水簿子처럼 4천 년 동안 축적된 인습이 모두 그

* 쓰촨 사람: 쓰촨성의 별명이 '바수'巴蜀이므로 '바런'이란 필명을 쓰면 쓰촨성 사람으로 오해하기 쉽다. –옮긴이

의 몸에 기록되어 있는 듯하다.

또 "생명, 행복, 명예, 도덕에 대한 의견을 모두 포괄하여 그것을 고갱이로 제련해 고체로 만들었기 때문에 실제로 중국인의 나쁜 품성이 혼합되어 있는 형상이라고 할 수 있다. 이 소설에서는 삶의 의지가 부족하고 생명을 존중할 줄 모르는 중국인을 묘사했는데 이는 더욱 통절한 대목이다. 왜냐하면 나는 이 몇 가지 현상이야말로 중국 최대의 병근이라고 믿기 때문이다."[14] 루쉰은 이처럼 중국 최대의 병근을 드러내는 작품을 써서 그것이 자연스럽게 중국인을 구제하는 '치료약'이 되게 했다.

「아Q정전」은 나중에 프랑스어를 포함한 각종 외국어로 번역되었고, 시대의 대문호 로맹 롤랑Romain Rolland의 찬사와 인정을 받았다. 이로써 아Q의 의미는 더욱 확장되었다. 어떤 사람은 돈키호테나 러시아 소설 속의 몇 가지 형상처럼 아Q도 인류의 보편적 형상이며 그의 정신승리법도 서로 다른 민족에게 모두 존재한다고 말했다.

이러한 시각에서 "숫제 귀신에 홀린 듯하다"는 구절을 이해하면 저우쭤런의 설명이 아주 적절하게 증명된다. 즉 루쉰과 그가 묘사한 아Q는 모두 '국민성'의 범주 안에 있게 된다. 그러나 여기에는 또 저우쭤런이 언급하지 않은 몇 가지 문제도 암시되어 있다. 만약 루쉰의 묘사기법이 루쉰 자신에게 스며든 국민성을 자연스럽게 펼쳐낸 것이라고 해석할 수 있다면 이러한 국민성에는 반성하는 능력도 구비되어 있다고 할 수 있다. 바꾸어 말하면 '국민성'은 표현되는 대상일 뿐만 아니라 대상을 표현하는 동력과 방법이기도 하다.

'귀신'이 존재하지 않는 곳이 없다는 설명도 어쩌면 이런 관점에서 이해할 수 있을 듯하다. 즉 국민성은 우리 몸에 숨어 있고 우리 사회에 숨어 있는 귀신이므로 이 사회와 우리 자신을 개조하려면 우리는 반드시 '귀신을 잡아야 한다.' 그것은 바로 우리 자신을 반대하는 태도이기도 하다. 그러나 우리를 재촉하여 '귀신을 잡게 하는' 것도 여전히 이 국민성이라는 '귀신'이다. 만약 두뇌 안에 있는 '귀신'이 우리의 통제를 뛰어넘어 우리 면전에 '귀신'을 펼쳐놓을 수 있다면 그것은 '국민성'이 전적으로 부정적인 것만은 아니고, 그 자체에 모종의 자기반성의 역량과 통제 초월의 능력을 갖췄다고 말하는 것이나 진배없다.

한 세기 동안 유행한 국민성 비판이란 명제는 국민성을 대상화했다. 이에 따라 국민성은 완전히 부정적으로 인식되었다. 그러나 이와 동시에 '귀신'의 형상은 비판의 출발점과 역량의 문제를 제기함으로써 국민성을 비판하는 국민성 문제를 제기할 수 있었다. 하지만 이러한 자아비판 능력은 절대 자발적으로나 순리적으로 생겨나지 않는다. 「아Q정전」은 국민성이라는 우언을 '혁명'과 '변동'의 조건 아래 자리하게 했다. 이에 따라 자신이 자신을 반대하는 이러한 행동이 '현실 사건'과 관련되어 있음을 암시하고 있다.

애초에 루쉰은 국민의 영혼을 그려내려 했다. 그는 국민의 영혼을 그려내려 한 '국민의 영혼'이다. 1925년 6월 15일 루쉰은 「어사語絲」 주간에 「러시아어 번역본 '아Q정전' 서문 및 저자 약력俄文譯本'阿Q正傳'序及著者自敍傳略」이라는 글을 발표했다. 루쉰은 「아Q정전」 러시아어 번역자 바실리에프B. A. Vassiliev의 부탁을 받고 이 글을 썼다. 여기에서 루쉰은 다음과 같이 말했다.

나는 진작부터 조금씩 시도해보기는 했지만 내가 진정으로 현대 우리나라 국민의 영혼을 묘사해낼 수 있을지는 끝내 자신할 수 없었다.[15)]

이러한 국민의 영혼은 어떤 영혼인가? 루쉰은 또 이렇게 언급했다.

다른 사람의 경우는 알 수 없지만, 나 자신은 언제나 우리 개개인 사이에 높다란 담장이 한 겹 둘러쳐져 있고, 그것이 각자를 분리해 서로 마음을 통할 수 없게 한다고 어렴풋하게 느끼곤 했다. 이것이 바로 고대의 총명한 사람, 즉 이른바 성현이 사람을 10등급으로 나누어 그 높고 낮은 계층이 서로 다르다고 말한 것과 같다. 그 명목을 지금은 사용하지 않지만 그 유령은 여전히 존재할 뿐만 아니라 근본이 더욱 사납게 변하여 한 사람의 육체에도 차별을 두고 있다. ……[16)]

이것은 전통 등급제도 아래에서 태어난 영혼이며 인간과 인간의 단절 상태에서 태어난 영혼이다. 그러나 혁명으로 등급이라는 명분은 사라졌지만 등급과 그것이 조성한 장벽은 마치 귀신처럼 우리 영혼에 스며들어 있다. 이 때문에 귀신이 존재하지 않는 곳이 없는 상황과 등급제도의 명목과 형식이 사라진 상황은 서로 밀접하게 연관되어 있다. 이러한 상황이 이른바 국민의 영혼은 바로 "현대 우리나라 국민의 영혼이다"라는 사실을 제시해준다.

아Q는 서로 다른 사람들에 의해 지목될 수도 있지만 서로 다른 사람들을 지목할 수도 있다. 그것은 바로 '현대'가 도래하면서 서로 단절되어 통하지 못하는 요소들이 유형의 제도 안에 있지 않고, 겉으로 보기에는 등급의 명분이 사라진 듯한 국가, 즉 혁명 후의 중국 안에 여전히 존재함을 뜻한다.

"임금은 임금다워야 하고, 신하는 신하다워야 하며, 아버지는 아버지다워야 하고, 아들은 아들다워야 한다"君君, 臣臣, 父父, 子子는 윤리는 와해되었고, 황제는 실각했으며, 종법제도도 점점 붕괴되어가고 있었다. 이러한 전통제도는 유형에서 무형으로 모양을 바꿨지만 유령처럼 존재하지 않는 곳이 없다. 그러나 존재의 흔적은 찾을 수 없다.

귀신은 가장 진실하고 본질적인 존재지만 마찬가지로 구체적으로 지목하거나 파악할 수 없는 존재다. 이러한 의미에서 아Q는 바로 현대 중국 국민성을 표현한 인물이다. 즉 그것은 전통 중국의 표징이 아니라 중국 모더니티의 그림자다. 그러나 다른 한편으로는 "어떤 역량과 방법으로 이 현대 중국의 영혼을 드러낼 수 있을까?"라는 점이 중국 '모더니티의 영혼' 자체라고 할 수 있다. 이것이 그림자와 영혼으로 분리된 모더니티의 실체다. 이 두 가지는 존재하지 않는 곳이 없는 '귀신' 속에서만 통일을 이룰 수 있다.

국민성의 우언인가, 농민의 전형인가?

아Q가 민족의 형상, 민족의 영혼, 국민성의 상징이라면 「아Q정전」은 바로 우언식 작품인 셈이다. 반면에 아Q가 농민, 유랑민, 고용노동자라면 「아Q정전」은 전형적인 리얼리즘 작품이 된다. 종합해보면 「아Q정전」에는 두 가지 구조가 중첩되어 있다. 그 한 가지는 아Q의 생애 이야기로 '승리의 기록'優勝紀略, '승리의 기록 속편'續優勝紀略, '비구니 희롱', '우서방댁'吳媽을 향한 구애', '혁명과 혁명 금지' 등으로 이어져 있다. 비평가들은 이 맥락을 따라 신해혁명 전의 사회관계를 분석하면서 아Q가 농민 또는 머슴 신분의 현실 속 진실한 인물이라고 설명해왔다. 그러나 아Q는 또 우언이기도 하다. 제임슨F. Jameson은 「광인일기」를 읽으면서, 이 작품이 모더니즘, 심리주의, 개인주의 서술방법을 이용한

제3세계 문학인 동시에 민족 우언의 일종이라고 평론했다.[17)]

「광인일기」는 한 개인의 정신질환을 다룬 병상 기록이지만 중국 민족에 대한 하나의 은유이기도 하다. 「아Q정전」은 심리주의 작품이 아니라 스토리를 진술하는 형식을 취하고 있다. 이 작품은 주관적·심리적 시각을 전혀 제공하지 않으며 모든 스토리와 세부묘사가 극도로 구체적이다. 그러나 이 작품도 역시 우언의 일종이다. 그렇지 않다면 어떻게 아Q가 현대 국민의 영혼이라고 말할 수 있겠는가? 스토리와 우언을 천의무봉으로 결합하려면 고도의 기교가 필요하다. 현대소설은 모두 주관적 문단과 산문식 서술방식을 이용하여 구문학에 맞섰지만 「아Q정전」은 서구 유랑민 소설을 모방했고, 중국 고대소설의 묘사방법도 모방했다. 「아Q정전」에서 쓰고 있는 반어적 풍자는 구식 서술방법을 —혹자는 구식 서술방법을 갱신했다고 한다— 이용한 것이다.

그러나 소설의 서술 속에 숨어 있는 내재적 계기가 객관적인 소설 묘사를 우의적인 구조로 변화시키고 있다. 루쉰은 국민성이나 민족성의 유형을 추상적으로 묘사하는 것이 아니라 한 농민, 그리고 한 유랑민의 '식욕·색욕' 문제와 죽음 문제를 고문함으로써 스스로 통제할 수 없는 인물의 직감과 본능을 발굴해 그 인물을 풍성하게 그려내고 있다.

「아Q정전」이 연재될 때 모두 다음 호가 나오길 기다렸다. 왜냐하면 연재를 읽을 때마다 독자들은 자신을 묘사하는 것이 아닌지 혹은 자신이 주위에서 만난 사람과 사건을 묘사하는 것이 아닌지 연상했기 때문이다. 이러한 우언 구조는 아주 쉽게 독자들에게 파악되었지만 소설의 서술기법에는 우언성 묘사가 전혀 가미되어 있지 않다. 이것이 「광인일기」와 다른 점이다. 「광인일기」에는 이와 관련된 구절이 많이 포함되어 있다. 예를 들면 '4천 년 된 낡은 장부', '케케묵은 치부책', '인의도덕', '온 책에 가득한 식인이란 글자' 등과 같은 구절은 모두 직접적으로 우의적 구조를 지향하고 있다. 「광인일기」는 광인의 건강 회복을 기록한 것이지만 서술기법 자체는 상징적이다. 「아Q정전」의 묘사방법은 이와 같지 않다. 이 소설의 우언성은 인물을 창조해가는 수준 높은 개괄력에서 근원한다.

저우쭤런 등 '5.4'시대 비평가와 달리 좌익 비평가들은 아Q가 중국 혁명의 거울이라고 인식했다. 그것은 계급적 시각으로 아Q의 운명, 그와 신해혁명의 관계를 분석한 것과 연관되어 있다. 개괄해보면 좌익 비평가들이 그렇게 분석한 이유는 세 가지를 들 수 있다.

첫째, 「아Q정전」에서 묘사한 내용이 중국 신해혁명 전후 사회의 온갖 양태이기 때문이다. '가짜양놈'假洋鬼子, '자오 영감'趙太爺 등은 신해혁명에 의해 흔들린 질서가 혁명 후 어떻게 다시 생기를 회복하는지를 대표적으로 보여준다. 아Q의 운명은 아직 혁명에 의해 흔들리지 않은 기층사회의 질서와 밀접하게 연관되어 있다.

둘째, 아Q가 혁명의 불철저성, 맹목성 그리고 전체 사회의 마비성을 대표하기 때문이다. 마르크스주의자들은 계급론의 견지에서 아Q가 도

대체 누구를 대표하느냐고 추궁해왔다. 그들은 대부분 아Q가 '가장 보편성을 갖춘 민족의 전형'임을 결코 부인하지 않았다.[18] 아Q는 농민이고, 중국 혁명은 농민의 혁명이었다. 마르크스주의 평론가들의 인식에 따르면 농민 반란이 새로운 정치 지도자와 새로운 정치의식을 획득하지 못했을 때는 농민혁명도 통치제도의 순환 반복이라는 과도적 연결고리에 불과하다고 한다. 이 때문에 국민성 개조 문제도 정치 지도자와 정치의식을 획득하기 위한 문제로 전환되었다.

저우리보周立波는 다음과 같이 말했다. "「아Q정전」은 신해혁명의 진실한 그림이다." "이 작품에서 우리는 혼란과 약탈, 투기와 허풍, 그리고 신구 각파가 모두 혁명에 참여하는 추악한 연극을 목도할 수 있다. 아Q 주위의 인물은 어떤 계급 출신이건 막론하고 모두 좋은 사람이 아니다. 우리는 물론 가짜양놈, 자오 영감, 자오 수재秀才 그리고 두 건달 자오쓰천趙司晨과 자오바이옌趙白眼이 좋은 사람이라고 할 수 없지만, 이 소설에 등장하는 하층민들, 예를 들면 왕털보王鬍, 샤오디小D, 우서방댁도 절대 멍청이가 아니라고 말할 수 없다."

저우리보는 루쉰이 신해혁명을 추억하는 과정에서 「아Q정전」을 썼다고 하면서 이렇게 말했다. "적막한 풍자작가의 관점에 서서 자연스럽게 실제보다 저열한 인물을 소재로 취하여 조소와 채찍질을 가했다. 이 때문에 우리는 신해혁명을 반영한 「아Q정전」은 20년 전 루쉰이 적막한 심정으로 그 시대 약점을 진실하게 써낸 기록이라고 말해야 한다."[19]

저명한 루쉰 연구가 천융陳涌은 마오쩌둥毛澤東의 「후난 농민운동 고찰보고서湖南農民運動考察報告」의 한 단락을 인용하여 이렇게 말했다. "국민혁명은 대규모 농촌 변동을 필요로 했다. 신해혁명은 이러한 변동을 이끌어내지 못했기 때문에 실패했다."[20] '국민혁명'이란 개념은 쑨중산孫中山이 최초로 사용했다. 하지만 쑨중산이 1906년 사용한 '국민혁명' 개념은 '영웅혁명'에 상대되는 개념이었다.

추스제邱士杰의 연구에 근거해보면 이 개념이 새롭게 되살아난 것은 1922년에서 1923년 무렵이라고 한다. 당시 공산당원 차이허썬蔡和森과 천두슈陳獨秀가 이 개념을 사용하여 중국의 민족민주혁명(반제반봉건혁명)의 정의를 확정했다. 이 개념은 이후 국공합작 속의 통일전선운동과 농민운동 내부에서 상당히 큰 역할을 했다.[21] 천융은 아Q가 착취당하는 농촌 프롤레타리아라고 인식했지만 이와 동시에 중국 봉건통치계급을 가장 훌륭하게 대표한다고 믿었다.[22]

계급적 논술과 아Q의 비겁함, 정신승리법 등 부정적인 현상의 관계를 봉합하기 위해, 몇몇 논자는 또 아Q는 농민이 아니라 룸펜 프롤레타리아라고 단언했다. 텍스트에서 찾아볼 수 있는 이 논점의 근거는 다음과 같다. 아Q는 웨이좡 마을에서 읍내로 들어가 본 유일한 사람이다. 그는 읍내 사람들이 생선요리를 할 때 웨이좡 사람들처럼 파를 길게 썰어넣지 않고 잘게 썰어넣는다는 사실을 안다. 그리고 그는 읍내 사람들을 무시할 뿐만 아니라 웨이좡 사람들도 무시한다. 왜냐하면 "읍내 사람들이 생선요리를 할 때 파를 잘게 썰어넣는다는 사실조차도" 웨이좡 사람들은 모르기 때문이라는 것이다. 그는 떠돌이로 고정된 거처가 없고 신분도 고용노동자다. 이들 논자는 아Q의 신분이 고용노동자 혹은 고용농이기 때문에 결국 룸펜 프롤레타리아에 속한다는 결론을 내렸다. 룸펜 프롤레타리아의 '혁명' 과정에는 혼란한 틈에 한 몫 챙기기, 투기, 비겁함 등의 현상이 마구 뒤섞이게 되는 것을 피할 수 없다.

아Q의 계급 성분을 어떻게 규정하든지 간에 아Q의 정신승리법이 민족적 병폐의 집중적 표현이라는 사실을 부정하는 사람은 거의 없다. 신해혁명과 농민 혹은 고용노동자 계급에 대한 「아Q정전」의 탐색은 아주 중요한 측면에 속하므로 국민성 문제로 그것을 부정해야 할 이유는 없다. 그러나 양자 사이에 무슨 관계가 있는지는 반드시 분석해야 한다. 이 문제를 '귀신' 혹은 '국민성'의 이중성이나 이 양자의 대화망 속으로 끌어들여 토론을 진행하면 다음과 같은 가능성을 제기할 수 있다.

신해혁명에 대한 루쉰의 묘사는 국민성 변화의 객관적 계기를 탐색한 것이다. 그리고 아Q의 사회적 신분에서도 국민성이 추상적인 어떤 요소들의 총체가 아니라 각기 서로 다른 사회적 신분과 그 관계망에 의지하는 구체적 요소임이 잘 드러난다. 전통적인 인식에 따르면 사람에게는 열 가지 등급이 있는데 각각의 등급에 속한 사람은 서로 분리되어 있다고 한다. 따라서 국민성의 인습적 내림은 모든 계층의 신분 관계 위에 응집되어 있다. 국민성을 능동적으로 반성하고 드러낼 수 있는 국민성이 존재한다면 후자는 행동의 객관적 역량, 즉 상호 단절된 인간의 등급 체계를 개조할 수 있는 행동 역량을 의미하게 된다. 이러한 행동의 결과로서 신해혁명은 국민이 자신을 개조하려는 위대한 사건이었다. 따라서 그것은 또 국민성이 능동적으로 역사 속에 펼쳐진 사건이기도 했다.

그러나 신해혁명은 아Q에게 혁명으로 전환하는 계기를 제공해주었지만 내면적 항쟁과 분투는 촉발하지 못했다. 이 때문에 '혁명'은 단지 우연으로서, 혹은 분투가 없는 본능적 순간으로서만 아Q의 생명 속에 존재했다. 분투가 없다는 것은 생명 주체의 의지가 없음을 의미한다. 그러나 이처럼 분투 없는 순간을 묘사하는 루쉰은 오히려 강렬한 의지를 드러내고 있다. 즉 신해혁명의 '불철저성' 때문에 루쉰은 기실 아Q의 본능적 순간을 강렬한 의지의 표현으로 승화하려 노력했다고 할 수 있다. 그것은 아Q의 혁명 과정에서는 표현할 방법이 없었고 오로지 그 혁명을 반성하는 과정에서만 자신을 드러낼 수 있었던 것이다. 아Q는 바로 그 혁명을 점검하는 리트머스 시험지였다. 이 때문에 루쉰은 혁명을 이용하여 아Q를 심판했을 뿐만 아니라 아Q를 이용하여 혁명을 심판했다. 이 이중 심판의 시야를 확보할 수 있게 만든 것이 바로 "숫제 귀신에 홀린 듯하다"는 구절에서 '귀신'이었다.

아Q의 신상에 표현된 이러한 뒤엉킴 현상, 즉 질서 유지자와 본능적 반항자로서 공존하는 현상은 바로 루쉰이 혁명을 탐색한 성과였다. 이 탐색의 핵심은 누가 혁명의 주체인가 하는 문제였다. 자본주의와 제국주의 체제의 확립이라는 배경에서 유럽의 사회주의자들은 '프롤레타리아'라는 개념을 발명했다. 그들이야말로 진정한 그리고 미래를 대표하는 혁명주체로 간주되었다. 20세기를 통틀어 보더라도 혁명과 혁명가에 대한 이해는 이 개념의 영향을 받지 않은 것이 없다.

그러나 광활한 비서구 사회에서는 도대체 누가 혁명주체이고 또 어떻게 하면 혁명주체를 형성할 수 있느냐가 바로 혁명 정치의 핵심 문제였다. 예를 들어 인도의 서민 연구가들이 발견한 것처럼, 인도, 중국 그리고 비서구 세계에서 혁명주체를 찾기 위한 노력은 일련의 서구적 범주로서 프롤레타리아의 대체물인 농민, 대중, 서민 등을 탄생시키는 과정이었다.[23] 그들은 비서구 세계가 산업자본주의의 생산관계로 진입하지 못한 상황에서도 이미 혁명주체로서 탐색되고 있었다. 아Q의 혁명에 대한 마르크스주의자들의 비판은 바로 프롤레타리아의 개념에 기초하여 전개한 미래의 혁명주체에 대한 비판이었다. 그들은 유럽 사상의 기본 범주와 연관 논리를 불가피하게 중복할 수밖에 없었다.

아Q는 자유로운 농민으로 자각적인 계급의식은 갖고 있지 않았다. 그러나 그런 모습 또한 중국 부르주아 혁명의 약점을 반영한 것이었다. 따라서 프롤레타리아의 지도를 받지 못했기 때문에 전면적인 계급 자각에 바탕을 둔 혁명에 도달할 수 없었다는 것이다. 이에 수많은 계몽주의자와 마찬가지로 마르크스주의자들은 아Q의 신상에서 '의식'을 발견하고 싶어했다. 그들은 모두 다음과 같은 사실을 믿고자 했다. "아Q에게는 당시 전체 중국의 상황처럼 자유에서 행동으로, 본능에서 의식으로, 개인적 망동에서 어떤 정치집단에 소속된 정치적 행동으로 나아가는 과정이 필요했다."

그러나 「아Q정전」에는 이러한 과정이 제시되어 있지 않다. 다만 끊임없이 중복되는 듯한 아Q의 행동에서 우리는 아직 정리되지 않은 혁명의 계기를 발견할 수 있을 뿐이다. 여기에서 말한 '아직 정리되지 않은'이라는 수식어의 의미는 바로 혁명의 본능을 가리킨다. 루쉰은 이 본능을 아직 철저하게 간파하지 못했다. 이와 상반되게 그는 오히려 이러한 본능이 '의식'에 의해 끊임없이 억압되고 전환되는 운명을 갖고 있다고 폭로했다. 이러한 억압과 전환의 과정을 아Q의 심리적 관성의 결과라고 말하기보다는 이미 자연화한 사회체제가 아직도 그 규범을 연명하는 과정의 산물이라고 말하는 편이 더 낫다.

루쉰은 소설에서 '의식'의 시각으로 아Q의 본능을 비판한 적은 없지만 이러한 본능이 끊임없이 억압되는 과정은 충분히 드러냈다. 혁명주체는 본능에서 의식으로 나아가는 과정에서는 탄생할 수 없고, 오직 이러한 억압과 전환의 시스템에 지속적으로 저항함으로써만 새롭게 빚어질 수 있다. 바로 이러한 연유로 본능적인 저항에도 혁명 가능성이 포함되어 있다. 따라서 혁명 가능성도 파괴성, 중복성, 맹목성과 공존하는 모습을 보인다. 파괴성, 중복성, 맹목성이 혁명의 열매를 훼손할 수는 있지만 진행을 부정하는 이유가 될 수는 없다.

한 사람의 혁명가로서 아Q의 혁명을 이해하려면 '정치화로 나아가는 것'이 필요하다. 그러나 '정치화로 나아가는 것'이라는 이 개념이 바로 '정치'가 이미 혹은 일찍이 존재했다는 표지다. 혁명에는 오물이 수반된다는 언급은 1930년 루쉰이 좌익 작가들을 일깨운 말이다. 그러나 그는 오물을 혁명을 부정하는 핑계로 삼을 수 없다고는 명확하게 말하지 않았다. 그의 독자들 중 혁명의 견지에 서서 아Q 시대가 이미 끝났다고 단언한 이들은 젊고 급진적인 청년들이었다.

2.

직감, 중복 그리고 혁명:
아Q의 생명 과정 속 여섯 순간

1910년 1월 저장양급사범학당에서 교사들과 함께 찍은 사진
(앞줄 오른쪽에서 세 번째가 루쉰)

아Q는 진정으로 혁명당이 되려고 했는가?

「아Q정전」과 관련된 각종 평론에서는 아Q의 '정신승리법' 및 그것과 관련된 국민성의 병폐를 다룬 문장이 시종일관 대세를 점해왔다. 이 소설과 혁명의 관계에 대한 관심도 대부분 이 중심 주제를 해석하는 과정에서 파생되어 나왔다. 1980년대에 연구자들이 심리분석 방법을 응용하여 아Q의 의식, 잠재의식 그리고 본능을 발굴할 때 '식욕과 색욕'에 대한 아Q의 갈망은 두드러지게 강조했지만 그와 혁명의 관계는 더욱더 요원한 것으로 취급했다. 당시의 아Q 연구와 혁명문학이 논쟁한 이후 마르크스주의 비평 사이에는 모종의 공통점이 있다. 그것은 바로 혁명에 대한 아Q 신상의 잠재적 본능을 무시하거나 소홀히 했다는 점이다. 그럼 루쉰이 묘사한 아Q의 신상 어디에 혁명을 지향하는 요소가 숨어 있단 말인가?

「아Q정전」을 혁명에 관한 책이라고 말한다면 다소 기이한 느낌을 받을 것이다. 루쉰 연구사에서 어우양판하이歐陽凡海는 『루쉰의 책魯迅的書』이라는 저서에서 「아Q정전」의 주요 저작 의도가 아Q에게서 혁명의 씨앗을 발굴하려는 것이었다고 언급한 적이 있다. 그러나 그의 논술은 너무 추상적이고 분석의 결론도 모순을 내포하고 있었다.[24] 샤오취안린邵荃麟은 이에 대해 다음과 같이 비평했다. "그의 언설이 참신한 것은 확실하지만 너무 주관적인 측면에서 벗어나지 못하고 있다." "그가 아Q에게서 발굴한 것은 무슨 혁명의 씨앗이 아니라 몇천 년 동안 지속되어온 중국인의 노예 근성이다. 그것은 바로 몇천 년 동안 지속된 전통적인 봉건통치 계급과 이후 중국을 침략해온 제국주의자들이 피의 참극으로 가르쳐준 노예 실패주의다."[25]

그러나 루쉰의 관점은 결코 이와 같지 않다. 루쉰은 「아Q정전」 제2장부터 '우스갯소리' 코너에서 '신문예' 코너로 옮겨진 사실을 언급하면서 다음과 같이 회고했다. "이렇게 한 주 한 주 어렵사리 계속 써나가다 결국 어쩔 수 없이 아Q가 혁명당이 되어야 하는 문제가 발생하게 되었다."[26] 루쉰의 이 해명을 사람들은 늘 언급하기는 했지만 보편적으로 그 진실성을 인정하지는 않았다. 정전둬鄭振鐸도 「아Q정전」에 대해 저명한 비평을 한 적이 있다. 그 요점은 대체로 두 가지다. 하나는 대단원의 결말과 관련된 것이고, 다른 하나는 아Q가 결국 혁명당을 자처

했다는 점과 관련된 것이다. 그는 이렇게 말했다.

나는 「천바오」에서 이 작품을 처음 읽을 때 작가가 아Q의 결말을 너무 조급하게 처리해서는 안 된다고 생각했다. 그러나 그는 이 소설을 계속 써나가고 싶지 않았는지 바로 그와 같이 자기 마음대로 결말을 처리하고 말았다. 아Q 같은 사람이 마침내 혁명당이 되어 그와 같은 결말을 맞게 된 점은 작가 스스로도 이 소설을 시작할 때 예상하지 못했던 상황인 듯하다. 적어도 (아Q에게서) 인격상 마치 두 사람을 보는 듯했다.[27)]

정전둬는 아Q처럼 가소롭고 가련하고 가증스러운 인물이 결국 혁명당이 되어 최후에 '대단원'식 결말을 맞게 되는 것을 믿을 수 없었던 모양이다. 이 때문에 그는 한편으로 가소롭고 가련하고 가증스러운 사람인데도, 다른 한편으로는 혁명당으로 행동했기 때문에 아Q가 마치 두 사람의 인격을 가진 것처럼 보인다고 인식했다. 루쉰은 정전둬의 비평을 중시했지만 그의 생각에 동의하지는 않았다. 그는 1926년 12월 18일 『베이신北新』 주간 18기에 「'아Q정전'의 창작 연유」를 발표하여 작품의 맥락을 설명했다. 이 글에서 그가 첨예하게 비판한 대상이 바로 정전둬의 평론이었다. 루쉰은 다음과 같이 언급했다.

아Q가 진정으로 혁명당이 되려 했는지, 진정으로 혁명당이 되었지만 인격

적으로는 두 사람인지는 잠시 논하지 않겠다. 이 글로 창작한 원인만 말하려 해도 아주 많은 시간이 필요하다. 나는 늘 내 글이 용솟음쳐 나오는 것이 아니라 쥐어짜서 나오는 것이라고 말하곤 했다. 듣는 사람은 흔히 내가 겸손하다고 오해하곤 하지만 기실 진실을 말한 것이다. 나는 해야 할 말도 없고 써야 할 글도 없다. 그러나 내겐 스스로를 학대하는 성격이 있는지라 때때로 어쩔 수 없이 몇 마디 고함이라도 질러서 사람들에게 시끌벅적한 구경거리를 제공해주고 싶은 마음이 있었다. ……

근래 몇 년 사이에『외침』을 읽은 사람이 많지만 애초에는 이런 상황을 전혀 예상하지 못했을 뿐만 아니라 예상 자체를 할 수 없는 상황이었다. 하지만 알고 지내는 사람의 희망에 따라 그가 내게 뭔가 좀 써달라고 하면 조금씩 뭔가를 써줬을 뿐이다. ……

지금 어떤 사람은 내가 무슨 개뼈다귀 같은 두령이 되고 싶어한다고 여긴다. 정말 가련하게도 나를 백여 번이나 사찰해놓고도 끝내 명백한 사실을 알지 못한다. 나는 여태껏 루쉰이라는 깃발을 들고 사람을 방문한 적이 없다. "루쉰은 저우수런周樹人이다"라는 사실은 다른 사람들이 조사해낸 것이다. ……[28)]

루쉰은 아Q가 진정으로 혁명당이 되려고 했는지 그리고 인격적으로 두 사람인지 하는 문제를 내걸고 자신의 글이 쥐어짜서 나온 것이라고 언급하면서 「아Q정전」의 결말이 결코 처음부터 예견된 것이 아니었음을 암시했다. 당초 그의 창작 동기는 국민의 영혼을 묘사해내는 것이었다. 그는 러시아어 번역본 서문에서 이렇게 설명했다.

이처럼 침묵하는 국민의 영혼을 그려내는 것은 중국에서 실제로 아주 어려운 일이라고 할 수 있다. …… 우리는 여태껏 혁신을 경험한 적이 없는 오래된 나라의 인민이기 때문에 여전히 서로서로 소통하지 못할 뿐 아니라 자기 손조차도 자기 발을 거의 이해하지 못하는 상황에 처해 있다. 나는 비록 사람들의 영혼을 탐색하려고 있는 힘을 다했지만 때때로 느껴지는 단절감에 안타까움을 느껴야 했다. 장래에는 높은 담장에 갇혀 있는 모든 사람이 스스로 각성하고 그곳에서 탈출하여 모두 침묵을 깨고 말을 하는 날이 올 것이다. 그러나 지금은 아직도 그런 사람을 거의 발견할 수 없다. 이 때문에 나는 다만 나 자신이 감지한 바에 따라 고독하게 그럭저럭 이런 글이나마 써내서 내 눈으로 목도한 중국인의 삶을 그려내고자 했을 뿐이다.[29)]

국민의 영혼이 침묵하는 것은 그들이 서로서로 소통하지 못하여 자신의 손조차도 자신의 발을 거의 이해하지 못하기 때문이다. 혁명을 해야 할까, 하지 말아야 할까? 이 두 가지 태도가 국민과의 관계에서 시작부터 분명하게 인식되지 못하는 것은 사람들이 타인을 이해하지 못할 뿐 아니라 자기 자신조차 전혀 이해하지 못하기 때문이다. 그들은 높은 담장 안에 갇혀서 아무 소리도 내지 못하기에 루쉰은 "사람들의 영혼을 탐색하려고 있는 힘을 다했다." 그리고 "자신이 감지한 바에 따라 고독하게 그럭저럭 이런 글이나마 써내려고" 했다는 것이다. '고독'이란 어휘는 「'외침' 자서'吶喊'自序」에서 루쉰이 '적막'을 묘사한 대목과 호응관계를 이룬다.*

그러나 고독하게 뭔가를 써내려 했다는 것은 이미 '입을 연다'는 의미를 담고 있다. 혹은 '고독'을 느꼈다는 것이 바로 '외침'의 전야에 도달했음을 나타내는 말일 수도 있다. 루쉰은 자신이 아Q가 아니라고 하면서도 아Q가 바로 중국인의 그림자임을 강조했다. 이런 의미에서 말하면, 루쉰 자신도 상호 단절된 상태로 전통적인 중국인의 인습 속에서 생활해온 사람이라고 할 수 있다. 그는 단절에 대한 자신의 창작행위조차 묘사 대상으로 응축하여 "고독하게 그럭저럭 이런 글이나마 써낼 수밖에 없었다"고 했다. 이에 힘입어 그의 창작은 독특한 서술효과를 달성하고 있다.

루쉰은 「아Q정전」에서 이러한 방법을 사용해 가장 객관적인 어조로 등장인물과 그들의 이야기를 서술하면서 일종의 우언식 구조, 즉 "고독

---

* 「'외침' 자서」, 『루쉰전집』 제1권, 439쪽. "무릇 한 사람의 주장이 찬성을 얻게 되면 그 전진을 촉진할 수 있게 되고, 반대에 직면하면 그 분투를 촉진할 수 있게 된다. 그러나 낯선 사람들 속에서 홀로 함성을 질렀는데도 그들이 아무런 반응도 없이 찬성도 하지 않고 반대도 하지 않는다면 자기 몸이 마치 가없이 아득한 광야에 버려진 것 같아서 어떻게 손쓸 방법이 없게 된다. 이 얼마나 슬픈 일인가? 그리하여 나는 내가 느낀 감정을 적막이라 생각하게 되었다. 이 적막은 날이 갈수록 길게 자라나서 마치 커다란 독사처럼 내 영혼을 칭칭 감아버렸다."

하게 그럭저럭 글을 쓰는" 작가까지도 자신이 묘사한 중국인의 삶의 일환이 되게 하는 효과를 이뤄내고 있다. 바로 이와 같은 고독한 탐색 과정에서 루쉰은 아Q가 혁명에 참여할 수밖에 없었던 불가피성을 깨닫고 있다.

나는 중국에 혁명이 일어나지 않았다면 아Q가 혁명당이 되지 않았겠지만 중국에 혁명이 일어났으므로 아Q도 혁명당이 되었다고 생각한다. 우리 아Q의 운명은 이와 같을 수밖에 없으므로 그의 인격은 결코 두 가지가 아니다. 중화민국 원년(1911)은 이미 지나갔기에 더는 종적을 찾을 수 없다. 그러나 이후 다시 개혁이 있다면 아Q 같은 혁명당이 또 출현하리라고 나는 믿는다. 나도 사람들이 말하는 것처럼 현재 이전의 어떤 한 시기를 묘사한 것이기를 바란다. 그러나 나는 내가 본 것이 결코 현대의 전신이 아니라 그 이후이거나 심지어 20~30년 이후의 일일까봐 두렵다. 기실 이 말도 혁명당을 모욕하는 것이라고 할 수 없다. 아Q는 마침내 대나무 젓가락으로 자기 변발을 머리 위로 틀어 올렸으니 말이다. ……[30)]

이 말을 루쉰과 정전둬의 대화 가운데 놓고 본다 해도 여전히 이해하기 어려운 점이 있다. 루쉰은 아Q를 혁명당으로 묘사한 것이 결코 혁명당을 모욕하는 행위가 아닐 뿐 아니라, 아Q의 혁명도 현대 이전의 혁명이나 현대의 전신이 아니라 '20~30년 이후' 중국인의 운명이라고 인식했다. 이 때문에 「아Q정전」을 이해하기 위한 관건은 바로 침묵하는 국민의 영혼 속에 왜 혁명의 잠재능력이 내재되어 있느냐를 찾는 데 있다.

하지만 도대체 어떻게 이러한 잠재능력을 이해해야 하는가? 먼저 아Q에 대한 묘사가 단지 국민성이나 민족의 열등성을 표현한 것에 불과하다면 혁명은 내재적인 것이 될 수 없다. 왜냐하면 우리는 정신승리법에서 혁명의 필연성을 찾아낼 방법이 없고, 마찬가지로 상호 단절된 고독 속에서도 외침의 가능성을 찾아낼 방법이 없기 때문이다. 국민의 영혼 속에 이와 같은 혁명의 잠재능력이 내재되어 있지 않다면 아Q의 인격은 두 가지가 될 수밖에 없다. 역대로 이어진 분석에는 아마도 텍스트 가운데서 이와 같은 내재적 근거를 찾아내지 못한 듯하고 이 때문에 루쉰도 불만을 표시했던 것 같다. 1930년 왕차오난王喬南은 「아Q정전」을 영화 시나리오 「여인과 빵女人如麵包」으로 개편하고 나서 편지를 보내 루쉰의 의견을 구했다. 루쉰은 다음과 같이 대답했다.

"내 생각으로는 「아Q정전」에 연극 대본이나 영화 시나리오로 개편할 만한 요소가 없는 듯합니다. 이 작품을 무대에 올리면 오직 골계만 남기 때문입니다. 내가 이 작품을 쓴 것은 골계나 연민을 목적으로 한 것이 아닙니다. 이 작품에 담긴 감정은 아마 지금 중국에서 활약하는 인기 스타라 해도 표현할 방법이 없을 겁니다."[31)]

다음으로 겉보기에는 아Q의 혁명이 낡은 모델과 낡은 습관의 중복에 불과하다. 그러나 만약 이와 같을 뿐이라면 그의 혁명에 무슨 의미가 있겠는가? 이 대목에서 중복과 혁명의 관계에 대한 루쉰의 이해를 분명하게 해석해볼 필요가 있을 듯하다. 그 전제가 바로 두 가지 중복을 구분하거나 순환과 중복의 차이를 구분하는 일이다. 순환도 일종의 중복인데 그것은 자아가 회귀하는 현상이다. 그러나 이전의 상태와 이후의 상태에 아무런 질적 차이가 없다. 중복은 다시 출현한 행위나 현상이지만 특별한 문제와 사건에 조응한다. 따라서 '순환'이란 의미로 해석해서는 안 된다.

루쉰은 위의 문장에서 아Q의 혁명과 관련된 두 가지 조건을 언급했다. 그 하나는 중국에 혁명이 발생했다는 사실이고, 또 하나는 혁명의 후과로 이미 종적조차 찾을 수 없게 된 '중화민국 원년'이 있었다는 사실이다. 아Q의 혁명은 이전의 어떤 동일한 부류의 행동과도 다른 것이다. 그것은 아Q의 동기에 의해 결정된 것이 아니라 혁명이라는 사건에 의해 결정된 것이다. 혁명은 중복의 형식으로 출현하지만 거기에는 이미 중복 불가성이 포함되어 있다. 그렇지 않다면 어떻게 "중화민국 원년은 이미 지나갔으므로 더는 종적을 찾을 수 없다"고 말할 수 있겠는가? '중화민국 원년'은 특별한 사건이었다. 루쉰은 이 말을 통해 혁명과 개혁의 중복성을 제시했고 아울러 동일한 의미에서 아Q 혁명의 중복성도 지적했다.

중복에는 이중성이 포함되어 있다. 즉 한편으로는 시간을 축으로 한 과거와의 관련성이 포함되어 있고, 또 다른 한편으로는 공간적 관계로 얽혀 있는 중심 사건과의 상호작용이 포함되어 있다. 바로 이 때문에 모든 중복성에는 이전 단계의 중복성과는 다른 독특한 내용이 포함된다. 그리고 이러한 내용은 또 중복과 극복을 통해 자기 모습을 드러낸다. 따라서 아Q의 혁명을 정확하게 이해하려면 그의 행동이 '사건'으로서의 혁명과 얽혀 있는 관계를 이해해야 한다. 나는 「아Q정전」을 읽는 과정에서 아Q의 중복이 여섯 가지 순간의 질적 차이를 플롯으로 삼고 있다고 느꼈다.

대다수 비평가는 논의의 중심을 아Q의 정신승리법 총결에 두었다. 그러나 이와 달리 나는 분석의 초점을 정신승리법의 우연한 효력 상실에 두고, 아Q의 인생과 그의 성격·운명에 내재된 여섯 가지 주요 순간을 중점적으로 제시하고자 한다. 아Q의 처형 순간과 같은 개별적 순간이 일찍이 창작방법을 탐구하는 측면에서 반복해서 언급된 것을 제외하고 그 밖의 다른 순간은 대부분 기존의 분석에서 거의 완전히 소홀하게 취급되어왔다.* 이러한 순간은 아Q가 자아통제를 상실하는 순간일 뿐만 아니라 정신승리법이 효력을 상실하는 하나의 찰나이기도 하다. 그러나 루쉰은 늘 그런 순간을 은근슬쩍 언급만 하고 지나갈 뿐이다. 이러

---

* 수많은 연구 성과 중에서 일본 학자들이 아Q에게서 모종의 긍정적 요소를 발견하여 긴요한 분석을 한 적이 있다. 이 점은 아마도 아Q를 묘사한 사람과 아Q 간의 관계에 대해 다케우치 요시미가 제기한 질문에 근원을 둔 듯하다. 예를 들어 키야마 히데오木山英雄는 "아Q의 둔감한 감각이 직접적으로 작가의 민감한 감각과 중첩되어 있음"에 주의하면서 "작가는 자신이 확신한 암흑으로부터 암흑적인 인물을 빚어냈다"고 인식했다(木山英雄, 『문학복고와 문학혁명文學復古與文學革命』, 北京: 北京大學出版社, 2004, 13~14쪽). 또 마루오 츠네키丸尾常喜는 아Q가 사형장에서 이리의 눈빛을 목도하는 순간을 분석하면서 "당시 아Q는 그런 공포스러운 눈빛과 자신(혹은 자신들)의 깊은 고독에 압도당했다"고 특별히 지적했다(『'인간'과 '귀신'의 갈등—루쉰 소설 분석'人'與'鬼'的糾葛—魯迅小說論析』, 北京: 人民文學出版社, 1995, 149쪽). 그러나 그들은 모두 아Q 신상에서 발견할 수 있는 이러한 요소와 혁명의 관계를 논술한 적은 없다.

한 순간을 모두 합친다 해도 1분을 초과할 수 있을지는 나도 알 수 없다. 그러나 나는 이러한 순간이 아Q와 혁명의 관계 해석에 지극히 중요한 요소일 뿐 아니라 아Q의 인생을 이해하는 측면에서도 필요불가결한 요소임을 확언할 수 있다. 이러한 순간도 아마 모종의 중복 현상으로 보이지만 그 질적 수준은 이전과 완전히 다르다. 말하자면 중복 속에 변화가 숨어 있다고 할 수 있다.

이러한 변화는 아Q의 개별적인 행동의 동기라는 측면으로는 분석할 수 없으며, 아울러 시간의 축으로도 해석할 수 없다. 그러므로 반드시 이러한 순간을 그의 주변 질서에서 발생한 변동의 반응으로 간주하여 분석한 뒤, 아Q의 심리와 행동의 중복성으로부터 새로운 요소의 맹아를 관찰해야 한다. 만약 이들 순간을 해석하지 않으면 「아Q정전」의 기조는 완전히 부정적인 것이 되어 결국 철두철미한 허무주의 작품으로 간주되고 말 것이다. 이 점은 루쉰의 친동생 저우쭤런을 포함하여 수많은 「아Q정전」 해석자가 항상 강조해온 점이 아니던가? 하지만 진정으로 이와 같을 뿐이라면 아Q의 혁명은 결국 도저히 해석할 수 없는 신비한 사건으로 묻히고 말 것이다.

정사 계보로서 '정전'이라는 용어

이들 순간을 분석하기 전에 우리는 이 작품의 서문을 분석해볼 필요가 있다. 이 소설이 프랑스어 판으로 나왔을 때, 역자가 그랬는지 번역을 게재한 잡지사가 그랬는지 모르지만 제1장 서문 부분이 삭제되었다. 루쉰은 「아Q정전」 프랑스어 번역본에 서문이 삭제된 사건을 특별히 언급한 적은 있지만 여러 말은 하지 않았다. 루쉰에게 「아Q정전」 제1장 서문은 매우 중요한 부분이다. 이 서문이 없으면 작품의 반어적 풍자 구조가 쉽게 드러나지 않는다. 이 서문의 한 대목에서 루쉰은 '정전'이라는 어휘의 의미를 이렇게 설명했다.

내가 아Q에게 정전正傳을 지어주려 한 것은 한두 해 사이의 일이 아니다.

그러나 한편으로 쓰고 싶은 마음이 있으면서도 다른 한편으로는 망설여지기도 했다. 이 점에서도 나는 뛰어난 문필가가 아니라는 사실을 알 수 있다. 옛날부터 불후의 문장은 모름지기 불후의 인물을 전하기에, 사람은 문장으로 전해지고 문장은 사람으로 전해지게 된다. 따라서 결국 누가 누구를 전하는지도 모를 상황이 되는 셈이다. 하지만 나 같은 사람이 결국 아Q 같은 사람을 후세에 전하겠다고 결론짓게 되었으니 이건 숫제 귀신에 홀린 듯하다.[32]

아Q의 특징 가운데 하나가 '자기 경멸을 제일 잘하는 것'이라면 작가도 이와 같은 특징을 가지고 있다. 루쉰은 자신이 입언立言*을 할 만한 사람이 아니라고 했다. 그리고 그 뒷부분에서 「아Q정전」 창작은 금방 썩어 문드러질 글을 쓰기 위한 것이지 영원히 썩지 않는 글을 쓰기 위한 것이 아니라고 했다. 루쉰은 '정전' 주인공 아Q와 '정전' 작가를 조롱하면서 반어적 풍자기법을 보여주고 있다. 그리고 반어적 풍자의 우의는 오직 정사正史와의 관계 속에서만 충분한 의미를 드러낸다.

루쉰은 전기를 쓰는 사람을 증오했다. 1936년 리지예李霽野는 루쉰에게 편지를 보내 루쉰 스스로 자서전을 쓰거나 루쉰의 부인 쉬광핑許廣平이 그의 전기를 쓸 수 있게 협조해달라고 건의했다. 루쉰은 이렇게 대답했다.

---

* 입언은 삼불후三不朽의 하나다. 삼불후는 바로 사람이 죽고 나서도 영원히 썩지 않는 세 가지 불멸의 업적을 가리킨다. 그 첫째가 입덕立德, 둘째가 입공立功, 셋째가 입언立言이다. '입덕'은 불멸의 공덕을 세워 천하를 태평하게 하는 일이고, '입공'은 뛰어난 공적을 세워 나라와 백성을 편안하게 하는 일이며, '입언'은 훌륭한 문장을 지어 후세까지 물려주는 일이다. 『좌전左傳』 양공襄公 24년. —옮긴이

“나는 자서전을 쓰지 않을 것이고 다른 사람이 내 전기를 쓰는 것도 달갑게 생각하지 않네. 왜냐하면 내 일생이 너무나 평범하기 때문이네. 또 나와 같은 사람을 위해서도 전기를 지을 수 있다면 중국에는 순식간에 전기가 4억 권 생겨나서 도서관이란 도서관은 모두 전기로 미어터질 것이기 때문이네. 내게도 소소한 상념과 하고 싶은 말이 많지만 그것들은 수시로 바람 따라 사라져버린다네. 물론 애석하게 느껴질 때도 있네. 그러나 기실 그것은 사소한 일들일 뿐이네.”[33)]

여기에서 서술한 ‘금방 썩어 문드러진다’는 의미에는 「아Q정전」 속의 ‘정전’ 해석과 상통하는 점이 있다. 『들풀野草』에도 「사후死後」라는 제목의 글이 실려 있다. 어떤 사람이 죽은 후 길에 누워 있고 파리 떼가 그 시체를 둘러싸고 윙윙 날아다닌다. 그 사람은 죽었지만 감각은 아직 살아 있다. 파리 떼는 시체를 둘러싸고 윙윙 날면서 진수성찬을 맛보려는 듯 떠나지 않으려고 한다. 그 파리 떼가 바로 죽은 자의 전기를 쓰려는 사람과 같다. 이 때문에 루쉰은 전기를 쓰는 일에 대해 시종일관 풍자적인 태도를 갖고 있었다.

그런데 그는 왜 ‘정전’을 쓰려고 마음먹었는가? 중국 역사에 대한 루쉰의 관점에 비춰보면 전기를 쓰는 일은 전체 권력의 계보와 관련되어 있다. ‘사람의 등급은 열 가지로 나뉘어 있으므로’ 사람을 단절시켜 자기 손과 발조차 서로 호응하지 못하게 하는 것은 바로 이 권력의 계보 때문이다. 중국의 ‘정사’는 바로 이러한 권력의 계보와 상응하는 글쓰기 계보다.

루쉰은 이렇게 묘사했다. "전기의 명칭은 아주 다양하다. 열전列傳, 자전自傳, 내전內傳, 외전外傳, 별전別傳, 가전家傳, 소전小傳……." 그러나 아Q에게 적합한 명칭은 하나도 없다. 그래서 '작가'는 "…… 이른바 한담일랑 제쳐두고 정전으로 돌아가자라는 구닥다리 가락에서 '정전'이라는 두 글자를 취하여 제목으로 삼는다"라고 했다. 따라서 '정전'은 하나의 반어이며 정사 및 그 계보의 반면을 가리킨다.

『사기史記』의 개권벽두는 「오제본기五帝本紀」다. 제왕은 '본기'에 나열했고 공자는 세가世家에 편입했다. 공자는 본래 제자백가의 한 사람이지만, 노자, 묵자, 맹자, 순자, 장자는 '열전'에 편입한 반면 공자만은 존귀하게 대접하여 '세가'에 넣었다. 이는 한대의 권력 계보에서 공자가 이미 제자백가를 능가하는 위치로 올라섰음을 보여주는 일이다.

캉유웨이康有爲는 『공자개제고孔子改制考』에서 공자를 '세가'에 나열한 『사기』에 불만을 표시했다. 그는 먼저 제자백가와 경쟁하다가 유가와 묵가가 두각을 나타냈다고 서술했다. 이어서 유가와 묵가가 경쟁하다가 공자가 두각을 나타내며 중국의 입법자가 되었다고 언급했다. 이 때문에 공자를 이른바 '소왕'素王과 '신왕'新王으로 부른다는 것이다. 이러한 지위를 근거로 캉유웨이는 공자를 응당 '본기'에 편입하여 제왕들과 동일하게 대접해야 한다고 인식했다. 캉유웨이는 자못 역사의 입법자가 되려는 웅심을 품었으므로, 그가 만약 또 다른 『사기』를 썼다면 「공자세가」가 아니라 「오제본기」 뒤에 「공자본기」를 넣었을 것이다. 왜냐하면 그가 보기에 공자는 중국 역사에서 가장 위대한 입법자였기 때문이다.

내가 보기에 오늘날에도 많은 사람이 공자의 동상을 역사의 광장 중심에 세우려는 희망을 품고 있는 듯하다. 그러나 또 다른 사람들은 제자백가를 크게 떠벌리면서도 제자백가가 경쟁한 역사와 그 결과는 명실상부하지 않다고 인식했다. 그들은 또 중국 역사에서 공자가 차지하고 있는 '본기' 인물로서의 지위도 받아들이려 하지 않는다. 그러나 '하층민'下里巴人의 시각으로 보면 본기-세가-열전은 권력의 계보 구성에 불과하고, 오늘날에도 사람들은 단지 이러한 계보 속에서 역사 인물의 지위를 정하는 문제로 다툼을 벌일 뿐이다.

이러한 계보에 따르면 아Q는 열전에 편입될 자격이 없고 작가 '바런'도 전기를 쓸 자격이 없다. 루쉰은 '정전'을 제목으로 삼아 아Q에게 전기를 지어주면서 작가 이름을 '샤리바런'에서 취하여 '바런'으로 확정했다. 이것은 물론 고대 '열전'의 의미가 아니다. '정전'을 전통적인 열전, 세가, 본기와 나란하게 나열하는 것은 중국인의 계보 밖의 계보 혹은 계보 아래의 계보를 드러내기 위한 의도다. 정사의 계보는 등급에 따른 권력으로 구성되어 있고, 각각 서로 분리된 항목에 편입된다. 정사 속의 '열전'은 바로 서로 명분이 일치하는 계보 세트의 응축물이다.

그러나 '정전'이라는 어휘는 정사의 계보 밖으로 배제된 계보를 표현할 뿐 아니라 정正이라는 글자도 반어적 풍자 수법으로 정사의 계보를 전복하고 있다. 내가 '정전'을 '정사'의 계보로 간주하는 것은 니체F. W. Nietzsche와 푸코M. P. Foucault의 의미를 담아서 말하는 것이다. 니체가 악을 도덕의 계보로 간주한 것은 흡사 포이어바흐L. Feuerbach가 인간을 하느님의 계보로 간주한 것이나, 마르크스K. Marx가 사회관계를 인간의 계보로 간주한 것과 같다. 악을 도덕의 계보로 간주한 것은 기독교 도덕체계에 대한 혁명적 전복이다. 인간을 하느님의 계보로 간주한 것은 기독교 세계관에 대한 혁명적 전복이다. 사회관계, 특히 계급관계를 인간관계로 간주한 것은 부르주아의 보편적 인성관과 역사관을 혁명적으로 전복한 것이다. 이런 의미에서 이들의 계보학은 혁명성을 내포하고 있다.

'정전'은 바로 '본기-세가-열전'의 계보를 이룬다. '정전'이 없다면 정사의 계보를 이해할 수 없고, 정사의 규칙이 어떻게 확립되었는지 이해할 수 없다. 정사의 열전이 있다는 건 세가도 있고 본기도 있다는 걸 의미한다. 이와 같을 뿐 아니라 열전이 있다는 건 또한 정사의 계보 밖에 배제된 더욱 광대한 계보가 있다는 걸 의미한다. 그러나 이 계보 밖의 계보는 '무'無의 형식으로 존재할 뿐이다. 만약 '정전'으로 대표되는 명분 없는 계보가 없다면 정사의 계보와 명분은 성립할 수 없다.

뒤집어서 말해보면 만약 '정전'이 땅을 뚫고 솟아나오면 정사의 계보는 위기에 직면할 수밖에 없다. 이런 의미에서 혁명과 정사의 계보 밖에 억압된 세계로서의 '정전' 사이에는 천연으로 이루어진 모종의 관계가 있다. '나'처럼 아무것도 내세울 것이 없는 사람이 또 한 명의 아무것도 내세울 것이 없는 아Q에게 전기를 지어주게 되었지만 그것은 오직 '정전'이라는 형식을 빌릴 수 있을 뿐이다. 그러나 뜻밖에도 그 '정전'은 지어진 후 신문 지상에 당당하게 등재까지 되었다. 이것은 신해혁명 후 "아Q가 마침내 대나무 젓가락을 이용해 변발을 머리 위로 틀어 올린 것처럼 일종의 질서 변동을 의미하고 혁명이 전혀 허무하지 않다"는 걸 의미하는 것이 아닌가?

이 때문에 아Q에게 '정전'을 써주는 것은 '무'의 존재를 '유'有의 영역으로 소환하는 혁명적인 행동이다. '정전'의 존재는 정사 계보의 완전성과 체계성을 전복한다. '무'는 결코 무가 아니며, 단지 억압된 '유'일 뿐이다. 열전 서술의 관례에 따르면 서술 대상의 성姓이 무엇인지 알아야 하지만 아Q에게는 성이 없다. 한때 그의 성이 자오씨인 것처럼 행세할 때도 있었지만 금방 자오씨를 쓰지 못하게 되었다. 자오 대감은 이렇게 소리쳤다. "네놈이 어떻게 자오씨가 될 수 있단 말이냐? 네놈의 어느 구석에 자오씨 자격이 있단 말이냐?"[34)]

이어서 이름도 문제가 되었다. 아Q의 이름을 도대체 어떻게 쓰는지 알 도리가 없었지만, 사람들은 모두 그를 아구이阿Quei라고 불렀고 나중에는 영어식으로 표기하는 방법도 생겼다. 그러나 "죽은 뒤에는 아Quei를 들먹이는 사람이 아무도 없게 되었다. 그러니 어찌 '청사에 길이 남을' 일이 있을 수 있겠는가?"[35)] 전기란 '이름을 바르게 전해야' 하지만 성명조차 없는 상황에서 어떻게 전기를 써야 하는가? 게다가 아Q는 성명도 없을 뿐 아니라 내력도 불분명하다. 루쉰은 전문적으로 아Q의 본적 문제를 토론했다. 아Q는 웨이좡에 거주할 때가 많았지만 늘 다른 장소에 거주하기도 했으므로 웨이좡 사람이라고 말할 수 없다. 설령 "'웨이좡 사람'이라고 쓸 수는 있겠지만 그렇게 하면 춘추필법에 어긋나는 일이" 된다.[36)]

제2장 「승리의 기록優勝紀略」에서 작가는 이에 대해 보충설명을 했다. "아Q는 성명이나 본적이 불분명할 뿐 아니라 이전의 '행장'도 불분명했다. 왜냐하면 웨이좡 사람들은 아Q에게 품팔이를 요구하거나 그를 우스갯거리로 삼았을 뿐, 지금까지 그의 '행장'에는 아무도 신경을 쓰지 않았기 때문이다."[37)] 그는 서낭당에 거주하지만 그곳은 그의 집이 아니다. 또 그는 품팔이를 해서 살아가지만 그것도 고정된 직업이 아니다. 아Q는 성도 없고, 이름도 없고, 내력도 불분명하고, 행장도 없고, 집도 없고, 직업도 없는 사람이다. 그는 '열전'에 편입될 만한 어떤 요소도 갖고 있지 못하다. 정사의 계보에서 성도 없고, 이름도 없고, 내력도 불분명한 것은 존재하지 않는 사람과 마찬가지이므로 바로 '무'와 같다고 할 수 있다. 그런데 그런 '무'를 소환하여 '유'가 되게 하면, 성도 있고, 이름도 있고, 내력도 분명한 역사 인물들과 그들의 계보가 위험한 지경에 빠지지 않겠는가?

루쉰의 창작 기교에서 드러나는 두드러진 특징의 하나는 어떤 시점과 어떤 지점에서 일어난 사건을 서술할 때, 일종의 삽입 방식을 써서 현재의 사건과 과거의 사건을 병렬하는 방식을 사용한다는 점이다. 『새로 쓴 옛날이야기故事新編』에는 이러한 예가 대단히 많은데 루쉰은 그것을 유화油滑*라고 했다.[38] 왕야오王瑤도 루쉰 잡문 속의 언급을 빌려 그것을 목련희目連戲**에 나오는 얼처우二醜*** 예술에 비견했다. 목련희(기실 다른 전통극도 포함됨)에서 얼처우는 시공을 초월할 수 있다. 전통극 내부의 인물로 연기하다가 몸을 돌려 현장의 관객과 대화를 나누기도 한다.[39]

이런 기법은 기실 『새로 쓴 옛날이야기』에만 쓰인 것이 아니고 기타 작품에서도 발견할 수 있다. 예컨대 작가는 아Q가 생활한 시공간을 초월하여 아Q의 이름에 'Q'라는 영어 알파벳을 사용했다. 이에 대해 그는 다음과 같이 묘사했다. "영국에서 유행하는 중국어표기법에 따라 아Quei로 쓰고 약칭을 아Q로 했다. 이건 『신청년新青年』****의 견지를 맹종

---

* 유화: 능글맞은 골계 정도의 의미다. —옮긴이

** 목련희: 불교 이야기를 공연하는 중국 전통극이다. 대목건련이 지옥에서 자신의 어머니를 구해낸다는 이야기다. 사오싱紹興 목련희, 후이저우徽州 목련희, 천허辰河 목련희 등이 있다. —옮긴이

*** 얼처우: 중국 저장 동쪽 지방의 전통극에 등장하는 배역 중 악역 엑스트라를 가리킨다. 등장인물 중 공자를 보호하거나 추종하는 문객으로 등장한다. 일반적인 전통극 악역인 샤오처우小醜보다 신분은 좀 높지만 성격은 더 나쁘다. —옮긴이

**** 『신청년』: 천두슈는 1915년에 『청년잡지青年雜誌』를 창간하여 과학과 민주를 기치로 내걸고 신문화운동을 제창했다. 그는 이 잡지의 이름을 1916년부터 『신청년』으로 바꾸고 혁신적인 인물을 필진으로 영입하여 더욱 맹렬하게 신문화운동을 추진했다. 『신청년』을 중심으로 활동하던 인물들이 1919년 5.4운동의 주역이 되었으므로 신문화운동을 흔히 5.4신문화운동이라고 부른다. 중국 현대문학의

하는 것 같아서 스스로도 매우 미안한 마음이 들지만 무재공茂才公께서도 모르시는 일을 나라고 무슨 뾰족한 수가 있겠는가?"[40]

그는 『신청년』 잡지와 중국 사회의 긴장 관계를 반어적 풍자 수법을 통해 「아Q정전」의 스토리 속으로 끌어들여 『신청년』이 대표하는 기본 가치를 드러냈다. 명사의 문제나 정명의 문제는 신문화운동과 백화문운동 가운데서 가장 핵심적인 문제였다. 왜 언어 형식의 변천을 둘러싼 문제가 그처럼 큰 논쟁을 불러일으킬 수 있었던가? 그 이유는 언어와 명명의 관계가 매우 밀접하여 최종적으로 명분과 실질의 문제뿐 아니라 그것과 직접 관련된 질서 문제에까지 영향력이 파급되기 때문이다.

정명과 관련하여 덧붙이면, 아Q는 성명도 없고 내력도 불분명하여 오직 『신청년』에서 제창한 서양 글자인 'Q'자로만 존재를 표기할 수밖에 없다. 낡은 언어 질서 속에는 그의 자리가 없다. 만약 자기 문자와 상이한 서양 글자조차도 중국 언어 질서의 일부분으로 변했다면 현대 국민의 영혼 속에도(이 영혼도 언어를 통해서만 존재를 드러낼 수 있을 뿐이다) 자신과 서로 다른 요소가 포함되었다고 말할 수 있지 않겠는가? 자신과 서로 다른 이와 같은 요소가 반성의 계기로 작용하게 된다.

루쉰은 『신청년』을 한결같이 칭찬하지 않았다. 그는 항상 새로움 속에서 낡은 것을 간파해냈고, 급진 속에서 보수적인 사람을, 변화 속에서 퇴보하는 사람을 간파해냈다. 신문화운동 퇴조기에 나타난 '국고정리

언문일치운동인 백화문白話文운동이 이 잡지를 중심으로 진행되었으며, 중국 최초의 현대소설인 루쉰의 「광인일기」도 이 잡지에 발표되었다. 당시 신문화운동과 문학혁명운동의 기지 역할을 한 잡지다. -옮긴이

國故整理운동'*과 역사 연구과정에 나타난 실증주의가 바로 이러한 사례에 해당한다. 따라서 과학적인 방법으로 전통문화를 정리하고 역사를 서술하자는 조류에 루쉰은 예리한 비판을 가했다. 그는 조롱하는 투로 다음과 같이 말했다.

내가 짐짓 위안으로 삼는 것은 '아'阿자 한 글자만은 대단히 정확하여 견강부회나 가차의 흠이 절대로 없다는 점이다. 이 점은 만사에 정통한 분들에게 질정을 받아도 좋다. 그 나머지는 나 같은 천학비재가 천착할 수 있는 것이 아니므로, 이제 '역사벽'이나 '고증벽'이 있는 후스즈胡適之 선생의 문인들에게 부탁하여 앞으로 새 단서들을 많이 찾아낼 수 있기를 희망할 뿐이다. 그러나 그때가 되면 「아Q정전」은 흔적도 없이 사라지고 없을 것이다.[41)]

아Q는 '무'에서 ―이름이 없으니無名 실질도 없다無實― 탄생한 인물이다. 만약 후스가 제창한 실증주의의 고증 방법으로 논증한다면 아Q의 지위는 아마도 전통적인 정사에서의 지위와 마찬가지로 그 존재를 증명할 방법이 없으므로 결국 존재하지 않는 인물로 처리될 것이다. 이 대목에서 서양 글자로 대표되는 서로 다른 문화가 자신의 전통문화에 전복된다. 루쉰은 위의 서술에서 자신이 후스, 『고사변古史辨』파, 현대 실증주의 사학 전체와 대립된 위치에 있음을 암시했다. 실증주의 사학

* 국고정리운동: 1919년 후스가 『신조新潮』 잡지에서 제창한 뒤 1920년대 초반까지 성행한 중국 전통문화유산 연구·정리 운동이다. 당시 신문화운동이 전반적인 서구화 운동으로 흘러가자 이를 조정하기 위해 후스가 과학적인 방법으로 중국의 전통문화유산을 연구·정리하여 서구문화와 융화시키자고 주장했다. 량치차오梁啓超, 구제강顧頡剛, 위핑보俞平伯 등 많은 학자가 참여했다. ―옮긴이

은 처음 출발할 때 신화와 전설 시대를 연구 범위에서 제외함으로써 어느 정도 반전통 분위기를 풍기기도 했다. 그러나 이 학문 경향도 정사 계보와 마찬가지로 사람들의 입으로 전해지는 모든 인물, 사적, 고사를 실증할 방법이 없다는 사실 하나만으로 '역사'의 범주 밖으로 제외시켰다.

이 때문에 현대사학도 '정전'을 다시 '무'의 상태로 되돌리는 과정에서 탄생했으므로, 그들의 역사 질서도 배제법을 통해서만 완성될 수 있는 것이었다. 정사의 사관이나 실증주의 사관으로 살펴볼 때 만약 작가가 '귀신에 홀린 게' 아니라면 「아Q정전」은 결단코 탄생할 수 없는 작품이 될 것이다. 또 아Q가 역사 속으로 진입할 수 없는 이유는 그가 이름이 없어서 그 실질을 증명하기 어렵기 때문이다. 아울러 '역사'라는 이 범주가 바로 명名과 실實의 배타적 관계를 통해서만 자기 존재를 확립할 수 있기 때문이다.

이런 의미에서 「아Q정전」은 전통적인 역사 계보에 대한 전복일 뿐만 아니라 현대 실증주의 역사관과 그 지식 계보에 대한 거부이기도 하다. 이러한 루쉰의 인식과 고증벽·역사벽 위에 자리 잡은 실증주의 역사관의 대립은 『새로 쓴 옛날이야기』를 토론할 때 좀 더 진전된 내용이 드러날 수 있지만 위 인용문의 풍자적 어휘 속에 감춰진 내용은 이 자리에서 언급하지 않을 수 없었다. 왜냐하면 혁명과 역사관의 단절은 절대적인 관련을 맺고 있기 때문이다.

여섯 순간의 첫째와 둘째: '실패의 고통'과 '어디로 가야 할지 모름'

「아Q정전」 제1장 서문 뒤에는 본문이 모두 여덟 장 이어져 있다. 「승리의 기록優勝紀略」, 「승리의 기록 속편續優勝紀略」, 「연애의 비극戀愛的悲劇」, 「생계문제生計問題」, 「중흥에서 말로까지從中興到末路」, 「혁명革命」, 「혁명 금지革命不準」와 「대단원大團圓」이 그것이다. 이것은 아Q의 이야기다. 역대의 서술을 보면 모든 사람이 아Q를 자아가 없는 인물, 어떤 이미지나 유형으로 정형화된 인물, 중화민족의 몇 가지 특징을 농축해놓은 우언성 인물로 인식했다. 바꿔 말하면 아Q는 단지 추상적인 의미나 정형화된 의미에서는 진실하지만 절대로 현실 속의 진실한 개인이 될 수 없다는 것이다. 아Q의 정신승리법과 비겁함·유약함을 작품 속에서 생동감 있게 묘사한 것도 이른바 민족의 열등성을 표현한 것으로 해석되었다.

하지만 우리가 몇몇 순간, 몇몇 시각, 몇몇 계기를 찾아내 아Q의 생명 과정에 모종의 개인적 각성 가능성이 존재함을 설명할 수는 없을까? 루쉰은 국민의 영혼을 그려내려 했지만 동시에 아Q의 혁명 잠재능력을 표현하려고도 했다. 개인 생명의 내면에서 발아되는 모종의 계기가 없다면 루쉰의 언급은 근거 없는 말로 전락하고 말 것이다. 이러한 계기는 상징적으로 말해서 물론 민족의 영혼이 변화하는 계기라고 할 수 있지만, 가장 먼저 진실한 개인의 구체적 감수성이 반응하는 방식으로 드러날 것이다.

아Q는 영원히 자신의 주체적 생각에 입각하여 사고할 수 없는 사람이다. 그는 영원히 환각 속에서 생활하며 끊임없이 자신과 타인과 전체 사회와 관련된 이야기를 꾸며낸다. 그는 수많은 이야기를 갖고 있고 또 자신과 관련된 '의식'을 갖고 있지만 자기만의 자아는 갖고 있지 않다. 이 때문에 각성의 순간을 그의 의식이나 자아의식에서 찾아낼 수는 없고 반드시 그의 잠재의식과 본능 속에서 발굴할 수밖에 없다. 그 스스로 통제할 수 없는 영역이 있어야만 우리는 그곳에서 아Q의 혁명 계기를 찾아낼 수 있다.

'5.4' 시기의 계몽자들은 신문화를 통해 국민의 자아의식을 환기하려고 했다. 그들은 중국 국민성의 병폐가 바로 자아의식의 결핍에서 비롯

된다고 보았다. 성현의 경전이 우리에게 규범을 제시하고 우리의 행위방식을 알려주면 우리는 바로 그것을 따라 그대로 행동했다. 만약 고통을 느끼면 바로 한 가지 이야기를 꾸며내 그 고통을 합리화할 필요가 있다. 그러나 루쉰이 「아Q정전」에서 발굴하려 했던 것은 또 다른 어떤 것이었다. 그것은 바로 순식간에 사라져버리는 어떤 것이다. 그것은 이야기를 꾸미려는 욕망에 의해 끊임없이 은폐되는 본능이나 욕망이라고 할 수 있다.

나는 아Q가 몇 차례 각성하려는 마음을 먹었다고 생각한다. 여기에서 말하는 각성은 혁명가가 되려는 각성이 아니라 자기 환경에 대한 본능적 접근을 말한다. 우리는 다음과 같은 질문을 던져도 좋을 듯하다. 언제 아Q의 자아표현이 자기 환경과 가장 잘 맞아떨어지는가? 아Q는 언제나 자신을 위해 갖가지 이야기를 꾸며낸다. 제2장 첫머리에는 아Q의 행장이 서술되어 있다.

…… 웨이좡 사람들은 아Q에게 품팔이를 요구하거나 그를 우스갯거리로 삼았을 뿐, 지금까지 그의 '행장'에는 아무도 신경을 쓰지 않았기 때문이다. 아Q 스스로도 이에 대한 이야기를 하지 않았다. 다만 다른 사람과 언쟁이라도 벌어질 양이면 간혹 눈을 부라리며 호통을 쳤다.

"우리가 예전에는 네깐 놈들보다 훨씬 잘살았어. 네깐 놈들이 대체 뭔 화상들이냐고!"[42)]

다른 사람에 대한 아Q의 멸시와 숭배 혹은 각양각색의 태도에는 모두 그가 자신을 위해 꾸며낸 이야기가 전제되어 있다. 그러나 그런 이야기는 그의 실제 환경과 엄청나게 동떨어진 것이다. 예컨대 다음과 같은 경우가 그렇다. "아Q는 '예전에 잘살았고' 식견도 높은 데다 '재주도 뛰어났기' 때문에 거의 '완벽한 사람'이라고 할 수 있지만, 애석하게도 신체에 다소 결점이 있었다." 루쉰의 묘사는 아Q의 특징 하나하나에 근거하여 계속되고 있다.

아Q가 자신을 완벽한 사람으로 꾸며댈 때 루쉰은 아Q의 신체적 결점을 묘사하고 있다. 그것은 바로 아Q의 두피에 퍼져 있는 부스럼 딱지였다. 그것은 그가 드러내기를 꺼려하는 약점이었다. 황제에게 각종 피휘가 있듯이 아Q도 황제처럼 뢰賴, 광光, 량亮, 등燈, 촉燭 등과 관련된 어휘를 모두 '피휘'했다. 다른 사람과 맞설 수 없을 때 그의 대항 방법은 바로 '네깐 놈들은 상대도 안 돼……'라고 생각하는 것이었다. 그러다가 다른 사람에게 구타라도 당하면 그는 "마음속으로 또 이렇게 생각했다. '결국 아들놈에게 맞은 셈이군. 요새 정말 세상 꼴이 말이 아닌 게야…….'"

실패를 거부하는 이와 같은 불요불굴의 태도는 제2장 「승리의 기록」 중 해당 단락, 즉 제2장 맨 끝 세 번째 단락에서 처음으로 좌절을 겪게 된다. 아Q는 도박판에서 처음으로 돈을 땄으나 결국 싸움이 일어나 자신도 몰매를 맞고 하얀 은화도 모두 뺏기고 말았다. 그는 습관대로 "아들놈에게 뺏긴 거야!"라고 자신을 해명해보았으나 아주 짧은 순간 "서운하고 불쾌한 마음이 엄습하는 걸" 막을 수 없었다.

하얗게 반짝이던 은화 더미! 게다가 그건 자기 것이었는데 이제 사라지고 없다니! 물론 그것도 아들놈에게 뺏긴 것으로 치부해보았지만 서운하고 불쾌한 마음은 어쩔 수 없었다. 또 자신을 버러지로 치부해보아도 역시 서운하고 불쾌한 마음이 들었다. 이번에는 그도 좀 실패(패배)의 고통을 맛볼 수밖에 없었다.[43)]

중국에는 역대로 실패한 영웅이 드물었고 반역자에게 제사를 올리는 조문객도 드물었다. 이것은 루쉰이 실패를 이해하지 못하고 인정하지 않는 중국인을 비평하면서 한 말이다. 아Q는 이 대목에서 갑자기 자신이 실패했다는 느낌을 받았으나 루쉰은 과장해서 묘사하지 않고 단지 두 차례 "서운하고 불쾌한 마음이 들었다"라고 언급하는 것에 그쳤다. "실패의 고통을 느꼈다"는 것은 아Q의 본능 속에 실패감이 결여된 중국 국민성을 돌파할 계기가 숨어 있다는 것이 아닌가? 그러나 그런 계기는 순식간에 사라지고 "그는 즉시 실패를 승리로 전환했다."

루쉰은 제2장을 쓸 때부터 갈수록 더욱 진지해지기 시작했다고 토로한 적이 있다. 그럼 도대체 무엇 때문에 루쉰은 묘사기법을 바꾸게 되었는가? 만약 그 순간 아Q의 실패감이 드러나지 않았다면 우리는 루쉰의 침중한 기분을 이해하기 어려울 것이다. 나는 제2장의 묘사기법에 변화를 촉진한 것이 바로 아Q에게서 순간적으로 노출된 실패감이라고 생각한다.

정신승리법의 가장 중요한 특징은 실패를 부정하는 것이다. 실패가 끊임없이 몰려올 때 정신승리법은 아Q에게 그것을 부정하는 강력한 심리 기제를 제공했다. 그는 또 다른 이야기를 꾸며내어 마침내 승리를 쟁취했다. 제3장 「승리의 기록 속편」에서 아Q는 계속해서 자신의 승리 이야기를 꾸며낸다. 이 장에서 루쉰은 또 한 차례 그의 실패를 묘사한다. 그것은 바로 아Q가 왕털보에게 두들겨 맞는 그 순간이다.

아Q의 기억으로는 이것이 바로 그가 난생처음 당한 굴욕적인 사건이었다. 왜냐하면 왕털보는 무성한 구레나룻 때문에 지금까지 그에게 비웃음을 당했지 그를 비웃은 적이 없었고 특히 손을 쓴 일은 더더욱 없었기 때문이다. 그런데 그가 이제 결국 손을 쓰다니, 이건 정말 생각지도 못한 일이었다. 설마 저잣거리의 뜬소문처럼 황상께서 과거를 폐지하여 수재와 거인擧人이 더는 필요 없어졌고, 이로써 자오씨댁 위엄이 땅에 떨어져서 결국 이놈까지 날 업신여기는 것일까?

아Q는 어디로 가야 할지 몰라 우두커니 서 있었다.[44]

아Q의 정신승리법은 자신을 등급 질서 속으로 편입하고 난 후에야 완성된다. 왕털보는 가장 먼저 이러한 질서를 파괴하여 아Q를 뒤흔들었다. 그러자 그는 즉시 "황상께서 과거를 폐지하여" "조씨댁 위엄이 땅에 떨어졌다"고 등급 질서를 보완한다. 그러나 그는 한순간 "어디로 가야 할지 몰라 우두커니 서 있었다." 루쉰은 그가 무슨 생각을 하는지 묘사하지 않았고, 심지어 위의 장에서처럼 그가 느낀 실패의 고통도 묘사하지 않았다. 오히려 루쉰은 아Q에게서 이야기 조작 능력이 상실되는 순간을 묘사했다.

이 순간도 앞의 순간처럼 자신의 실패에 대한 순간적인 확인을 나타낸다. "어디로 가야 할지 몰라 우두커니 서 있는" 순간은 아Q와 그의 진실한 운명이 서로 일체를 이루는 아주 짧은 계기다. 이 계기의 출현은 아Q가 왕털보에게 구타당한 직접적인 사건을 제외하고도, 만청 시대의 격렬한 질서 변화로 아Q가 결국 "어디로 가야 할지 모르는" 외부 조건에 처해 있음을 암시한다. 이러한 의미에서 그 시절 사회적 변화에는 이전의 모든 사건과 상이한 모종의 새로운 성질이 포함되었던 셈이다. 그러나 아Q는 여전히 신속하게 또 다른 방식으로 자신의 실패를 구제한다. 이후 그는 또 가짜양놈에게 상주 지팡이로 두들겨 맞는다. 그것은 그의 생애에서 두 번째로 겪은 굴욕적인 사건이었지만 '망각'을 통해 앞의 순간에서도 거의 경험하지 못한 방식으로 순식간에 새로운 승리를 쟁취한다.

이 장의 마지막 이야기는 아Q가 젊은 비구니를 희롱하며 득의만만하게 웃음을 터뜨리는 대목으로 이어진다. 제3장 전체에서 어디로 가야 할지 몰라 우두커니 서 있었었다는 이 한마디 말만이 아Q의 자기 합리화 서술을 돌파하여 그가 자신이 처한 환경과 관련을 맺고 있음을 나타낸다. 다른 부분에서는 모두 아Q가 어떻게 자기 합리화 서술을 통해 현실과 단절되는지를 이야기한다. 따라서 이 대목은 가장 미묘한 부분이지만 단지 한마디 말에 불과하다. 바로 이 한마디 말에 의지하여 우리는 아Q가 일반적인 유형의 인물일 뿐 아니라 현실 속에서 생생하게 살아 있고 여전히 발전해가는 인격임을 의식할 수 있다. 그의 몸에는 스스로도 통제할 수 없는 어떤 것이 싹트고 있었다.

여섯 순간의 셋째와 넷째: 성과 기아, 생존본능의 돌파

제4장은 「연애의 비극」이다. 이 대목의 묘사는 앞의 몇 장과 다르게 완전히 아Q의 본능을 따라간다. 젊은 비구니를 희롱하여 승리를 얻은 아Q는 "좀 야릇한 느낌에 사로잡힌다." 아Q가 여인을 생각하기 시작한 것이다. 젊은 비구니를 희롱한 후 그가 얻은 '날아갈 듯한 느낌'은 그가 신봉해온 남녀 간의 금기를 돌파했음을 의미한다. 그는 마침내 자오 대감댁의 유일한 하녀 우서방댁을 보고 자신도 억제할 수 없는 충동으로 그녀에게 무릎을 꿇고 이렇게 말한다. "나와 잡시다. 나와 자요!" 아울러 "털썩 앞으로 다가가 우서방댁에게 무릎을 꿇었다." 이 한순간의 행동은 완전히 본능에서 나온 것이다. 우서방댁이 곧바로 그곳에서 뛰쳐나간 뒤에도 그는 여전히 "벽을 보고 꿇어앉아 잠시 멍하니 있다가 두

손으로 빈 의자를 잡고 천천히 일어섰다. 그는 뭔가 좀 재수 없게 되었다고 생각했다." 이 대목 후반부에서 루쉰은 아Q의 건망증을 묘사하면서도 그를 변호하지 않았다. 이 장에서 처음으로 '반역'이라는 말이 출현한다. 그것은 그곳 순검地保이 아Q를 꾸짖으며 내뱉은 말이다.

"아Q, 이 니미럴 놈아! 네 깐 게 자오씨댁 하녀까지 넘보냐? 이건 정말 반역이야. 덕분에 나까지 밤잠을 못 자잖아? 니미럴……."[45)]

아Q가 '반역'했다고 말하는 이유는 그가 감히 자오씨댁 하녀를 희롱하여 당시 삼엄한 등급 질서와 그 질서를 존중하는 신념까지도 성 본능으로 파괴했기 때문이다. 아Q의 반역행위는 무의식 속에서 완성되었다. 그는 한 여인에게 무릎을 꿇으면서도 자신이 무슨 말을 하는지 전혀 의식하지 못했다.

제4장 말미에서 루쉰은 지극히 간결한 방식으로 정신승리법이 효력을 잃는 또 다른 순간을 제시한다. 아Q에게서 마침내 이야기를 꾸며내는 욕망과 능력이 사라지자 소설의 서술은 꾸밈없는 직서법에 가깝게 된다. 그러나 이처럼 꾸밈없는 직서법이 장차 모종의 변화가 발생할 것임을 암시한다. 꾸밈없는 직서법은 수사, 장식, 조작의 종결을 의미하고 또 현실이 적나라하게 자기 모습을 드러내기 시작했다는 사실을 의미한다. 제5장에서 마침내 미묘한 변화가 나타난다. 그 첫머리에 다음과 같은 구절

이 있다.

사죄 절차를 마친 후 아Q는 이전처럼 서낭당으로 돌아왔다. 해가 지자 세상이 점점 기괴하게 생각되었다.[46)]

'기괴함'에 대한 첫 번째 해석은 아Q가 '웃통을 벗고 있음'을 느끼게 되었다는 것이다. 소설의 묘사는 이렇다. "그는 곰곰이 생각해보다가 그 원인을 깨닫게 되었다. 그것은 아마도 자신이 웃통을 벗고 있기 때문이라고 짐작되었다." 추운 감각은 아Q가 이야기 조작으로 제거할 수 없는 것이므로 기괴한 느낌이 든 것이다. 기괴한 느낌에 대한 두 번째 해석은 여인들의 태도가 이전과 달라졌음을 알게 되었다는 것이다.

그는 거리를 어슬렁거리다가 다음과 같은 모습을 목도했다. "그는 또 세상이 점점 기괴하게 느껴졌다. 이날부터 갑자기 웨이좡의 여자들이 부끄럼을 타기 시작한 듯했다. 아Q가 걸어오는 것을 보면 여자들은 모두 대문 안으로 뛰어들어 숨었다. 심지어 연세가 쉰 가까운 쩌우씨댁 부인까지도 다른 여자들을 따라 호들갑을 떨며 집 안으로 피했고, 이제 겨우 열한 살 된 자기 딸까지 집 안으로 불러들였다. 아Q는 정말 이상한 생각이 들었다. '이년들이 느닷없이 대갓집 규수 흉내를 내는 건가? 갈보 같은 년들…….'" 이것은 성 본능이 환기된 이후 아Q가 또다시 이 세상의 여인들에게 거부당하는 상황을 묘사한 대목이다. 기괴한 상황의 세 번째는 더욱 근본적인 해석이라고 할 수 있다. 그것은 바로 생존 조건의 변화를 아Q가 민감하게 의식했음을 의미한다.

그러나 그가 세상이 더욱 기괴하다고 느낀 것은 그때부터 여러 날이 지난 뒤의 일이었다. 첫째, 주막에서 외상술을 주려 하지 않았다. 둘째, 서낭당 당지기 영감님이 까닭 없이 허튼소리를 주절거리며 아Q를 쫓아내려는 듯했다. 셋째, 며칠이 되었는지 분명하게 기억나지 않지만, 확실히 여러 날 동안 그에게 일거리를 주는 사람이 하나도 없었다. 주막에서 외상술을 주지 않으면 참으면 되고, 영감님이 나가라고 하면 한바탕 투덜대고 나면 그만이지만, 일거리를 주는 사람이 없으면 아Q는 배를 곯을 수밖에 없었다.……[47]

사태는 아Q가 옷을 뺏긴 후 추위를 느끼는 것에서 시작하여, 구타당한 뒤 여자들의 태도가 변하는 것으로 발전했고, 최후에는 일거리가 없어서 밥을 굶는 지경에까지 이르렀다. 기괴함이란 통상적인 관례를 벗어난 감각으로, 그것은 이 대목에서 아Q의 의식이 아니라 본능이나 생리적 반응과 직접 관련을 맺고 있다. 그리고 그의 본능, 직감과 스스로도 통제할 수 없는 생리적 반응은 하나의 계기를 형성하여 그로 하여금 평상시 상태로 돌아갈 수 없는 기제에 빠지게 했다. 이 대목에서 분명히 새로운 어떤 것이 싹트고 있다. 그것은 무엇인가?

제2장에서 제4장까지 소설의 서술은 '설서인'의 이야기 방식에 입각하

여 객관적인 시점을 유지한다. 그러나 제5장 「생계문제」부터는 제2장, 제3장, 제4장에 포함된 개별 요소를 점차 발전시켜 서사기법의 중요한 변화를 급속하게 이끌어내고 있다. 나는 이러한 변화를 개괄하여 서술의 주관화 과정이라고 부른다. 제2장의 '실패의 고통', 제3장의 '어디로 가야 할지 몰라 우두커니 서 있는 상태', 제4장의 '자신도 모르게 우서방댁 앞에 꿇어앉는 행위'는 모두 관찰자 시점으로 아Q를 묘사한 것이며 성 본능의 충동을 묘사할 때도 주관적 시점은 드러나지 않았다.

제5장에서도 여전히 관찰자 시점이 지속되지만 서술 과정에 주관적 요소가 섞여들고 있고, 심지어 어떤 때는 아Q의 시점으로 바뀌고 있다. 우리는 이러한 서술이 이미 앞의 관찰자 시점에 포함되어 있었을 뿐만 아니라 아Q의 시점에도 포함되어 있었다고 설명할 수도 있다. 그러나 추위, 성 결핍, 굶주림은 관찰자 시점으로 묘사하기 어렵고, 아Q의 시점으로도 묘사할 수 없다. 왜냐하면 그는 자기 직감을 표현할 능력이 전혀 없기 때문이다. 샤오D와의 싸움 첫 번째 라운드에서 아Q는 본래 우세를 점해야 했지만 굶주림 때문에 결국 막상막하의 치욕스러운 무승부를 기록하고 말았다. 다음 인용문의 서술은 객관적이긴 하지만 매우 절실한 느낌이 스며들어 있다. 우리는 이 글에서 모종의 서정적인 맛도 느낄 수 있다.

날씨는 따뜻하고 미풍은 솔솔 불어 제법 여름 느낌이 드는 어느 날이었다.

그러나 아Q는 온몸이 으스스했다. 추위는 견딜 만했지만 제일 참기 어려운 것은 바로 배고픔이었다. 솜이불, 털모자, 무명적삼은 일찌감치 없어졌고, 다음은 솜옷까지 팔아치웠다. 이제 바지가 남았지만 바지는 절대 벗을 수 없었다. 해진 겹옷도 있지만 그건 사람들에게 신발 밑창 감으로 거저 줄 수는 있어도 돈이 될 만한 물건은 아니었다. …… 그래서 그는 먹거리를 찾으러 문을 나서기로 결심했다.[48)]

이 문장 이후 서술의 전개상 매우 특별한 대목이 두 단락 이어진다.

그는 거리를 걸으며 먹거리를 구하려 했다. 낯익은 주막이 보이고, 낯익은 만두가 보였지만 그는 그냥 지나치며 잠시도 멈추지 않았다. 그는 그런 것은 원하지도 않았다. 그가 구하고 싶어하는 건 이따위 것들이 아니었다. 그가 뭘 구하고 싶어하는지는 자신도 잘 몰랐다.

웨이좡은 본래 큰 동네가 아니어서 얼마 지나지 않아 온 동네를 다 돌아버리고 말았다. 동네 밖은 대부분 논이었고 이제 새로 심은 벼들이 온통 연초록 천지를 이루고 있었다. 그 가운데서 꿈틀거리는 검은 점들은 바로 김을 매는 농부였다. 아Q는 이러한 전원의 즐거움田家樂을 전혀 감상하지도 않고 오직 제 갈 길만 갔다. 왜냐하면 이런 풍경은 그의 '구식지도'(먹을 것을 구하는 방법)와 너무 동떨어졌기 때문이었다. 그러나 그는 마침내 정수암 담장 밖에 도착했다.[49)]

설서인은 전지적 시점을 사용하지만 위의 대목은 형식상의 전지적 시점일 뿐이다. 왜냐하면 서술 가운데 관찰자의 느낌이 포함되어 있을 뿐만 아니라 주관적인 내용도 포함되어 있기 때문이다. 위 두 단락 속의 '그' 혹은 '아Q'는 전부 '나'로 바꿔 쓸 수 있다. 나는 거리를 걸으며 먹거리를 구하거나 구걸하려고 했다. 그러나 낯익은 주막이 보이고 낯익은 만두가 보였지만 모두 지나쳤다. 잠시도 멈추지 않았고 그런 것은 원하지도 않았다. 내가 구하고 싶어하는 건 이따위 것들이 아니었다. 하지만 뭘 구하고 싶어하는지 자신도 잘 몰랐다. 아Q는 자신이 뭘 구하려 하는지도 몰랐다. 여기에서 서사 전개상 미묘한 전환이 일어난다. 그것은 바로 아Q의 시점이 서사 속으로 들어온다는 점이다.

이러한 서사의 전환 가운데서 루쉰은 전원의 즐거운 풍경에 대한 묘사를 한 폭 펼쳐놓았다. 논에 새로 심은 벼들이 연초록 천지를 이루고 있었고, 그 속에는 꿈틀대는 동그란 점이 섞여 있었다. 그들은 바로 김을 매는 농부였다. '나'는 전원의 즐거움을 전혀 감상하지도 않고 오직 제 갈 길만 갔다. 왜냐하면 '나'는 직감으로 이러한 것들이 '구식지도'와 너무나 동떨어진 것이라 느꼈기 때문이다. 여기에서 동떨어진 것이란 의미는 객관적으로 멀다는 뜻일 뿐만 아니라 주관적으로 막연하다는 뜻이기도 하다. 아Q는 뭘 구하고 싶어하는지 자신도 잘 몰랐다. 다만 이 이후에 루쉰은 다시 객관적인 서술 태도를 회복하고 있다. "그러나 그는 마침내 정수암 담장 밖에 도착했다."

위의 서술에서는 두 가지 점을 분석할 만하다. 첫째, 풍경 묘사와 서정 요소가 출현했다는 점이다. 아Q는 정신승리법과 생존본능이라는 두 가지 지배구조 아래에서 살아가는 사람이다. 풍경과 서정은 여태껏 그와 아무런 상관도 없었다. 그러나 먹거리를 구하는 도중에 모종의 서정적 분위기가 수반되면서 풍경이 출현한다. 여기에서 풍경은 아Q 내면세계의 폐쇄성에 대하여 상대적인 의미로 말한 것이다. 풍경의 출현은 이 대목에서 음식에 대해서조차 잠시 욕망을 상실한 순간과 관련되어 나타난다. 낯익은 주막과 낯익은 만두가 이제는 논, 새로 심은 벼, 농부와 함께 풍경 속 일부 요소가 된다. 서정적인 필치는 객관 세계의 첫 번째 드러냄으로써 풍경과 직접 상관관계를 맺고 있다. 이러한 순간이 없으면 풍경은 곧바로 사라지고 만다.

둘째, 아Q의 신분과 전혀 어울릴 것 같지 않은 직감이란 새로운 명사가 출현한다. 아Q의 '각성'은 실패, 굶주림, 추위, 성욕과 관련되어 나타난다. 이 때문에 자기 환경에 대한 자각이 직감에서 생겨나게 된다. 그러나 직감과 자각 사이에 이와 같은 관계가 존재하기 때문에 아Q에게 비로소 "그가 구하고 싶어하는 게 이따위 것이 아니지만, 그가 구하고 싶어하는 것이 무엇인지는 자신도 알지 못하는" 의식 혹은 잠재의식이 생겨나게 되는 것이다.

이 대목은 아Q의 주관적 시점으로 서술된 것이 아니라 루쉰이 '자기 관찰에 의지하여' 묘사한 것이다. 즉 루쉰이 '자신의 눈으로 직접 목도

한 중국인의 삶'을 묘사한 것이다. 그러나 아Q에게는 일종의 생명에 대한 존엄감을 부여해주고 있다. 이러한 존엄감은 아Q 스스로 자신이 구하고 싶어하는 것이 무엇인지 모르는 상황에서 시작되었다. 이것이 바로 풍경 묘사의 근거인 셈이다. 그러나 바로 이 대목에서 아Q 혹은 소설에 묘사된 '그'는 모두 '나'로 바꿀 수 있다. "자신의 관찰에 의지한다"는 것은 기실 작가에게 중국인의 삶 내부로 자신을 던져 넣도록 요청하는 일과 같다.

여섯 순간의 다섯째: 혁명의 본능과 '무의미함'

제6장 「중흥에서 말로까지」로 들어가기 전, 아Q와 웨이좡 마을의 관계에 결정적인 변화가 생겨난다. 그는 그곳에서 이미 발을 딛고 생존할 방법이 없었다. 그는 직감으로 웨이좡의 모든 풍경이 "그의 '구식지도'와 너무나 동떨어져 있다고 느꼈다." '직감'은 이 대목에서 새로 등장한 명사인데 분석이나 추리를 거치지 않고 형성된 관점이나 판단을 의미한다. 아Q에게 '직감'은 생존환경에 대한 진실한 감지를 의미한다. 그것은 분석과 추리를 거치지 않기 때문에 정신승리법 외부에 위치한다. 정신승리법은 독특한 분석과 추리의 산물이지만 아직 분석과 추리를 거치지 않은 '직감'을 이겨낼 수 없다. 왜냐하면 '직감'은 심리학자들이 분석한 것처럼 직접성, 신속성, 비약성, 개인성, 확신성, 개연성 등을 특징으로 하

기 때문이다. 또한 직감 판단은 한순간에 이루어지는 종합적 판단이다. 우리는 아Q의 혁명이 '직감'에 따라 도출된 '직감 판단'이라고 할 수 있다. 그리고 죽음에 대한 그의 감지, 특히 멀지도 가깝지도 않은 거리에서 그를 쫓아오는 이리의 눈빛에 대한 감지는 '직감에 따른 상상'의 산물이라 할 만하다.

따라서 한편으로 '직감'은 아Q의 정신세계 안에서 정신승리법을 돌파하는 계기로 작용하기도 하지만, 또 한편으로 정신승리법은 다시 '직감 판단', '직감 상상', '직감 계발'에 저항하면서 그것을 녹여버리는 강력한 무기가 되기도 한다. 그리하여 결국 정신승리법은 직감을 시종일관 잠재의식의 범주에 머물게 하면서 의식으로 상승하지 못하게 한다. 아Q의 행동에서도 '직감'과 '정신승리법'의 관계가 가장 중요한 요인으로 작용한다고 할 수 있다. 아Q는 정신승리법으로 직감과 본능을 극복하려는 경향과 강대한 의지를 갖고 있지만, '직감'은 아Q 인생의 가장 관건적인 시점에 그의 행동을 지배한다. 아Q가 "읍내로 들어갈 결심을 굳힌" 일도 결코 계획, 추리, 분석에 따른 것이 아니라 '직감'에 따른 것이다. 웨이좡에는 이미 살아갈 길이 없었던 것이다.

아Q가 웨이좡을 떠난 것은 어떤 종류의 불안에 떠밀린 것인가? 아Q의 직감은 일종의 현실적 불안에 따른 것이다. 그것은 굶주림과 추위와 성 결핍에 의해 생겨났다. 즉 그의 생존환경으로서 웨이좡 마을은 이미 그에게 어떤 생존의 길도 제공할 수 없게 된 것이다.* 아Q가 떠난 것은

* 프로이트S. Freud는 일찍이 인간의 불안을 현실적 불안, 신경증적 불안, 도덕적 불안 세 유형으로 나눈 적이 있다. 이 세 가지는 겉으로 보기에 아무 관련이 없는 듯하지만 기실은 서로서로 스며들고

핍박에 따른 것이었다. 그러나 그의 떠남과 읍내 진입은 도대체 무슨 관계가 있을까?

소설의 묘사는 이렇다. 아Q는 웨이좡 마을의 끝까지 가서 정수암에서 무를 네 개 훔쳤다. 이때 그는 이미 "읍내로 들어갈 결심을 굳혔다." 바야흐로 읍내에서 발생한 사건이 아Q가 읍내로 들어간 일과 무슨 관계가 있을까? 그의 '직감' 속에 혁명에 대한 감지가 포함되어 있을까? 우리는 분명하게 알 수 없다. 루쉰은 제7장 「혁명」에서 다음과 같이 간단하게 언급했다. "아Q도 자기 귀로 혁명당이라는 말을 진작부터 듣고 있었고, 올해에는 또 혁명당의 처형 장면을 자신이 직접 목격하기도 했다." 그는 또 당시에 "혁명당은 바로 반역의 무리라서 그와 함께하기 어렵다"고 생각했다. 혹시 아Q의 떠남과 읍내 진입이라는 행동에도 읍내에서 발생한 변동 상황에 대한 본능적인 호응이 숨어 있는 것은 아닐까? 아Q의 생존에 대한 불안감과 객관적 환경 사이의 모종의 관계에도 아직 밝혀내야 할 의미가 남아 있다.

하지만 우리가 확인할 수 있는 것은 이 세 개의 장에서도 아Q가 정사에 들어갈 수 있는 자격을 잃어버리는 묘사가 세 단락 있다는 점이다. 제6장 「중흥에서 말로까지」에서 아Q는 웨이좡 마을의 정사에 진입할 가능성을 완전히 상실하고 있다. '읍내 진입'은 정사에 기록될 만한 사건이지만 그 전제는 자오 대감이나 첸 대감 그리고 수재 나리처럼 신분이 높은 사람이라야 한다. 그래야 "큰 사건으로 쳐주는 것이다." 이것은 정사

전환하고 작용한다. 프로이트, 『새로운 정신분석 강의精神分析引論新編』, 高覺敷 옮김, 北京: 商務印書館, 1987, 67쪽.

의 집필 원칙 중에서 "사건은 거기에 참여한 사람에 의해 전해진다"는 논리에 근거한 것이다. 그러나 아Q의 읍내 진입은 '큰 사건'으로 간주되지 못했다. 왜냐하면 그는 신분이 높지 못했기 때문이다.

그러나 거의 큰 사건으로 취급받을 뻔했다. 그가 돈을 많이 벌어 웨이좡으로 돌아왔기 때문이다. "선비는 사흘을 헤어져 있으면 괄목상대해야 한다"는 논리에 근거하여 아Q도 정사에 기록될 가능성이 농후했다. "이 때문에 점원, 주인, 술꾼, 행인 모두가 의심스러운 가운데서도 자연스럽게 존경의 태도를 보이게 된" 것이다.[50] "의심스러운 가운데서도 존경하는" 이러한 태도는 나중에 심지어 "새로운 경외심"으로 발전하게 된다. 그 원인은 사람들이 아Q가 거인 나리댁에서 일했다는 소문을 들었기 때문이다.

이러한 "새로운 경외심"이 "모골이 송연하면서도 유쾌한 기분"으로 발전한 것은 아Q가 "혁명당을 죽이는" 이야기를 들려준 이후의 일이었다. "혁명당을 죽이는 일"은 바로 웨이좡의 질서를 수호하는 일이었다. 아Q는 이 질서를 수호하기 위한 폭력을 행사해 정사에 기록될 수도 있을 최대의 가능성을 획득했다. 동시에 그는 웨이좡의 남녀 모두가 최대로 흠모하는 대상이 되었다. 그러나 불행하게도 아Q의 '읍내 진입' 신화는 신속하게 진상이 드러나고 말았다. 그는 "다시는 감히 도둑질을 하지 못하는 좀도둑에 불과했던 것이다."[51] 결국 그의 이야기는 자오 대감, 첸 대감 그리고 수재 나리의 '읍내 진입'과 함께 거론될 수 없게 되었다.

정사의 질서로 말하면 그의 '읍내 진입'은 '큰 사건'이 되지 못하여 아무 일도 일어나지 않은 것과 같이 취급될 수밖에 없었다.

第6장 「중흥에서 말로까지」는 '웨이좡의 사회 상황'이라는 시각으로 서술을 전개한다. 그 속에서 벌어진 아Q의 흥망성쇠와 존재유무는 모두 이러한 시각에 따라 그 성격이 결정된다. 심지어 아Q 자신도 이러한 시각에서 분리될 수 없다. 그러나 제7장 「혁명」에서는 서술상의 전환이 이루어진다. 그 계기는 아Q의 본능이 다시 각성하기 시작하면서부터다.

쉬안퉁宣統 3년 9월 14일 거인 나리의 배가 웨이좡 마을로 들어왔다. 웨이좡의 관례에 따르면 이것은 정사에 기록될 만한 소재였다. 그러나 이번에 그 배가 싣고 온 것은 "크나큰 불안"이었다. 왜냐하면 그 배가 웨이좡으로 온 것은 "혁명당이 읍내로 진입하려 했기" 때문이다. 쉬안퉁 3년 9월 14일은 정사에 기록될 만한 날짜다. 『루쉰전집』에는 이 구절에 다음과 같은 주석이 달려 있다. "신해년(1911) 9월 14일 항저우부가 민군民軍에 점령되자 사오싱부는 그날로 바로 광복을 선포했다."[52] 루쉰은 가장 진실한 역사를 편년체처럼 서술하여 '정전'의 스토리와 아Q의 우언을 한데 종합했다.

우리는 아Q의 본적과 내력을 모른다. 그러나 그의 이야기가 발생한 지점과 장면 그리고 시간은 마치 우주의 공동空洞처럼 혁명의 역사 속에 존재한다. 마르크스주의 비평가들이 「아Q정전」을 신해혁명에 대한 총결이라고 인식하는 것도 결코 일리가 없다고 할 수 없다. 「아Q정전」은 확실히 혁명에 관한 우언이다. 즉 민족에 대한 우언일 뿐만 아니라 혁명에 관한 우언이기도 하다. 그러나 앞에서도 말했듯이 혁명에 대한 우언은 바로 국민성 자아개조에 대한 우언이다.

아Q의 관점은 본래 웨이좡 마을의 질서와 일치했다. 그래서 그는 "혁명당은 바로 반역의 무리이며 반역의 무리는 그와 함께하기 어렵기 때문에 줄곧 '그들을 심히 증오하며 통탄해마지 않아왔다'"深惡而痛絕之고 진술했다. 그러나 출구가 없는 막다른 골목에 몰리자 아Q의 직감이 다시 살아나기 시작했다.

뜻밖에도 사방 백 리 안에서 명성이 뜨르르한 거인 영감조차 그렇게 벌벌 떨 줄이야! 이에 아Q는 자기도 모르게 혁명당에 마음이 끌리게 되었다. 하물며 웨이좡의 좆같은 연놈들이 황망해하는 꼬락서니를 보자 아Q는 더욱 마음이 상쾌해짐을 느꼈다.

'혁명도 좋은 거네.'

아Q는 생각했다.

"이 니미럴 놈들을 전부 혁명해야 해. 정말 간악한 놈들! 정말 가증스러운 놈들! …… 바로 이 몸께서 혁명당에 투신할 거다."

'마음 끌림'에는 두 가지 전제가 있다. 첫째, 웨이좡에서는 이미 비천한 그의 생존을 용납하지 않았다. 둘째, 읍내에서 바야흐로 거인 영감조차 그처럼 벌벌 떨게 만드는 '혁명'이 일어났다. 아Q는 용돈이 궁한 상황에서도 술을 좀 마시고 다음과 같이 느꼈다.

"어찌된 셈인지 갑자기 자신이 바로 혁명당이고 웨이좡 사람들은 모두 자기 포로처럼 생각되었다. 그는 무척 흡족한 나머지 자기도 모르게 냅다 고함을 질렀다.

'반역이다! 반역이야!'"[53)]

아Q의 불안감은 이 대목에서 해방을 얻게 된다. 그는 혁명이란 바로 "내가 원하는 물건을 마음대로 취하는 것이고, 내가 좋아하는 여자를 마음대로 차지하는 것이다"라고 생각했다.[54)] 서낭당으로 돌아온 후 갑자기 '용솟음쳐 오르는' 아Q의 '생각'을 루쉰은 자세히 묘사했다. 먼저 그에 대한 웨이좡 사람들의 두려움과 복종을 묘사했고, 그다음으로 돈 많은 사람들의 재산을 묘사했으며 마지막으로 여자에 대해 묘사했다. 프로이트의 용어로 표현하면 그것은 바로 현실적 불안에서 변화된 신경증적 불안의 해방이지만 그 해방은 술이 깸과 동시에 사라져버렸다.

아Q는 자오 수재와 첸 나리 등이 이미 자신보다 먼저 "혁명에 함께 참여하기로 약속하고" 정수암의 황제 용패를 박살냈을 뿐만 아니라 관세음보살 보좌 앞의 선덕향로까지 훔쳐 간 사실을 전혀 알지 못했다. 아Q와 웨이좡의 질서는 잠시 분리되었지만 이 두 가지는 아Q의 주관적 생각 속에서 다음과 같이 다시 결합되고 있다. "설마 내가 이미 혁명당에 투신한 사실을 그자들이 몰랐을까?"[55] 아Q에게 혁명 본능은 있었지만 혁명 의식은 없었다. 그는 본능에 휘몰릴 때에야 비로소 자신의 실패와 고립무원의 상태를 확인할 수 있었다. 따라서 매번 일어나는 아Q의 의식 회복은 모두 구질서에 대한 확증에 불과했다.

제7장과 제5장을 비교해보면 서사기법 전환의 몇 가지 유사성을 발견할 수 있다. 제5장은 생존위기 때문에 서술 속에 고달픈 느낌이 스며들어 있고, 서술 시각도 객관적인 서술에서 주관적인 서술로 나아가는 과도적 특징을 보인다. 제7장에서는 혁명이 일어나자 아Q의 직감이 다시 살아나서 스스로 혁명당이 되겠다는 결심을 한다. 서술도 관찰자적 시점에서 주관적인 '생각'으로 전환한다. 바로 이러한 서술을 통해 루쉰은 혁명의 자기부정을 암시했다. 아Q의 혁명은 본능에 바탕을 두었는데, 일단 '생각'함으로써 그의 본능도 의식으로 바뀐다. 하지만 그 의식은 단지 웨이좡의 구질서로 회귀하는 것을 지향하는 데 불과했다. 혁명 실패는 본능의 단발성과 본능 변화의 필연성에서 기인했다. 이러한 시각에서 우리는 제8장 「혁명 금지」에 포함된 의미를 새롭게 탐구할 수 있다.

제8장에는 마르크스주의 평론가들이 주목해온 분석의 초점이 포함되어 있다. 신해혁명은 성공하지 못했다. 비록 변발을 하는 풍조가 유행했고, "변발을 정수리 위로 틀어 올리는 사람이 점차 증가하는" 등 "웨이좡에도 개혁이 없었다고 할 수는 없지만" "현감 영감도 본래 그분 그대

로였고" "병력을 거느리고 있는 이도 여전히 옛날 그 군관이었다." "혁명당이 온다는 것"도 단지 "온다"만 왔을 뿐이었다.*

아Q가 알고 있는 혁명당은 두 명뿐이었다. 그중 한 사람은 앞서 읍내로 들어갔을 때 자신이 직접 그자의 처형 장면을 목격했고, 다른 한 사람은 바로 가짜양놈이었다. 가짜양놈이 사용하는 언어에도 『신청년』에서 제창한 서양 문자가 포함되어 있다. 이 점을 통해서도 이른바 신파라는 것이 구파의 부활일 수 있음을 다소간 해명할 수 있다. 나는 아Q의 생명 과정 속 다섯째 순간이 바로 가짜양놈이 자기 지팡이를 휘두르며 아Q에게 혁명을 허락하지 않은 이후에 발생했다고 생각한다.

아Q는 손으로 머리를 감싸쥐고 자기도 모르게 대문 밖으로 도망쳐 나오고 말았다. 양 선생이 추격해오지는 않았다. 그는 재빨리 60보 이상 줄행랑을 치고 나서야 천천히 발걸음을 옮겼다. 마음 가득 수심이 밀려왔다. 양 선생이 그의 혁명을 금지하면 다른 길은 더 있을 수 없다. 이제 흰 투구에 흰 갑옷을 입은 사람들이 그를 부르러 오기를 기대할 수 없게 되었다. 그의 모든 포부와

* 『열풍熱風』, 「56"온다"五十六"來了"」에 나오는 말이다. 1919년 5월 루쉰은 '과격주의'가 "온다"는 견해를 날카롭게 비판하며 이렇게 반박했다. "무슨 주의든 중국을 절대로 혼란에 빠뜨리지 못한다. 고대부터 지금까지 혼란이 무슨 주의 때문에 일어났다는 말은 듣지 못했다." "'과격주의'는 올 리 없으므로 그것을 두려워할 필요가 없다. 다만 '온다'만 올 것이며 그것을 마땅히 두려워해야 한다." 그는 또 구체적인 예를 들어 다음과 같이 말했다. "중화민국이 성립될 무렵 나는 일찌감치 백기를 내건 작은 현에 살고 있었다. 어느 날 갑자기 수많은 남녀가 분분히 도망치는 것을 봤다. 성안 사람들은 시골로 도망치고, 시골 사람들은 성안으로 도망쳤다. 그들에게 무슨 일이냐고 물으니 그들은 '뭐가 온다는군요'라고 대답했다. 여기에서도 모두들 단지 '온다'만 무서워한다는 것을 알 수 있다. 그것은 나도 마찬가지다. 당시는 단지 '다수주의'만 있었을 뿐 '과격주의'는 없었다." 『루쉰전집』 제1권, 363~364쪽.

지향과 희망과 앞날이 깡그리 사라지고 말았다. 건달들이 이 일을 까발려서 샤오D와 왕털보 무리에게 웃음거리가 되는 것은 오히려 그다음 일이라고 할 수 있다.[56)]

그러나 이 대목 이야기는 단지 하나의 계기일 뿐이다. "마음 가득 수심이 밀려오고" "더는 다른 길을 찾을 수 없는" 상황의 상실감과 실망감은 이후 닥쳐올 '무의미함'의 바탕이라고 할 수 있다. 그 '무의미함'이 바로 내가 말하고자 하는 다섯째 순간이다. 루쉰은 다음과 같이 묘사했다.

그는 여태껏 이와 같이 삶의 무의미함을 느껴본 적이 없었던 듯했다. 말아 올린 변발도 무의미할뿐더러 자신에 대한 모멸로 느껴졌다. 복수하기 위해서라면 즉각 변발을 풀어 내리고 싶었지만 그래도 그럴 수는 없었다. 그는 밤중까지 어슬렁거리다가 외상술을 두 잔 뱃속으로 부어넣고서야 점점 기분이 좋아졌다. 그제야 흰 투구에 흰 갑옷을 입은 사람들 모습이 떠올랐다.[57)]

아Q는 '무의미함'을 느꼈다. 변발을 틀어 올린 일이 무의미한 것은 변발을 풀어 내리는 일이 무의미한 것과 같다. 이 대목에서 드러난 '의미'에 대한 부정은 '혁명 금지'를 당한 후 느낀 '수심'으로 촉발된 것이다. '수심'은 또 "더는 다른 길을 찾을 수 없는 가운데" 그의 포부와 지향과 희망과 앞날이 깡그리 사라지고 말았기 때문에 생겨난 현상이다. 그러나

'무의미함'은 개인 경험의 차원을 뛰어넘어 모든 사건에 대한 회의, 즉 혁명과 혁명으로 야기된 모든 변화에 대한 회의로 바뀐다. 그것은 신속하게 아Q에게 자아 부정된 "여태껏 경험한 적이 없는" '무의미함'이다.

그러나 우리는 여기에서 루쉰 자신의 가장 심각한 감각과 접촉할 수 있다. 그것이 어찌 신해혁명에 대한 실망감에 그치겠는가? 그것은 매우 복잡한 감각이다. 이러한 복잡한 감각과 서로 짝을 이루는 것이 루쉰 작품에 항상 나타나는 수사기법이다. 예컨대 변발을 틀어 올릴 것인가 말 것인가와 같은 행동 그리고 모멸, 복수 같은 어휘가 한데 배치되어 나타나는 것과 같은 것들이 그것이다.

우리는 「'외침' 자서」를 읽은 적이 있다. 이 글에는 매우 중요한 키워드가 두 개 있다. 하나는 적막寂寞이고 다른 하나는 무의미함無聊이다. 루쉰은 이렇게 서술했다. "이른바 추억이란 사람을 즐겁게 해주기도 하지만, 때로는 어쩔 수 없이 사람을 적막하게 하기도 한다. 정신의 실타래로 이미 가버린 적막한 시간을 붙잡아맨들 무슨 의미가 있겠는가? 나는 그것들을 깡그리 잊을 수 없음이 너무나 괴롭다. 깡그리 잊을 수 없는 그 추억의 일부분이 지금에 이르러 『외침』이란 책이 생겨나게 된 연유로 작용했다."[58]

'적막'이 없었다면 『외침』이란 책도 있을 수 없으므로 '적막'이 얼마나 중요한지 알 수 있다. 그러나 '적막'의 근원은 또 무엇이었던가? 그것은 바로 '무의미함'이다. 루쉰은 자신이 일본에 있을 때 의학을 버리고 문예를 선택하게 된 동기를 말하면서 인간의 정신을 구조하는 것이 육체를 치료하는 것보다 더 중요하다고 느꼈기 때문이라고 했다. 그는 다음과 같이 말했다. "정신을 개조하는 데 좋은 방법으로 당시 나는 당연히 문예를 추진해야 한다고 생각했고 이에 문예운동을 제창하고자 했다."[59] 이것이 바로 『신생新生』 잡지를 창간하려고 한 동기다.

그러나 상황은 다음과 같이 전개되었다. "출판 기일이 다가왔지만 글쓰기를 담당한 몇 사람이 가장 먼저 사라져버렸고, 이어서 자금을 담당하겠다던 사람도 도망가 버려서, 결국 동전 한 푼 없는 세 사람만 남게 되었다. 시작할 때 이미 시운이 맞지 않았기 때문에 실패했을 때도 더 할 말은 없었다. 그 후에 남은 세 사람도 모두 각자의 운명에 쫓기게 되어 한 곳에서 미래의 아름다운 꿈을 마음껏 얘기할 수도 없었다. 이것이 바로 탄생조차 해보지 못한 우리 『신생』의 결말이다." 루쉰은 이어서 '무의미함'을 언급하고 있다.

내가 일찍이 경험해보지 못한 무의미함을 느끼게 된 것은 바로 그 이후의 일이다. 처음에 나는 그 까닭을 알 수 없었지만 나중에 이런 생각이 들었다. 무릇 한 사람의 주장이 찬성을 얻으면 그 전진을 촉진할 수 있고, 반대에 직면하면 그 분투를 촉진할 수 있다. 그러나 낯선 사람들 속에서 홀로 소리를 질렀는데도 낯선 사람들이 아무런 반응도 없이 찬성도 하지 않고 반대도 하지 않는다면 자기 몸이 마치 가없이 아득한 광야에 버려진 것 같아서 어떻게

손쓸 방법이 없게 된다. 이 얼마나 슬픈 일인가? 그리하여 나는 내가 느낀 감정을 적막이라고 생각했다.[60)]

'무의미함'은 실패를 직접적으로 인정하는 것이 아니라 자신이 행한 일이나 겪은 일의 의미를 철저히 회의하는 것이다. 『외침』이란 소설집을 탄생시킬 수 있었던 그 '적막'은 바로 '무의미함'을 전제로 했거나 바탕으로 삼았다. '무의미함'은 의미를 취소하거나 부정하는 일이다. 적막 속의 외침은 절망에 대한 반항의 한 가지 표현이다. 적막은 창조의 원동력이고 무의미함은 적막의 근원이다. 이 때문에 무의미함의 부정성에는 창조성을 향한 모종의 잠재능력이 포함되어 있다.

아Q에게서 '무의미함'은 아주 짧은 순간에 발생했고 그 잠재능력 또한 신속하게 그의 '생각'에 의해 소실되어버렸다. 제8장 말미에 다음과 같은 묘사가 있다. "아Q는 생각할수록 분노가 치밀어 올라 끝내 가슴 가득 밀려오는 원통함을 참지 못하고 악독하게 고개를 끄덕이며 중얼거렸다. '내 반역 활동은 금지하고, 네놈만 반역을 해? 이 니미럴 가짜양놈아! 그래, 좋아. 네놈이 반역을 했겠다! 반역은 참수형이야. 내가 반드시 고발할 거다. 네놈이 관가에 잡혀가서 목이 잘리는 꼴을 내 두 눈으로 보고 말 테다. 멸문지화를 당할 거다. —뎅강, 뎅강!'"[61)]

아Q가 다시 자신의 '생각' 속으로 되돌아온 것은 바로 웨이좡의 기존 질서 속으로 되돌아온 것을 의미한다. 그리하여 '무의미함'은 지속되지 못하고 곧바로 그의 '생각'이 행동에 스며들게 된다. 아마도 우리는 이 대목에서 그의 '무의미함'을 이해할 수 있을 듯하다. 즉 '무의미함'은 그와 웨이좡의 기존 질서(변발을 틀어 올리는 질서든 풀어 내리는 질서든 상관없이)를 명확하게 구분해주는 본능이지만 순식간에 이러한 '무의미함'은 철저하게 팽개쳐지거나 극복되고 아Q의 기존 '생각'이 부활한다. 아Q의 죽음은 그의 '생각', 즉 반역은 참수형이라는 그의 '생각'을 인증하였다. 아Q는 자신이 한때 '마음 끌린' 혁명에 의해 참수되었고, 동시에 반역에 대한 가치판단에 따라 참수되었으며, 자신의 '무의미함'을 지속할 수 없었기 때문에 참수되었다.

혁명 후 아Q가 참수된 것은 어쩌면 우연이라고 해야 할 듯하다. 리위안훙黎元洪 같은 청나라 대신도 혁명가들에게 억지로 끌려나와 '혁명의 영수' 노릇을 한 적이 있다. 그러므로 아Q가 파총把總* 직을 맡는 것도 불가능하다고 할 수 없다. 어쩔 수 없이 '반역'의 소용돌이에 휩쓸려 어쩌면 '어떤 어떤 혁명'이나 '어떤 어떤 어떤 혁명'을 수행한 공로로 큰상을 받을 수도 있었을 것이다. 그럼 얼굴을 맞대고 환호하거나 각종 언론에서 일제히 '영웅호걸'의 본색을 보였다고 찬양할 것이다. 그러나 아마도 그들은 큰상을 받은, 돈을 번, 명성을 얻은, 높은 관직에 오른 '영웅호걸'을 위해 밑자리나 깔아주고 마치 아Q처럼 영원히 정사 계보에 편입되지도 못한 채 종적을 모르는 귀신이 되고 말 것이다.

'영웅호걸'과 아Q 사이에 무슨 질적 차이가 있는가? 아무 차이도 없

---

* 파총: 명 · 청시대 육군의 초급군관으로 품계는 정7품이었다. -옮긴이

다. 그들 사이의 구별은 기실 각종 '정사'의 음모로 할 뿐이다. 정사는 감춰야 할 것은 감추고, 드러내야 할 것은 드러낸다. 역사는 이와 같을 뿐이다. 일부 사람들은 '우연하게' '정사' 서술의 중심으로 편입되지만 또 다른 사람들은 '영웅호걸 찬가'의 고무격려 아래 자신이 정말로 허황한 '역사의 중심'으로 질주해간다고 생각하다가 중도에 '흔적도 없이' 사라지고 만다. '영웅호걸'과 아Q의 서로 다른 운명은 '혁명' 시대에 거듭해서 출현한 옛날이야기일 뿐이다. 이 때문에 루쉰이 중시한 것은 결코 아Q가 마침내 혁명에 '투신'하느냐가 아니라 왜 혁명이 있어야만 아Q 같은 혁명당이 출현하게 되느냐의 문제였다.

아마도 루쉰에게 더욱 중요한 것은 아Q의 혁명이 발생할 때 도대체 어떤 새로운 요소가 아Q의 생명 속에서 탄생했느냐는 문제였을 것이다.

여섯 순간의 여섯째: 대단원과 죽음

여섯째 순간은 제9장 「대단원」에서 아주 유명한 대목이다. 자오씨댁이 도적들에게 털리자 "웨이좡 사람들은 아주 통쾌해하면서도 두려움에 떨었다. 아Q도 아주 통쾌해하면서도 두려움에 떨었다." 그러나 그는 나흘 후 한밤중에 체포되어 현 소재지로 잡혀갈 줄은 생각지도 못했다. "그때는 마침 캄캄한 밤이었다. 정규군 한 부대, 의용군 한 부대, 경찰 한 부대와 정보요원 다섯 명이 몰래 웨이좡에 도착하여 어둠을 틈타 서낭당을 포위하고 대문 맞은편에 기관총까지 걸어놓았다. 그러나 아Q는 뛰쳐나오지 않았다."[62] 현대 무기로 무장한 군대와 경찰에 의용군까지 가세했다. 그러나 직접 손을 써서 아Q를 체포한 건 의용군이었다. 나중에 루쉰은 이 대목의 묘사가 중화민국 초기로 놓고 볼 때 전혀 과장된 것이 아니라고 언급한 적이 있다.*

아Q가 자신도 모르게 무릎을 꿇자 장삼을 입은 사람이 그를 멸시하며 "노예 근성!"이라고 말했지만 아Q에게 일어나라는 말은 결코 하지 않았다. 심문이 끝난 후 서명을 하라고 하자 아Q는 글자를 몰랐기 때문에 "황망하고도 참담했다." 이후 아Q의 손에 처음으로 붓이 쥐어질 때의 '혼비백산', 서명으로 동그란 원을 그리지 못한 뒤의 부끄러움, 형장으로 끌려가면서 우서방댁을 본 이후 떠오른 생각과 경황 중 '스승도 없이 혼자 깨우친' 짧은 말, 즉 "20년을 지난 뒤 다시 또 한 사람……"이라는 말 등은 모두 다른 사람이 주시하는 상황 혹은 다른 사람의 주시를 가상하고 행하는 심리적 반응이다. 이 때문에 이러한 반응은 여전히 그 자신의 '생각' 범주 안에 있는 것이지 본능의 범주 안에 있는 것은 아니다. 본능은 사람들의 주시를 초월하여 자신도 통제할 수 없는 영역 속에 있다. 아Q에게서 억제할 수 없는 본능이 출현한 것은 "그에게 갈채를 보내는 사람들을 다시 보고 난" 이후의 일이다.

이 순간 그의 생각은 회오리바람처럼 뇌리를 또 한 번 맴돌았다. 4년 전 그

* 1925년 5월 정부에서 시위 학생들에 대처하기 위해 기관총을 설치하자 루쉰은 자신이 지은 「아Q정전」의 이 대목을 상기했다고 한다. 어떤 사람은 그의 묘사가 "너무 사리에 어긋난다"고 비판했지만 그는 다음과 같이 대답했다. "그러나 아Q의 사건은 훨씬 심각합니다. 그는 확실히 읍내로 들어가 물건을 훔친 적이 있고, 웨이좡에서도 확실히 강탈 사건이 일어났습니다. 당시는 아직 중화민국 원년이라 관리들의 일처리도 물론 지금보다 훨씬 기괴했습니다. 선생! 생각해보십시오. 그건 13년 전의 일입니다. 당시의 사건이란 걸 감안해보면 설령 「아Q정전」 서술에 하나의 혼성여단과 여덟 문의 과산포過山炮를 더 보탠다 해도 '과장된 묘사'가 아닐 거라고 저는 생각합니다." 「화개집 · 문득 생각나는 것 9華蓋集 · 忽然想到之九」, 『루쉰전집』 제3권, 67쪽.

는 산발치에서 굶주린 이리 한 마리와 맞닥뜨린 적이 있었다. 그놈은 가깝지도 멀지도 않은 거리에서 그를 따라오며 그의 살점을 뜯어먹으려 했다. 그는 그때 겁에 질려 죽을 것 같았지만 다행히 손도끼를 갖고 있어서 그것을 믿고 대담하게 웨이좡 마을까지 올 수 있었다.

이것은 현실 환경의 자극 아래에서 불안감 때문에 야기된 환각인데, 이러한 감각은 신속하게 신경증적 불안으로 바뀌게 된다. 위 인용문은 하나의 전환점이다. 이 문장 앞에서는 관찰자적 시점을 유지했지만 여기에서는 신속하게 순수한 주관적 시점으로 바뀌었다. 눈빛에 대한 이미지는 루쉰 작품 속에 반복해서 출현한다. 개의 눈빛, 이리의 눈빛, 소금에 절여진 눈빛, 식인하려는 눈빛 등이 그것이다. 만약 우리가 아래 문장의 '그'를 '나'로 바꿔놓는다 해도 소설 서사에는 아무런 손상도 받지 않는다. 이것은 스스로도 통제할 수 없는 직감적인 상상이다.

그러나 그 이리의 눈빛을 영원히 잊을 수 없었다. 그 눈빛은 흉측하면서도 비겁한 듯했고, 번쩍번쩍 빛을 내며 마치 두 개의 도깨비불처럼 멀리서도 그의 피부와 살점을 꿰뚫을 것 같았다. 그러나 이번에 그는 또 여태까지 한 번도 본 적이 없는 가공할 만한 눈빛을 목도하게 되었다. 그것은 우둔한 듯하면서도 예리한 눈빛이었는데, 벌써 그의 말을 씹어 먹었을 뿐 아니라 그의 살점 이외의 것들까지 씹어 먹으려고 언제까지나 가깝지도 멀지도 않은 거리에서

그를 쫓아오고 있었다.

이 눈빛들은 마치 한 덩어리 기운처럼 뭉쳐져서 벌써 그의 영혼을 물어뜯는 것 같았다.

"사람 살려……."

그러나 아Q는 소리를 내지 못했다. 그의 두 눈은 벌써부터 캄캄해져 있었고 두 귀는 웅웅 소리를 냈으며, 그의 온몸은 마치 티끌처럼 산산이 부서지는 것 같았다.[63)]

'어디로 가야 할지 모름'과 '무의미함'에 비해 이것은 훨씬 강렬한 감각이다. 지금 아Q의 감각이 두려움과 극단적인 공포 아래 있음을 알 수 있다. 그러나 공포가 아Q에게 일종의 돌발 능력을 부여했다. 그것은 바로 '육체'와 영혼을 구분할 수 있는 능력이다. "이 눈빛들은 마치 한 덩어리 기운처럼 뭉쳐져서 벌써 그의 영혼을 물어뜯는 것 같았다." 정신승리법으로 빚어진 자아는 항상 자아도취의 기쁨에 흥겨워했지만, 이 대목의 '영혼'은 오히려 이리에 물어뜯기는 고통을 당한다. 이 고통스러운 '영혼'은 어디에서 왔는가? 그것은 그의 피부와 살점을 꿰뚫을 것 같고 도깨비불처럼 흉측한 저 두 눈빛의 자극으로 생겨난 것이다. 정신승리법(이것은 통상 즐거움과 자기만족 효과를 수반한다)은 죽음의 공포 아래 철저하게 효력을 잃고 있다. 아Q는 결국 영혼이 물어뜯기는 고통을 느끼게 되었다.

서술 풍격으로 보면 이 대목의 묘사를 「광인일기」로 옮겨놓아도 별 문제가 없다. 그 비밀은 고차원의 수사 기교로 형성된 서술 시점을 몰래 바꿔놓았다는 점에서 찾을 수 있다. 「광인일기」 첫 번째 단락은 바로 눈빛에 관한 서술이다. "오늘 밤은 달빛이 아주 좋다. 내가 달을 못 본 지 벌써 30여 년이나 되었다. …… 그러나 아주 조심해야 한다. 그렇지 않다면 저 자오趙가네 개가 어찌하여 날 흘금흘금 쳐다보는 것일까? 내가 두려워하는 것도 다 일리가 있다."

개의 눈빛, 생선의 눈빛과 주위 사람들의 눈빛이 광인의 감각 속에서 최종적으로 한 덩어리 기운으로 뭉쳐지게 된다. 이것이 바로 광인이 저 역사책들 행간에서 식인이란 글자를 읽어낸 감각의 근거인 셈이다. 아Q가 "저들의 눈빛이 마치 한 덩어리 기운으로 뭉쳐진 것처럼 느낀 것"도 「광인일기」의 주관적 시각과 일치한다. 이것들은 모두 식인 이미지를 창조하고 있다.

「아Q정전」과 관련된 연구에서 이 대목의 묘사가 항상 사람들의 의문을 불러일으켰다. 지금도 리얼리스트들은 다음과 같이 추궁할 것이다. 농민 한 사람에게 눈빛과 이리와 식인의 공포처럼 복잡한 감각이 있을 수 있는가? 모더니스트들은 이러한 묘사가 서구 모더니즘 소설과 유사하다고 강조할 것이다. 이것은 의식류의 수법인가 아니면 심리분석의 편린인가?

탕타오唐弢 선생은 뒷날 어떤 글에서 한 체코 학자가 제기한 의문을 언급한 적이 있다. "그녀는 당시 「아Q정전」을 번역하면서 이 작품이 리얼리즘 수법으로 창작된 것이 아니라고 인식했다. 고용농 아Q가 이런 감정을 가질 수 없다는 것이 그 이유였다." 탕타오는 루쉰이 『집외집集外集』 「'가난뱅이' 일러두기'窮人'小引」에서 언급한 도스토옙스키F. M. Dostoevsky의 말, 즉 "완전한 리얼리즘은 사람 사이에서 사람을 발견한다"고 한 구절을 인용하여 루쉰 소설에서 보이는 이러한 묘사가 "대체로 완전한 리얼리즘이나 고차원적 의미의 리얼리즘에 대한 추구이거나 노력일지 모른다고 인식했다.[64] 장쉬둥張旭東은 자신의 논문에서 「아Q정전」의 우의구조를 모더니즘이라고 해석했다.[65]

리얼리즘이냐 아니면 모더니즘이냐와 같은 명칭에 대한 변론은 아마도 크게 중요하지 않을 듯하다. 루쉰의 리얼리즘적 묘사에는 항상 우의적 구조가 포함되어 있기 때문이다. 그는 고도의 수사 기교와 암시적인 수법을 통해 주관과 객관, 사실과 상징, 직서와 우의, 외면과 심리를 수준 높게 융합해놓았다. 따라서 어떤 측면으로 소설의 기법과 의미를 파악하더라도 모두 타당한 이유를 댈 수 있지만 그것으로 작품의 모든 것을 포괄할 수는 없다. 관건은 루쉰이 텍스트 내에서 말하고자 하는 사상을 어떻게 파악하느냐에 놓여 있다.

아Q의 생명 과정에서 드러나는 이와 같은 은밀한 순간에 대한 루쉰의 묘사는 '정신승리법'의 효력이 상실될 개연성을 발굴하는 것인 셈이다. 본능과 직감에 대한 그의 관찰도 외부 시선을 초월하는 행위를 통해 새로운 의식 창조가 가능한지 탐색하는 과정이라고 할 수 있다. '실패감', '어디로 가야 할지 모름', '무의미함', '공포와 순간적인 자아상실' 등의 순간은 모두 아Q가 혁명당이 될 수 있느냐의 문제를 이해하는 부문에서 우리에게 큰 도움을 준다. 혁명에 대한 루쉰의 묘사, 즉 혁명과 혁명 금지에 대한 묘사, 반역의 본능에 대한 묘사, 혁명이 있어야만 아Q 같은 혁명당도 있을 수 있다는 암시에 대한 묘사는 모두 이와 같은 디테일과 서사 속에서 그 근거를 찾을 수 있다.

「아Q정전」에 묘사된 여섯 순간은 아Q가 '각성'하는 계기가 되지만 그것은 매번 겨우 몇 초 심지어 몇 분의 일 초 동안만 존재하다가 바람 따라 사라지고 만다. 그러나 이 몇 초의 순간이 왜 일어났을까? 그 순간에 어떤 가능성이 담겨 있는가? 그 순간들이 문득 떠올랐다가 신속하게 다시 억압되는 이치는 어디에 있는가? 그 순간들은 제1장 서문에서 제시한 성인의 질서 위로 흘러넘치고 있다. 그 순간들을 이해한 후 우리가 다시 소설의 제1장 서문과 작가가 아Q를 정사 열전에 넣지 못하는 네 가지 이유를 읽어보면 이 소설을 새롭게 이해할 수 있다.

이 소설은 열린 경전이다. 우리는 「아Q정전」이 정신승리법의 전형을 창조했다고 말하기보다는 정신승리법을 돌파할 계기를 제시했다고 말하는 편이 더 나을 것이다. 이러한 계기가 바로 무수한 중국인이 최종적으로 혁명에 참여할 것이라는 예언으로 작용했다. 혁명에 참여하면 도중에 죽을 수도 있지만 혁명으로 창조되는 사회변동은 오히려 아Q 생명

과정 속의 그 순간들이 질적으로 변하는 객관적 계기가 되었다고 할 수 있다. 바로 이와 같은 미미한 순간들이 생생하게 살아 숨 쉬는 인간으로서 아Q를 우주 공동空洞의 깊은 곳에 아로새겨 놓았다. 그것은 우리 신체에 깃들어 있는 '귀신'과 같아서 쉽게 제거할 수 없다.

그것은 일찍이 살아 숨 쉰 생명의 흔적이다.

3.

루쉰의 생명주의와

아Q의 혁명

1927년 9월 11일 광저우에서 루쉰, 쉬광핑, 장징싼.

생명주의

아Q의 혁명동력은 본능과 잠재의식 속에 잠복해 있었다. 1935년 리창즈李長之는 『루쉰 비판魯迅批判』이란 책을 써서 루쉰의 사상이 '인간은 살아야 한다'는 생물학적 관념에서 벗어나지 않았다고 했다.[66] 이 견해는 다케우치 요시미의 지지를 얻었다. 다케우치는 이렇게 말했다. "나는 리창즈의 의견에 찬성한다. 그것은 바로 사상가로서 루쉰의 근거를 '인간은 살아야 한다'는 소박한 신념 위에 위치시킨 견해다." "리창즈는 이 점을 진화론 사상과 직접 등치시켰다. 그러나 나는 그 견해를 한 걸음 더 발전시켜 그것을 루쉰의 생물학적 자연주의 철학 근저에 존재하는 소박하고 거친 본능으로 간주한다. 인간은 살아야 한다. 루쉰은 인간 생존을 결코 하나의 개념으로만 파악하지 않았다. 그는 문학가로서 순교자적 방식으로 살았다. 루쉰은 살아가는 과정 중 어느 한 시기에 인간은 살아야 하기 때문에 비로소 죽을 수 있다고 생각했던 것 같다. 그것은 문학적 깨달음正覺이지 종교적 체념이 아니다. 그러나 고난의 격정은 이러한 경지의 표현 방식에 이르러 오히려 종교적인 것이 되었다. 이것은 말로 설명할 수 없는 것이다."[67]

다케우치 요시미는 루쉰의 생명주의를 일종의 신비주의적("말로 설명할 수 없다"고 했다)이고 종교적인 해석으로 이끌었다. 그리고 우리도 아Q의 생명 과정 속 여섯 순간에서 강렬한 생존본능과 갈망을 발견할 수 있었다. 그것은 최종 단계에서 확실히 아Q를 죽음으로 인도했다. 하지만 그것이 종교적인 것인가? 나는 여섯 순간에서 드러나는 것이 가장 세속적인 요구에서 출발한 혁명 가능성에 대한 탐색이라고 생각한다.

왜 본능, 잠재의식, 직감 등의 요소가 루쉰이 혁명의 동력과 가능성을 탐색하는 계기가 되었는가? 우리는 여기에서 생명주의와 관련된 루쉰의 사고 속으로 돌아가 볼 필요가 있다. 생명주의의 전제는 죽음에 대한 의식이다. 혁명도 항상 죽음을 의미하며 최소한 아Q의 혁명에도 죽음이 수반되었다. 그러나 바로 죽음이 아Q의 생명의식 완성을 촉진했다. 이 점이 바로 이리의 눈빛을 묘사한 단락의 핵심이다.

이 때문에 생명주의에는 죽음에 관한 두 가지 의식이 포함되어 있다. 그 한 가지는 우리의 일상에 스며든 죽음, 즉 생명을 억압하는 역량으로서 죽음을 의식하는 것이다. 또 다른 한 가지는 죽음을 의식함으로써 생겨나는 능동적인 역량을 의식하는 것이다. 『화개집華蓋集』에 실린 「문득 생각나는 것 5-6忽然想到五-六」의 두 단락에 생명주의에 대한 가장 긍정적이고 명확한 표현이 들어 있다.

세상에 만약 그래도 진정으로 살아가려는 사람들이 있다면 우선 용감하게 말하고, 용감하게 웃고, 용감하게 울고, 용감하게 분노하고, 용감하게 욕하고, 용감하게 싸우면서 이 저주스러운 곳에서 저주스러운 시대를 물리쳐야 하리라![68)]

목하 우리의 급선무는 첫째 생존해야 하고, 둘째 따뜻하게 입고 배불리 먹어야 하며, 셋째 발전해야 한다. 이러한 앞길에 장애가 되는 것이 있으면 그것이 지금 것이든 옛날 것이든, 그것이 사람이든 귀신이든, 그리고 선진시대의 경전이든, 송대 · 원대의 고서든, 고운 옥이든 귀한 그림이든, 금이나 옥으로 만든 불상이든, 조상대대로 전해진 환약이든 가루약이든, 비법으로 만든 고약이든 단약이든 전부 짓밟아버려야 한다.[69)]

생명주의의 핵심은 생명의 가치를 모든 것 위에다 둔다는 것이다. 따라서 생존본능도 생명존재를 지탱하기는 하지만 끊임없이 억압된 에너지로써 긍정된다. 이와 같기 때문에 일단 현존 질서와 현존 가치가 생명을 위협하면 생존 욕망, 본능, 잠재의식이 시대에 대한 저주가 되어 모든 전통, 권위, 질서를 전복할 수 있게 된다. 이 때문에 혁명 윤리에 대해 말하자면 생명주의가 그 전제와 바탕이 된다고 할 수 있다. 즉 전통, 권위, 질서를 전복하는 힘으로써 생명주의는 결코 다른 질서와 권위에 대한 숭배에서 기원한 것이 아니라 생명 자체와 생명 요구를 존중하는 바탕에서 기원한 것이다. 이와 관련하여 루쉰은 다음과 같이 언급했다. "기실 '혁명은 결코 희귀한 것이 아닙니다. 혁명이 있어야만 사회도 비로소 개혁할 수 있고, 인류도 비로소 진화할 수 있습니다. 곤충에서 인류까지, 야만에서 문명까지 한순간도 혁명을 하지 않는 것은 없기 때문입니다."[70]

생명주의는 루쉰 사상의 한 측면이다. 「아Q정전」에서 신해혁명의 의미를 탐색한 것은 그가 이러한 생명주의를 정치적 사고로 전환하려 했음을 보여주는 증거다. 만약 단지 생명주의의 의미로만 「아Q정전」에 포함된 직감, 본능, 죽음의 공포를 고찰하면 우리는 이 소설과 신해혁명의 총결로서 정치적·역사적 과제를 연관시키기 어렵게 된다. 죽음의 공포 속에서 아Q는 자신의 육체를 벗어난 고통을 느꼈지만 "사람 살려"救命라는 말은 입 밖으로 내지 못한다.

혁명과 구명은 상호 대립이 아닌 연대를 이룬다. 이것은 혁명이 사람을 살리는 일임을 의미한다. 생명주의는 일종의 계기로 작용하여 비역사적 방식으로 역사적 방식을 드러내고 비정치적 방식으로 새로운 정치가 일어날 수 있도록 그 기초와 전제와 가능성을 제시한다. 루쉰은 만년에 계급론과 사회과학적 관점을 운용하여 사회와 정치를 분석할 때도 이

질박한 생명주의를 포기하지 않았다. 오히려 이와는 반대로 혁명은 사람을 살려야지 죽여서는 안 된다는 생각을 바탕으로 루쉰은 일종의 생명주의 사고와 정치관을 결합했다. 즉 혁명이란 죽음을 의식한 후에야 탄생하며 그것은 사람을 살리고 또 어떻게 살리느냐에 관한 사고와 행동이라는 것이다.

위에서 서술한 바와 같이 아Q의 생명 속에 존재하는 이 여섯 가지 계기에는 삶의 에너지가 포함되어 있다. 하지만 죽음의 공포 속에서는 아Q도 본능적으로 터져 나오려는 "사람 살려"란 말조차 뱉어내지 못한다. 아Q의 생명 과정에서 드러나는 이러한 순간들과 '외침' 사이에는 여전히 일정한 거리가 있다. 이러한 거리는 오직 외부조건과 내재동력이 동시에 공명하는 에너지를 통해서만 좁힐 수 있다. 나는 이러한 에너지를 '생명주의의 정치화'라고 부른다. 좀 과장해서 말하면 이것이 바로 자신의 소설을 통해 탐색을 시도했지만 결코 완성하지 못한 루쉰의 목표였다고 할 수 있다.

정신, 육체 그리고 민족주의 정치

생명은 우선 육체와 연결되어 있다. 사람들은 '정신승리법'에 주의를 기울이면서도 육체에 대한 루쉰의 관심을 거의 망각했다. 그러나 '정신승리법'이 대응하는 것은 육체의 실패가 아닌가? 아Q의 패배감은 우선 다른 사람과 싸워서 이기지 못하는 데에 근원을 두고 있다. 심지어 그는 자신이 줄곧 경멸해온 왕털보, 샤오D와 싸워서도 이기지 못한다. 그다음으로는 아Q 자신이 몸소 겪은 굶주림, 추위, 성욕 불만족에 패배감의 근원이 있고 마지막으로는 육체의 죽음에 패배감의 근원이 있다. 아Q는 "자신의 온몸이 티끌처럼 산산이 부서지는 것 같은" 느낌에 사로잡힌다. 바꾸어 말해서 만약 육체에 대한 시선이 없으면 사실상 '정신승리법'을 병적인 것이라고 진단할 방법이 없게 된다.

그러나 육체에 대한 이러한 시선을 육체 자체로 환원할 수는 없다. 그것은 육체에 관한 정치적 시선의 일종이다. 「'외침' 자서」에서 사람들이 가장 주목한 것은 "의학을 버리고 문학에 종사하게 되었다"棄醫從文는 서술과 우리가 앞에서 분석한 바 있는 『신생』 실패 후의 '무의미함'과 '적막'이었다. "의학을 버리고 문학에 종사하게 되었다"는 대목을 비유의 의미로만 파악해보면 육체의 지양을 말하는 듯하지만, 그 내면을 깊이 탐구해보면 전혀 그렇지 않고 기실 의학과 문학 사이에 일찍부터 깊은 연관관계가 있었음을 알 수 있다. "의학을 버리고 문학에 종사하게 되었다"는 대목에 대한 해석으로는 대체로 다음과 같은 두 가지가 대표적이다. 첫째, 루쉰의 직접적인 서술이다. 둘째, 다케우치 요시미의 더욱 복잡한 해석이다. 루쉰은 센다이의학전문학교 강의 시간에 러일전쟁에 관한 슬라이드를 보는 장면을 다음과 같이 서술했다.

한 번은 화면에서 갑자기 내가 오랫동안 만나지 못했던 수많은 중국인을 보게 되었다. 한 사람이 중간에 묶여 있고 많은 사람은 그 주위에 서 있었다. 한결같이 체격이 건장했지만 모두 무표정한 얼굴이었다. 해설에 따르면 묶여 있는 사람은 러시아를 위해 군사상 스파이 활동을 하다가 바야흐로 일본군에게 목이 잘려 여러 사람에게 구경거리로 제공된 자이며 그 주위를 둘러싸고 있는 사람들은 바로 이 본보기의 성대한 행사를 감상하러 온 구경꾼들이라는 것이었다.

나는 그 학년이 다 끝나기도 전에 벌써 도쿄로 돌아와 있었다. 그 후로 나는 의학 공부가 결코 중요한 일이 아니라는 사실을 깨달았기 때문이다. 무릇 우매한 국민은 체격이 아무리 온전하고 건장하다 하더라도 아무런 의미도 없는 구경거리나 구경꾼이 될 수밖에 없기 때문에 병사하는 사람이 아무리 많더라도 그걸 꼭 불행하다고 생각할 필요는 없다. 그래서 우리가 제일 먼저 착수하려 했던 건 그들의 정신을 개조하는 일이었다. 그리고 정신을 개조하는 데 좋은 방법으로 당시에 나는 당연히 문예를 추진해야 한다고 생각했고 이에 문예운동을 제창하고자 했다.[71)]

루쉰에게 "의학을 버리고 문학에 종사하게 되었다"는 구절은 육체 치료에서 심령 치료로 삶의 방향이 바뀌었음을 의미한다.

다케우치 요시미의 해석은 이러한 심령의 전환을 종교적 해석, 즉 속죄에 관한 해석으로까지 밀어올리고 있다. 그는 「'외침' 자서」와 루쉰이 센다이를 떠난 동기에 대해 서술한 「후지노 선생藤野先生」의 해당 단락을 비교하여 「'외침' 자서」에는 후지노 선생이 시험 문제를 청년 저우수런周樹人(루쉰)에게 유출했을지도 모른다는 일본 학우들의 추측이 생략되어 있음을 발견했다. 이에 근거하여 다케우치 요시미는 아래와 같이 인식했다.

환등 사건은 결코 단순하지 않다. 그것은 「'외침' 자서」에서 묘사한 것처럼

루쉰이 문학으로 전향하는 오직 하나의 '계기'는 아니었다. 여기에서 문제가 되는 것은 환등 사건과 그 앞의 짓궂은 사건*의 관련성 및 이 두 가지의 공통점이다. 그는 환등 화면에서 동포의 참상을 보았을 뿐 아니라 그 참상 속에서 자기 자신도 보았다. …… 그는 문학에 의지하여 동포의 정신적 빈곤을 구제하려는 휘황찬란한 소망을 품고 센다이를 떠난 것이 결코 아니었다. 나는 그가 아마도 굴욕을 씹으며 센다이를 떠났을 것이라고 생각한다. …… 환등 사건은 앞의 짓궂은 사건과 관계가 있지만 문학에 뜻을 둔 일과는 직접 관계가 없다. 환등 사건이 그에게 가져다준 것은 짓궂은 사건과 똑같은 성격의 굴욕감이었다고 나는 생각한다. 굴욕은 다른 무엇이 아니라 바로 그 자신의 굴욕이었다.[72)]

이 때문에 "의학을 버리고 문학에 종사하게 된 것"은 회심과 속죄라는 종교성에 가까운 심리적 계기로 추동되었다고 할 수 있다. 바로 이러한 의미에서 다케우치 요시미는 루쉰의 문학이 결코 공리주의 문학이 아니며, 또한 인생이나 민족 혹은 애국을 위한 문학이 아니라고 인식했다. 그는 또 다음과 같이 언급했다.

"루쉰은 성실한 생활인이며 열렬한 민족주의자이고 애국자다. 그러나 그는 결코 그것으로 문학을 지탱하지 않았다. 오히려 그것들을 모두 깨끗하게 씻어낸 이후에 비로소 문학을 창조하고 있다. 루쉰의 문학은 근원적 측면에서 '무'라고 불러야 할 그 어떤 것에서 출발한다. 그런 근원

* 여기에서 짓궂은 사건은 후지노 선생이 루쉰에게 시험 문제를 유출했을 것으로 의심한 일본 학생들이 저지른 비열한 행위를 가리킨다.

적인 자각에 의해서 그가 비로소 문학가가 되었기 때문에 그런 근원이 없었다면 민족주의자 루쉰, 애국주의자 루쉰도 모두 빈말에 그쳤을 것이다. 나는 속죄의 문학이라는 체계 위에 서서 기존 루쉰 연구에 대해 나 자신의 항의를 제기하는 것이다."[73)]

루쉰과 다케우치 요시미는 서로 다른 서술을 했지만 그 내면에 일치된 방향이 포함되어 있다. 그것은 바로 내재화의 방향이다. 루쉰의 서술은 지양된 것으로서 육체를 정신으로 전환했고, 다케우치 요시미는 한 걸음 더 나아가 육체로부터 정신으로의 전환을 속죄의 행동으로 해석했다. 이런 종교적 성질을 띤 심리적 전환 가운데서 육체는 소실되었다. 그러나 만약 육체 및 육체와 밀접한 관련을 맺고 있는 직감, 욕망, 잠재의식이 없다면 우리는 무엇이 아Q의 정신승리법인지 판단할 방법이 없고 또 진단과 치료 방법을 제시할 수단이 없다.

아Q가 드러내는 육체의 허약함과 두피의 부스럼은 그의 사회적 지위의 비천함과 함께 정신승리법의 비애로움과 가소로움을 더욱 돋보이게 한다. 아Q의 부단한 정신적 승리와는 대조적으로 그의 허약하고 병든 육체는 낮은 사회적 지위에 따른 굶주림, 추위, 성 결핍으로 현실성 혹은 진실성을 지니게 된다.

이런 의미에서 심령 치료와 육체 치료는 결코 상호 단절된 것이 아니다. 육체 치료는 생명 본능을 해방시키는 계기가 되고, 이 해방은 모든 질서의 변화를 필요로 하게 되며, 이런 변화를 따라 영혼 문제가 탄생한다. 그러나 이것이 루쉰의 전환에 실질적인 의의가 없음을 의미하지는 않는다. 심령을 구제함으로써 육체를 구제하게 되고, 그리하여 육체로 하여금 육체를 뛰어넘는 의의를 지닐 수 있게 한다.

루쉰의 정의에 따르면 건장한 육체가 결코 건강을 대표하지는 못한다. 만약 심령이나 정신의 변화가 없으면 건장한 육체도 여전히 병든 것으로 간주될 수 있고 다른 사람이 마음대로 유린하는 대상이 될 수도 있다. 심령을 변화시킨다는 의미는 기실 이 대목에서 새롭게 정신과 현실의 일치점에 도달하게 된다는 것이다. 말하자면 정신과 현실의 분리, 심령과 육체의 단절이 바로 '정신승리법'의 진정한 내핵인 셈이다. 이런 의미에서 "의학을 버리고 문학에 종사하게 되었다"는 언급과 육체에서 정신으로의 전환은 육체와 그 감각의 정치화를 전제로 하는 것이다. 육체의 감각을 존중하는 일은 단순한 사건이 아니라 모든 '도덕질서'에 변혁이 일어나야 함을 의미한다고 할 수 있다.

육체에 대한 관심은 아편전쟁 이후 서구인들이 중국인을 동아병부東亞病夫라고 폄훼한 일과 관련이 있다. 그러나 우리는 아직도 이 문제를 더 구체적으로 분석해볼 수 있다. 아편전쟁 이후 청나라 조정에서는 개혁운동을 지속적으로 벌였다. 관리와 관방 상인들이 추진한 양무운동은 군사기술의 개혁을 선도했고, 점차 관련 영역의 실업과 기술 발전으로 확대되었다. 기술 변혁과 군사기술 발전이 좌절되었을 때에야 비로소 육체 훈련이 근대 중국에서 정치적 의미를 지니게 되었다.

「다스림의 미시적 기술-1900년 전후 중국 군인의 육체治理的微觀技術-1900年前後中國軍人的身體」Microctechnologies of Governance라는 글에서 독일 학자 쉴링어N. Schillinger는 흥미로운 연구 결과를 한 가지 발표했다. 그는 이 글에서 1895년에서 1916년 사이 중국에서 행해진 신병 훈련 방법의 변화 상황을 토론했다. 그의 연구에 따르면 갑오전쟁(청일전쟁) 이후 청나라 조정의 군사개혁 중점은 무기기술의 수입과 복제에서 새로운 군대의 조직과 훈련으로 방향이 바뀌었다. 그것은 청나라 군사기술과 무기가 당시 아시아나 심지어 전 세계에서 선진적인 대열에 있었기 때문에 가능한 일이었다고 한다.

전쟁에서 패배한 것은 결코 단순한 기술 문제 때문이 아니었다. 새로운 군사개혁은 육체훈련 위주로 진행되었다. 즉 어떻게 군인의 체질을 향상하고, 어떻게 강하고 민첩한 동작을 지니게 하느냐는 점을 군사개혁의 중심으로 삼았고, 동시에 집체적으로 육체적 바탕을 양성하는 일을 군사개혁의 중심으로 삼았다. 새로운 육군은 서구 국가, 특히 독일의 군사조련 과정과 그에 상응하는 군사규율을 본보기로 삼았고, 그 목적을 개인의 육체훈련뿐만 아니라 천인합일의 집체훈련에까지 확대했다. 이러한 군사개혁과 군사훈련이 육체를 이해하는 방식은 최종적으로 육체에 대한 전체 사회의 관념에도 광범위하게 영향을 끼쳤다.*

바로 육체에 대한 규율과 훈련은 단순한 체질 문제가 아니기 때문에

* 이 글은 베이징 칭화대학에서 개최된 '현대 초기 이후 아시아와 유럽의 통치 방식과 관료 체제의 이동 관념'Migrating Ideas of Governance and Bureaucracy in Asia and Europe Since the Early Modern Era(September 20~22, 2010, Tsinghua University) 학회 때 제출된 논문이다.

필연적으로 가치, 사상, 세계관의 문제에까지 범위가 넓어지게 된다. 육체에서 정신으로 가는 과도적 과정은 무슨 특별한 일이 아니다. 현대 민족주의 정치와 군사화 사이에는 시종일관 떼려야 뗄 수 없는 끈끈한 관계가 있다. 이 점도 육체와 정신의 개혁 및 그에 상응하는 제도화 과정 등의 측면으로부터 다각도로 해석할 수 있다.

육체의 정치는 결코 군사 부문에만 구현되어 있는 것이 아니다. 그것은 총체적인 현대 지식 체계에 따라 주조되었다. 『아침 꽃 저녁에 줍다朝花夕拾』에는 사오싱을 떠나기 전, 난징 시기 일본 유학 과정에 관한 루쉰의 문장 네 편이 실려 있다. 그것은 「아버지의 병환父親的病」, 「사소한 기록瑣記」, 「후지노 선생藤野先生」과 「판아이눙范愛農」이다. 이 네 편에 기록된 연대도 대체로 갑오전쟁에서 루쉰이 "의학을 버리고 문학에 종사하게 되는" 시기 이전까지다.

이 글 네 편은 서로 다른 측면에서 육체 문제를 언급하지만 루쉰의 펜 끝에서 육체와 중서中西 의학의 대립, 육체와 신식교육, 육체와 진화론적 세계관, 육체와 민족감정·혁명운동의 관계가 밀접하게 연관되어 묘사되고 있다. 바로 이러한 연관성을 통해 육체의 구제가 하나의 복잡한 과정임을 드러낸다. 그것은 지식 계보, 의료 체계, 가치 체계와 감각 방식의 단호한 개조에까지 범위가 미친다. 이러한 의미에서 육체의 구제는 정치문제의 하나이며 한 사람의 관념을 재건하는 문제라고 할 수 있다.

「아버지의 병환」에는 아버지의 병증이 자세하게 기록되어 있지 않고 단지 폐수종에 걸려서 오래 병상에 누워 기침을 심하게 했다고만 언급되어 있다. 이 글의 서술 중점은 중국 의학의 효과 없음과 황당무계함에 놓여 있다. 이 글에는 서양 의학을 배워 그의 부친처럼 오래 병을 앓는 국민을 구제하려는 동기가 암시되어 있다. 육체 문제와 의학 및 서로 다른 문화는 밀접한 관련을 맺고 있다. 「사소한 기록」에는 고향과 부패한 교육에 대한 소년 루쉰의 증오와 난징으로 가서 또 다른 부류의 사람들을 찾으려는 루쉰의 경력이 기술되어 있다.

1898년 루쉰은 먼저 장난수사학당에 들어갔다가 나중에 다시 장난육사학당 부설 광무철로학당에 입학했다. 앞의 학교에서 루쉰은 일련의 신지식을 공부한 이외에도 높은 장대 오르기와 수영을 배웠지만 이 두 가지 운동에 대해 조롱과 경시의 기억을 갖고 있다. 광무철로학당에서 그는 격치格致(물리학), 지학, 금석학 등과 같은 과학 지식을 배웠지만 가장 중요한 것은 옌푸嚴復가 번역한 헉슬리T. H. Huxley의 『천연론天演論』*을 알게 되었다는 점이다. 리창즈의 견해에 의거하여 추론해보면 이 책도 루쉰의 생명주의 철학을 다져준 원천의 하나였다.

「후지노 선생」은 「아버지의 병환」과 서로 대조해서 읽어볼 만한 글이다. 청년 루쉰은 마침내 일본으로 가서 서양 의학을 공부하게 되었다. 후지노 선생이 가르친 것은 공교롭게도 해부학이었다. 그것은 육체의 구조와 기능에서 출발하여 육체를 분석하는 지식 체계였다. 바로 그

---

* 『천연론』: 영국의 생물 진화학자 헉슬리의 저서 『진화와 윤리 및 기타Evolution and Ethics and other Essays』를 옌푸가 중국 고문으로 번역한 책이다. 옌푸는 이 번역서를 통해 중국이 세계의 생존 경쟁에서 살아남지 못하면 자연도태되어 결국 망국의 수렁에 빠질 수밖에 없음을 경고했다.—옮긴이

곳에서 루쉰은 "중국은 약한 나라이므로 중국인도 당연히 저능아라는" 편견에 깊은 자극을 받고,[74] 마침내 "의학을 버리고 문학에 종사하기로" 결정했다. 「판아이눙」에서는 루쉰이 도쿄에서 겪은 일을 기록하고 있다. 그것은 쉬시린徐錫麟이 언밍恩銘을 암살한 일, 추진秋瑾이 봉기했다가 뜻을 이루지 못하고 처형된 일, 마지막으로 물에 빠져죽은 판아이눙과 관련된 이야기들을 다루었다.

육체의 정치도 인간의 존엄 문제에까지 범위가 확대되었다. "의학을 버리고 문학에 종사하기" 전에 루쉰이 일본에서 쓴 글에는 두 가지 내용이 포함되어 있다. 그중 한 가지는 「중국 지질 약론中國地質略論」과 「라듐에 관하여說鉬」로 대표되는 과학 구국사상이고, 다른 한 가지는 「스파르타의 혼斯巴達之魂」으로 대표되는 상무정신과 복수주의다. 후자와 「판아이눙」에 기록된 쉬시린과 추진 이야기는 서로 맥락이 통한다. 이것들은 모두 만청 민족주의 흐름 속에 포함된 상무정신과 복수주의를 표현한 것이다.

스파르타 장사들이 벌인 결사적 전투의 역사에 대해 「스파르타의 혼」에서는 "병기兵氣가 삼엄하고 귀웅鬼雄이 낮에도 울부짖었다"라고 현창하면서 "세상에 부인의 아래에 처하려는 남자가 있는가?"라고 추궁한다.[75] 루쉰은 화려한 언어로 스파르타의 장사와 특히 부녀들이 용감하게 전진하여 결사전을 벌이는 용기, 결심, 투지를 묘사했다. 이것도 만청 복수주의 사조가 문학작품에 표현된 것이다. 복수는 실패를 기점으로 삼고, 실패에 대한 인정을 진짜 실패로 여기면서 결사 투쟁을 통해 존엄을 획득하는 특징을 지니고 있다. 생명주의는 구차하게 생존을 추구하는 철학이 아니다. 그것이 생산하는 것은 존엄의 정치다. 아Q의 '정신승리법'은 바로 '스파르타의 혼'의 대립면이다. 겁이 많고 나약함은 육체의 연약함으로 표현될 뿐만 아니라 인간 존엄의 결핍으로도 표현된다.

육체와 상무정신에 대한 이러한 관심에는 정치의 가능성이 포함되어 있다. 그것은 루쉰이 「아Q정전」을 쓰던 시기까지 이어졌을 뿐 아니라 정치, 사회관계, 문명에 대한 루쉰의 사고에까지 관통되어 있다. 그가 시종일관 국민의 힘民力을 중시한 것도 정치적 측면에 생명주의가 표현된 것이라 할 수 있다. 1925년 '5.30'* 참사가 발생한 후 루쉰은 1923년 『슌톈시보順天時報』에 발표된 사설을 인용하여 다음과 같이 말했다.

"한 나라가 쇠퇴할 때가 되면 언제나 의견이 서로 다른 두 부류가 나타난다. 하나는 민기론자民氣論者로 국민의 기개를 중시하고, 또 하나는 민력론자民力論者로 국민의 실력을 중시한다. 전자가 많으면 국가가 끝내 쇠퇴하고 후자가 많으면 국가가 장차 강성해진다." "안타깝게도 중국에는 역대로 유독 민기론자만 많았는데 지금까지도 여전히 그와 같다."[76]

중국의 정신문명을 언급하면서 그는 똑같은 논리로 다음과 같이 이

---

* 5.30: 1925년 5월 30일에 상하이에서 발생한 애국노동운동이다. 이해 2월 이후 상하이 일본인 방적공장에서 중국인 노동자들을 탄압하자, 이에 대한 항의로 노동자들과 학생들이 연대해 시위를 벌였다. 이를 진압하기 위해 5월 30일 영국 경찰이 중국인 시위대를 향해 총격을 가했다. 결국 13명이 사망하고 수십 명이 중상을 입었으며 150여 명이 체포되는 참사가 발생했다. 이를 계기로 중국의 노동운동이 질적 발전을 이루게 되었다.

야기했다. "(중국의 정신문명은) 일찌감치 총포에 패배했으며, 수많은 경험을 거쳐 이미 가진 것이라곤 여전히 아무것도 없다는 사실이 증명되었다. ……" 그래서 그는 이렇게 요구했다. "자신을 속이고 남을 속이는 이전의 희망 이야기는 전부 쓸어버리고, 그 누구의 것이든 자신을 속이고 남을 속이는 가면은 모두 찢어버리고, 그 누구의 것이든 자신을 속이고 남을 속이는 수단은 모두 배척해야 한다. 요컨대 중화 전통의 약삭빠른 재주는 모두 내던져버리고 자존심을 굽힌 채 우리에게 총격을 가하는 양놈을 배워야 한다. 그렇게 해야만 새로운 희망의 새싹이 돋기를 바랄 수 있다."[77)]

'민력론'은 환경 개조에 구현되어 있고, 또한 환경 개조를 통해 자신을 개조하는 능력 문제에 구현되어 있다. 이 때문에 '내재 혁명'은 '내재적' 측면에만 그치지 않게 된다. 그러나 육체에 대한 루쉰의 관심은 국가주의와 민족주의의 틀에만 정체되어 있지 않다. 생명에 대한 그의 이해는 우선 '생명'의 가치와 그 의의를 소급하는 것이었다. 아Q의 죽음과 거기에서 촉발된 공포감은 생명의식의 각성이었고 —이 감지는 사회 평가가 된다— 정치 변천 척도의 하나였다.

혁명, 계몽 그리고 아래로의 초월

「스파르타의 혼」 등의 초기 문장과 서로 다르게 「아Q정전」에는 본능과 혁명의 관계에 대한 탐색이 들어 있다. 그러나 이 양자 사이의 관계를 해석할 때 우리는 혁명에 대해 좀 더 진전된 해석을 해야 한다. "루쉰은 현대 중국의 문학 부문에서 농민과 기타 피압박 민중의 상황 및 그들의 출로 문제를 심각하게 제기한 첫 번째 작가다." "농민문제는 중국 혁명의 근본 문제다. 루쉰은 농민문제가 그에게 부여해준 특별한 주의력과 그 문제가 근대 중국에서 점하고 있는 특별히 중요한 위치에 잘 적응하여 대처한 사람이다."[78)]

이것은 중국의 마르크스주의자가 「아Q정전」을 논술하는 기본적인 출발점으로 작용했다. 이러한 각도에서 출발해보면 「아Q정전」이 혁명에 대해서 두 가지 측면의 표현에 집중하고 있음을 알 수 있다. 즉 한편으로 신해혁명은 일찍이 중국 농촌에 평범하지 않은 진동을 불러일으켜 아Q 같은 아주 낙후된 농민조차 모두 떨쳐 일어나게 했다. 이로써 봉건계급은 극심한 공포와 동요에 시달려야 했다. 그러나 다른 한편으로 신해혁명은 "이미 불타오르기 시작한 농민들의 자발적인 혁명 열정을 더욱 세차게 발양하거나 드높이지 않았을뿐더러 오히려 상반되게도 당시 농촌에서 지배적 지위를 점하고 있던 반동분자와 기회주의자들에게 그것을 배척할 빌미를 제공했다."[79] 어느 시대에나 통치 이데올로기는 통치계급의 이데올로기라는 경전적인 논술에서 출발해보면, 신해혁명의 불철저성도 결국 아Q로 대표되는 농민의 정신적 병폐와 혁명 사이의 관계 혹은 전체 민족의 정신적 병폐와 혁명 사이의 관계로 귀결된다. 따라서 철저한 혁명은 반드시 정신 혁명과 계급 자각을 전제로 삼아야 한다.

그러나 만약 여기에 그친다면 루쉰이 자기 작품에서 탐색한 직감과 본능이 또 어떤 의의를 가질 수 있는가? 이 문제를 설명하기 위해 우리는 "무엇이 혁명인가?"라는 문제로 되돌아갈 필요가 있다. 현대 역사에서 혁명이란 단어는 용도가 매우 광범위하다. 정치혁명, 문화혁명, 감각혁명에서 과학기술혁명에 이르기까지 용도를 일일이 다 열거할 수 없을 정도다. 그러나 경전적 의미로 말하면 나는 '도덕혁명'이란 어휘에 가장 깊이 공감한다. 여기에서 말하는 이른바 '도덕혁명'은 결코 양지의 영역에만 속하는 것이 아니다. 즉 통상적으로 말하는 도덕 영역 내부의 혁명이 아니다. 그것은 오히려 "정치적이고 법률적인 혁명을 말한다." "혁명은 권위에 대한 일개인의 항거가 아닐 뿐 아니라 각양각색의 권력에 대한 대다수 사람의 불복종도 아니다. 그것은 헌법의 기본 원칙에서 격렬하고 전반적인 변화를 가리킨다."[80)]

말하자면 혁명은 사회의 기본규칙과 체제가 격렬하게 변화하는 것이다. 예컨대 황제 권력과 그 규칙은 체계적으로 철저하게 파괴되고 공화제도와 그 규칙이 새로운 원칙으로 확립되는 것과 같은 것이다. 아렌트 H. Arendt의 견해에 따르면 혁명은 반역이나 기타 사회변동과 서로 다르다. 그것은 "우리에게 직접적으로 그리고 불가피하게 문제의 발단이 되는 정치적 사건과 직면하게 한다." 역사 속의 변동은 흔히 "현대에 의해 역사로 칭해지는 그런 과정과 단절되지 않으므로, 그것은 근본적으로 새로운 발단의 기점이 아니다. 그것은 오히려 역사적 순환으로 되돌아가는 또 다른 단계인 듯하다."[81)] "오직 사람들이 회의하기 시작함으로써 빈곤이 인류 환경의 고유한 현상임을 믿지 않고, 배경과 권세 혹은 사기에 기대어 빈곤의 질곡을 벗어난 소수인들을 믿지 않고, 빈곤의 압박을 받는 대다수 노동자 간의 차별이 영원히 불가피하다는 사실을 믿지 않을 때에야 비로소 현대 이전이 아니라 오직 현대사회에서의 사회문제가 혁명적인 각색으로 변하기 시작할 것이다."[82)]

이 때문에 이와 같은 정치적·사회적 혁명은 응당 도덕혁명으로 해석되어야 한다. 이것은 정치체제 때문만이 아니다. 사회체제의 변화는 필연적으로 이론과 도덕 가치의 변화에까지 영향을 미치기 때문이다. 또한 혁명의 발생과 완성에는 결국 이른바 외적 원인과 내적 원인이라는 이중의 원인이 포함되어 있기 때문이기도 하다. "내적 원인이 동시에 출현하지 않으면 외적 원인은 절대로 혁명에 이르지 못한다."[83] 이러한 시각으로 바라보면 신해혁명은 황권을 전복하여 공화정을 수립했지만 진정한 '도덕혁명'을 완성하지는 못했다. 즉 외적 원인과 내적 원인이 동시에 출현하지 못했다. 하지만 오늘날에 이르기까지 도대체 어떤 혁명이 이 같은 '도덕혁명'을 달성했던가?

신해혁명에 대한 루쉰의 비판은 그 혁명이 응당 근본적인 질서 변화를 완성했어야 했다는 믿음에서 기원한 것이다. 루쉰의 마음속에는 신해혁명이 두 종류 존재했다. 그 하나는 완전히 새로운 역사의 발단이 되는 혁명, 자유를 인정하는 혁명, 그리고 모든 등급과 빈곤으로부터의 탈출을 인정하는 혁명이었다. 다른 하나는 혁명의 명의로써 발생했지만 결코 발단으로서의 사회변화를 끌어내지 못한 채 그 형태가 결국 역사의 중복에 그치고 만 사건이다. 그의 마음속에는 또 두 가지 중화민국이 존재했다. 그 하나는 '도덕혁명'의 기초 위에 건립된 중화민국이었고, 다른 하나는 역사 순환의 또 다른 단계로 되돌아가서 중화민국의 명의로만 출현한 사회와 국가였다. 루쉰은 침통한 어조로 다음과 같이 진술했다.

나는 이른바 중화민국이란 것이 오랫동안 없었던 것처럼 생각된다. 나는

혁명 이전에 노예 생활을 하다가, 혁명 이후 얼마 지나지 않아 노예에게 속임을 당해 그들의 노예가 되었다고 생각한다. …… 나는 무엇이든 새롭게 하지 않으면 안 된다고 생각한다. 만 걸음을 물러나서 말해보자. 나는 중화민국의 건국사 한 부를 제대로 써서 소년들에게 보여주는 사람이 있기를 희망한다. 왜냐하면 중화민국의 유래가 기실 이미 실전되었다고 생각되기 때문이다. 그것이 겨우 14년밖에 지나지 않았는데 말이다![84)]

루쉰은 열렬하게 쑨중산과 민국 초기 혁명론자를 변호했다. 그는 신해혁명이 사실상 구질서를 뒤흔들고 부분적으로 변화시켰음을 인정했지만 또한 이러한 견지에서 출발하여 "민국의 유래가 이미 실전되었다"고 믿었다. '민국의 유래'라는 말은 잃어버린 발단을 암시한다. 그것은 심지어 아Q 같은 사람도 동원할 수 있는 발단이었다. 「아Q정전」에서 루쉰은 이 발단 문제에 해답을 제시하지 않고, 차라리 그 발단이 왜 순환으로 바뀌고 말았는지와 같은 문제를 추궁하기 시작했다. 그러나 다른 각도에서 말해보면 순환을 거절한 것이야말로 (민국 원년의) '중복'에 대한 루쉰의 환기가 아니었던가? 이와 같은 논술 과정에는 사실상 중복과 순환의 대립 문제가 감춰져 있다.

루쉰의 탐색 중점은 정신승리법과 정신승리법 돌파의 계기 문제, 그리고 정신승리법을 돌파하여 혁명을 거역하지 못하도록 하는 일련의 문제에 놓여 있었다. '정신승리법'의 기능은 해체된 구질서를 재건하는 것이기 때문에 그것은 결국 질서 회복 시스템이라고 할 수 있다. '정신승리법'은 아Q의 자기 위안 시스템이나 도구일뿐더러 아Q라는 자아 자체이기도 하다. 아Q가 자신과 주위 세계의 관계에 근거하여 판단한 모든 것은 역사와 환경의 교훈에서 생산된 것이었다. 그는 바로 이러한 교훈에 근거하여 자신과 자오 대감, 첸 대감, 왕털보, 샤오D, 우서방댁, 혁명당 등과의 관계를 규정했다.

세계와 그 질서에 대한 이러한 인식은 바로 자아와 외부 세계를 구분하는 방법의 하나다. 이러한 방법이 또한 문명과 역사의 질서, 즉 「아Q정전」 제1장에 언급된 성현의 경전으로 대표되는 질서의 핵심이다. 정신승리법이 없으면 아Q는 자신과 주위 세계의 관계를 합리화할 방법이 없게 된다. 바로 이와 같기 때문에 매번 중요한 변동이 일어날 때마다 그는 언제나 정신승리법을 통해 변화된 질서를 수리하면서 변화 자체를 말살했다. 신해혁명은 황권의 변동과 일련의 서열 변화를 촉진했지만 아Q의 정신세계 안으로는 깊이 진입하지 못했다. 그는 늘 자기 행동을 과거 질서의 관계 속에 위치시키고 그 의미를 재건하려고 했다. 혁명은 반드시 외적 요인과 내적 요인이 동시에 출현해야 한다는 견지에서 살펴보면 신해혁명은 결코 철저한 '도덕혁명'에 이르지 못했다. 그러나 루쉰의 묘사에 한 가지 의도가 감춰져 있다. 그것은 바로 아Q 행동방식의 '순환'을 '중복'으로 이해했다는 점이다. 이에 따라 역사 내부에서 혁명과 개혁의 종자를 발굴하고 그것을 보존하려고 했다.

소설 마지막 부분에서 루쉰은 아Q의 죽음이 거인 영감과 자오씨댁에 미친 영향을 이렇게 묘사했다. "그날 이후 이들은 점점 망국 유로遺老의 기풍을 풍기게 되었다."[85] 혁명이 창조한 제도적·도덕적 변화 없이는 이 '망국 유로의 기풍'을 이해하기는 어렵다. 이러한 시각이 없이 어떻게 외재적 변화와 내재적 혁명의 동시 발생을 촉진할 수 있겠는가?

이 때문에 혁명문제와 계몽문제는 역사적 연관성을 지니게 된다. 혁명의 외적 변화가 이미 발생해서 황권과 그 질서는 타도되었지만 사람들을 단절시키는 등급제도는 여전히 유령처럼 세상을 떠돈다. 존재하지 않는 곳이 없는 유령은 정신승리법을 통해 아Q의 세계 감지를 억압한다. 혁명의 '내적 원인'은 오직 직감과 본능의 순간에만 생성되지만 지속적인 정치적 역량, 즉 '도덕질서'를 창조하고 그것을 계속 심화하는 강력한 에너지로 전환될 방법이 없다. 계몽에는 상이한 의미가 많이 포함되어 있지만 그중 가장 경전적 견해는 사상과 행동 과정에서 독립적·자주적으로 자신의 경향과 능력을 운용할 수 있어야 한다는 것이다.

'무엇이 계몽인가?'에 관해 토론할 때 사람들은 칸트I. Kant의 다음과 같은 정의를 가장 자주 인용한다. "인류는 자신이 초래한 몽매함에서 벗어나야 한다. 몽매함은 다른 사람의 인도 없이는 자신의 이지理智를 운용할 수 없는 상태다. 만약 몽매함의 원인이 이지의 결핍 때문이 아니라, 다른 사람의 인도 없이는 자신의 이지를 운용할 결심과 용기가 부족하기 때문이라면 이러한 몽매함은 바로 자신이 초래한 것이다. 사페레 아우데Sapere aude! 용기를 가지고 당신의 이지를 운용해야 한다! 이것이 바로 계몽의 좌우명이다."[86]

몽매함은 타인의 인도에 의지하는 상태이고, 계몽은 타인이 인도하는 이 같은 상태를 극복하는 일이다. 그러나 칸트의 이 경전적 정의는 여러 측면에서 명확함이 결여되어 있다. 인간이 몽매하여 늘 타인의 인도에 의지해야 한다면 어떤 힘에 기대야 밝고 성숙한 상태로 진입할 수 있는가? 루소J. J. Rousseau가 말한 것처럼 우리가 현재의 피동적인 상태에서 벗어나 '원시의 성숙함'으로 되돌아가야 하는가? 아니면 수많은 계몽가의 가르침처럼 교육이나 교화로 예측 가능한 결과에 근거하여 자기 행동을 계획할 수 있는 '이성인'으로 인간을 변모시켜야 하는가?

'정신승리법'에 대한 「아Q정전」의 비판도 이런 맥락에서 해석할 필요가 있다. 정신승리법은 아Q의 자아를 구성하지만 그 자아는 내재적으로 성장한 자아가 아니라 역사와 현실 질서의 훈육 성과를 반영한 자아다. 따라서 '정신승리법'은 자아 내부로 내면화되어 심지어 자동으로 타인의 인도에 의지하는 상태로 고착된다. 우리는 또한 그것이 현실 질서 속에서 자아를 합법화하는 시스템이라고 할 수 있다. 정치질서의 변화만으로는 이러한 보편적인 의지 상태를 자발적으로 변혁할 수 없다. 후자의 변혁이 빠져 있으면 정치적 변화도 진정으로 완성될 수 없다. 루쉰의 처지에서 말해보면 인간 정신의 개조는 외부에서 강제로 주어질 수 없고, 단지 모종의 계기를 통해 반성의 길을 열어줄 수 있을 뿐이다. 문학의 임무 가운데 하나는 바로 이러한 계기들을 발굴해주는 것이다. 루쉰은 「'연극'주간 편자에게 보내는 답장答'戱'週刊編者信」에서 이렇게 말했다.

"나의 방법은 독자로 하여금 자기 이외의 누구를 묘사하더라도 그 대상을 종잡을 수 없게 하는 것입니다. 그럼 곧바로 자기 책임을 회피하고 방관자가 될 것입니다. 그러나 자신을 묘사하는 것처럼 의심하게 하면서도 마치 모든 사람을 묘사하는 것처럼 하면 이로부터 각자에게 반성의 길이 열릴 것입니다. 그러나 내가 보기에 지금까지 비평가들 가운데 이 점에 주의하는 사람이 하나도 없는 듯합니다."[87)]

곧바로 책임을 회피하지 않고 반성하도록 길을 열어주려면 그 계기가 어디에 존재해야 하는가? 그 계기는 바로 정신승리법이 효력을 상실하는 순간에 존재한다. 바로 그 순간 '순환'이 '중복'으로 바뀐다. 행동의 의의는 이제 더는 과거와의 관계 속에서만 정의되는 것이 아니다. 그것은 새로운 상황과 문제에 대한 반응으로 나타난다. 루쉰이 탐색한 것은 바로 영원한 효력 상실의 가능성이었고, 또한 '중복'의 중복 불가성을 드러내어 '순환'의 환각을 타파하는 것이었다. '중복'의 중복 불가성은 현실관계가 활짝 열리는 것과 같다. 이러한 가능성은 외부에서 주어지거나 강요되는 것이 아니라 아Q의 생명에 내재하는 것이다. '정신승리법'이 효력을 잃는 순간 아Q는 기존의 '자아'를 잃고 자신과 주위 세계의 순환관계를 더는 재건할 수 없게 된다. 이로써 모든 안전감을 잃어버리고 어디로 가야 할지 모른 채 공포심에 사로잡혀 오직 본능에 따라 반응할 수밖에 없었다.

「아Q정전」에서 묘사한 이와 같은 순간은 '비역사적'인 것으로 본능과 직감의 영역에 속한다. 본능과 직감은 세계를 질서 있게 구분하지 못한다. 본능과 직감의 모든 반응은 이 세계의 총체적 덩어리 속에 존재한다. 이와 관련하여 프로이트는 다음과 같이 말했다. "최초에는 자아가 모든 걸 포괄하지만 나중에는 자아가 자신에게서 외부 세계를 분리한다. 따라서 문명화된 현재의 자아 감각은 더욱 광범위해지기는 했지만 ―실제로 삼라만상을 포괄한다― 감각적이고 축소된 하나의 잔존물에 불과하다. 이러한 감각은 자아와 주위 세계 질서의 더욱 밀접한 관계에 호응한다."[88] 이 때문에 바로 어디로 가야 할지 모르는 그 순간에 아Q와 세계의 진실한 관계가 적나라하게 모습을 드러낸다. 생명주의 정치는 사람을 모두 이러한 진실한 관계 속에 자리 잡게 한 뒤 이러한 관계에 대한 근본적 개혁을 탐구한다.

아Q의 역사는 기존 질서의 역사다. 다만 그처럼 우연한 '비역사적' 순간만이 아Q 자신의 역사에 속한다. '비역사적' 순간은 '순환'의 종결이고, 그것의 중복 출현은 역사의 변천을 나타낸다. 이러한 몇몇 순간은 전면적으로, 그러나 자각적이지는 않게 세계 자체를 드러낸다. 또한 그 순간들은 '비역사적'이기 때문에 일단 그것이 역사로 전개되면 어떤 하나의 '발단'이 될 수 있다. 그것은 과거의 연속이 아니라 과거와의 철저한 단절을 의미한다. 이 때문에 혁명의 정치는 반드시 '무'에서 탄생한다. 그것은 마치 아Q의 혁명도 반드시 '무'에서 탄생하는 것과 같다.

아Q는 그 '역사적' 순환의 순간에서 이탈함으로써 비로소 한 명의 정치적 인간이 될 수 있었다. 아Q에 대해서 말하면 '역사적 순환'에서 이탈한 것은 '의식의 중단' 혹은 '본능의 회복'을 의미한다. 이러한 의미에서 '정치적 인간'은 결코 '역사'나 '의식'에서 오는 것이 아니라 '비역사'에서 오거나 '역사(의식)'와의 단절에서 온다. 신해혁명과 마찬가지로 아Q의 혁명도 두 가지 혁명을 포함하고 있다. 하나는 역사 내부의 혁명이다. 이 혁명 과정에서 아Q는 구태의연한 행동방식을 따르며 혁명을 상상하면서 모든 구질서를 회복한다. 그는 결국 구질서 회복인 혁명에 의해 죽음을 맞는다. 다른 하나는 아직 은폐되어 밖으로 드러나지 않은 혁명이다. 그것은 대부분 순식간에 사라져버리는 것으로, 아Q의 모호한 본능과 직감 속에 존재한다. 구질서의 회복으로 억압된 혁명과 마찬가지로 그것은 '비역사적'이다.

우리가 알아챌 수 있는 아Q의 혁명 참가 동기는 다음과 같다. "뜻밖에도 사방 백 리 안에서 명성이 뜨르르한 거인 영감조차 그렇게 벌벌 떨 줄이야! 이에 아Q는 자기도 모르게 혁명당에 마음이 끌리게 되었다." 그러나 그의 더욱 깊은 잠재능력은 기실 주위 세계를 완전히 망각한 점에 있다. 이 점은 그가 '혁명'에 직접 마음이 끌리기 전에 이미 나타났다. 그의 '마음 끌림'은 외적 동기와 내적 동기에 따라 동시에 촉진된 것이다. 그 순간을 다시 회고해보자.

그는 거리를 걸으며 먹거리를 구하려 했다. 낯익은 주막이 보이고, 낯익은 만두가 보였지만 그는 그냥 지나치며 잠시도 멈추지 않았다. 그는 그런 것은 원하지도 않았다. 그가 구하고 싶어하는 건 이따위 것들이 아니었다. 그가 뭘 구하고 싶어하는지는 자신도 잘 몰랐다.

이 순간 아Q는 이것이 그의 '구식지도'와 너무 동떨어진 것이란 사실을 직감적으로 알아챘다. 그는 이제 더는 만두나 술을 구하지 않았고 기존의 모든 구식지도와는 다른 구식지도를 찾으려 했다. 이 대목의 참신한 점은 아Q가 바로 '직감'에 의지하여 자신도 알지 못하는 그 무엇에 마음이 쏠리기 시작했다는 사실이다. 그것은 성현의 경전 밖에 존재하고, 역사 밖에 존재하고, 질서 밖에 존재하고, 자아 밖에 존재함으로써 그와 주위 세계의 관계 밖에 존재하는 그 무엇이다. 이것이 바로 타인의 인도에서 벗어날 가능성이 존재하는 지점이 아닌가? 그 무엇은 '무'로 정의될 수밖에 없다. 왜냐하면 그것은 현존하는 사물과 질서로는 자신을 드러낼 방법이 없기 때문이다. 오직 직감으로 감촉되는 '무'를 발굴해냄으로써 아Q는 비로소 타인의 인도에 의지하여 행동하는 습관에서 벗어날 수 있었다.

이러한 순간들의 계기는 회복을 기대할 만한 자연상태에 의지한 것도 아니고 숭고한 혁명원칙에 근거한 것도 아니다. 그것들은 현실적으로 아Q의 욕망과 직감 그리고 잠재의식에 존재하면서 수시로 생성되었다가 금방 소멸된다. 루쉰은 이런 미세한 순간을 포착하여 정신승리법에 대한 진단과 함께 드러냄으로써 사람들을 격동시켜 '아래로의 초월'을 이끌었다. 즉 그들의 직감과 본능이 드러내는 현실관계를 초월하게 하고, 비역사적 영역을 초월하게 한 것이다.

혁명은 직감과 본능의 범주에만 머물러서는 안 되지만 직감과 본능은 인간의 진실한 요구나 진실한 관계를 폭로해줄 뿐만 아니라 그런 관계를 변화시키려는 욕망을 솔직하게 표현해주기도 한다. 이 때문에 위를 향한 초월, 즉 본능과 직감에서 벗어나 역사의 계보로 진입을 시도하지 않는다. 그러나 아래로의 초월은 귀신의 세계로 잠입하여 본능과 직감을 심화하고 그것을 통과한 뒤 거기에서 한 걸음 더 나아가 세계의 총체성을 펼쳐 보인다. "오랫동안 존재하지 않았던 것으로 여겨지던 중화민국"이라는 세계에서 「아Q정전」이 새로운 발단으로서의 신해혁명에 대해 하나의 새로운 탐색을 시도했다면 그 새로운 발단도 아래로의 초월 가능성과 필요성 가운데에 존재한다. 그것은 생명의 완성일 뿐만 아니라 완전히 서로 다른 세계관의 탄생이기도 하다.

이러한 의미에서 「아Q정전」은 중국 혁명이 새롭게 발단하던 시대의 우언이다.

1932년 11월 베이핑대학에서 강연하는 루쉰.

나가는 글_

아Q 시대의 '죽음'과 '부활'

이 글은 2009년 가을 학기 칭화대학에 개설된 '루쉰 작품 정독'魯迅作品精讀이란 과목의 강의록을 정리하여 완성한 것이다. 이 글을 정리 중이던 2010년 9월 8일 『광저우일보廣州日報』에 한 가지 뉴스가 실렸다. 그 제목은 「고등학교 교과서 대변혁, '루쉰 작품 대대적 삭제'가 논쟁을 야기하다高中課本大變臉, '魯迅大撤退'惹爭議」였다. 이 기사는 전통적으로 교과서에 실려온 글들이 고등학교 '어문' 교재에서 삭제될 것이며, 그중에는 20세기의 작품이 다수를 점하고 있다면서 루쉰의 「약藥」, 「아Q정전」, 「류허전 군을 기념하며紀念劉和珍君」 등의 명편과 조우曹禺의 「뇌우雷雨」, 주쯔칭朱自淸의 「아버지의 뒷모습背影」, 선중沈重의 「랑야산의 다섯 장사狼牙山五壯士」 등도 모두 삭제 대상이 될 것이라고 했다.[89)]

당대 중국의 수많은 뉴스 보도와 마찬가지로 이 보도의 신빙성도 더 자세한 고찰을 요한다. 새롭게 정정된 보도에 따르면 중·고등학교 교과서에 여전히 루쉰 작품이 상당수 남아 있다고 한다. 그러나 어떻든 루쉰 작품이 중·고등학교 교과서에서 퇴출된다는 사실은 기실 무슨 신선한 화제는 아니었다. 1990년대 말기부터 그것은 이미 계속되어온 조치였기 때문이다. 나는 그것을 20세기와의 결별로 간주한다. 2009년 샤오랑蕭讓이라는 필명을 쓰는 작가가 「루쉰이 쫓겨나자, 그가 묘사한 인물들은 환호작약하고 있다魯迅滾蛋了, 打筆下的人物歡呼雀躍了」라는 제목의 단문을 발표했다. 이 글은 인터넷에 널리 퍼졌다. 그중에 「아Q정전」과 관련된 몇몇 단락이 있다. 이를 인용한다.

근래에 인민교육출판사가 출판한 신판 '어문' 교재에서 루쉰의 글이 삭제되자 한바탕 논쟁이 일어났다. 찬성하는 사람도 있고 반대하는 사람도 있다. 필자는 근래 루쉰에 대한 화제가 침묵, 회피, 냉담 과정을 거쳤으므로 지금은 이미 그를 쫓아내는 시기가 당도했다고 생각한다.

루쉰이 쫓겨나는 까닭은 일찍이 그에게 공격당하고, 배척당하고, 조롱당하고, 가엾게 여겨지던 인물들이 다시 한 번 부활했기 때문이다. 루쉰의 존재는 그들을 두렵게 했고, 당황하게 했고, 비겁하게 했으며 심지어 부끄러움에 얼굴을 들 수 없게까지 했다.[90)]

"두려움, 당황, 비겁함, 부끄러움" 같은 몇몇 어휘는 사용 의도가 아주 재미있다. 「아Q정전」에서는 '비겁함'이 물론 매우 중요하고, '당황'과 '두려움'은 자주 눈에 띄지 않는다. 이와 관련하여 우리가 기억할 수 있는 장면으로는 대체로 아Q의 마지막 처형 순간을 들 수 있다. '부끄러움에 얼굴을 들 수 없는' 장면은 한 차례 출현한다. 그 대목은 앞에서 이미 분석한 바 있다. 나는 루쉰의 필치 아래 드러난 두려움, 당황, 부끄러움의 감정은 기실 긍정적인 감각인데 그것은 모종의 계기와 기점으로 작용한다고 본다. 그러나 비겁함은 부정적인 감각으로 자신을 속이고 남을 속이는 수법으로 변모해 강한 힘에 의지하여 약자를 괴롭히는 모습을 드러낸다. 이 몇 가지 감각을 구별하는 일이 루쉰 작품 이해에 매우 중요하다.

샤오랑은 이어서 다음과 같이 말했다.

자오구이 영감, 자오치 나리, 캉씨 아저씨, 빨간 눈 아이, 왕털보, 샤오D 등의 인물이 부활했다. 어떤 자는 경찰 대오로 섞여 들어갔고, 어떤 자는 공동방위 대원이나 도시 관리자가 되었다. 제복을 걸친 뒤 기쁨에 겨워 '축 늘어진 볼살을 실룩거리며' 웃음을 터뜨리고 있다. 그리고 손에는 '장팔사모'를 들고 합법적으로 사기를 치고 금품을 갈취하며 선량한 시민을 핍박하여 창기로 만들고 있다. 만약 샤씨 집안의 그 자식이 감옥에서 규칙을 지키지 않으면 더는 "뺨을 두 대 올려부칠 필요도 없이" "쥐도 새도 모르게 죽여버리면" 그만인 것이다. 생각해보라! 이러한 고도의 수법들을 어찌 루쉰처럼 야박한 소인배들이 왈가왈부할 수 있겠는가?

아Q들이 부활했다. 서낭당에서 피시방으로 이동했다. 그러나 그들이 팔뚝을 휘두르며 외치는 구호는 이미 "이 몸께서 혁명에 참여할 거다!"가 아니라 "이 몸께서 민주에 참여할 거다!"이다. 그들은 매일 꿈속에서 "흰 투구에 흰 갑옷을 입은" 미국 해병대를 노려보고 하루라도 빨리 그들을 죽여 중국에 민주주의를 건립하려고 한다. 왜냐하면 미국의 '민주주의'가 당도하기만 하면 자오치 나리댁의 재산과 우서방댁과 수재 마누라, 웨이좡 마을의 모든 여인

이 내 것이 되기 때문이다. 흥! 그렇지만 루쉰은 한사코 나를 세상 사람들에게 수십 년 동안 조롱당하다가 억울하게 죽어가게 하려고 한다. 그러니 내가 어찌 너를 용서할 수 있겠는가?

가짜양놈들도 부활했다. 이번에는 거리낌 없이 외국 국적을 획득하여 진짜 양놈이 되었다. 아울러 그럴듯하게 분장하고 벌 떼처럼 '대형 애국 영화' 출연진으로 들어가 정기를 뽐내고 우국애민에 종사하는 인인지사仁人志士 역을 맡아 사람들을 정말 불편하게 한다. 이러한 인간들은 한편으로 목이 메어 조국의 어머니를 칭송하면서도 다른 한편으로는 중화문명을 상징하는 청동제 큰솥에 오줌을 갈기고 있다. 이 어찌 루쉰이 잡문에서 다룰 만한 절호의 소재가 아닌가?[91)]

계속해서 필자는 억울한 일까지 참고 견디는 중국인의 불합리성을 언급했고, 중국 사회에 만연한 구경꾼 현상을 언급했으며, 비수와 투창식 비판정신이 실종되었음을 언급했다. 필자가 보기에는 이 모든 것이 루쉰의 작품을 중·고등학교 교과서에서 삭제했기 때문에 일어난 현상이라는 것이다.

루쉰과 그의 작품은 언제나 서로 다른 사람들에 의해 다른 시기에 소환되곤 했다. 긍정적 평가든 부정적 평가든 모두 루쉰과 그의 작품에 근원을 두면서, 사람들은 그것을 자기 사회와 시대의 좌표로 간주했다. 이 때문에 루쉰 작품은 늘 끊임없이 축출되고 말살되거나 끊임없이 재소환되어 새로운 읽기가 시도되곤 하는 운명이었다. 축출과 말살 조치가 취해지면 그와 동시에 재소환과 새로 읽기의 격정이 촉발되었고 이에 따라 이 두 가지 행동은 공동으로 루쉰 작품의 경전화 과정을 이룩하곤 했다.

루쉰 사후의 상황은 거론할 필요도 없다. 「아Q정전」이 발표되고 몇 년 지나지 않은 시점인 1928년 3월, 나중에 매우 저명한 비평가가 된 어떤 사람이 「죽어버린 아Q 시대死去了的阿Q時代」라는 글을 써서 '혁명문학' 잡지 『태양월간太陽月刊』에 발표했다. 그는 바로 첸싱춘錢杏邨으로 나중에 매우 뛰어난 학자가 되어 중국 고전소설 정리에 대단한 업적을 남겼다. 1928년은 대혁명 실패 후 1년째 되는 해였고 또한 '혁명문학' 이론이 유행하기 시작한 지 1년째 되는 해였다.

당시 아주 중요한 단체였던 태양사와 창조사가 '혁명문학' 제창에 가장 큰 힘을 쏟고 있었다. 그 무렵 일련의 젊은 비평가와 이론가들이 일본에서 중국으로 귀국하여 일본에서 배운 급진적인 이론으로 '5.4'신문학을 해석했다. '5.4'세대와 「아Q정전」에 대한 그들의 부정적 해석은 오늘날 사람들이 루쉰을 거부하는 움직임과 전혀 달랐다. 그들이 급진적이고 혁명적인 측면에서 이론을 전개했기 때문이다.

그러나 일치점도 있다. 그것은 바로 양자 모두 시대 변화에 호소한다는 점이다. 시대는 변했고 루쉰도 시기가 지난 인물이라는 것이다. 전자는 중국이 바야흐로 혁명 시대로 들어섰으며 아Q 시대는 혁명 이전의 시대일 뿐이라고 인식했다. 후자는 중국이 시장화, 글로벌화 시대 그리고 민족 굴기의 포스트 혁명 시대에 처해 있다고 인식하면서, 「아Q정전」에서 묘사하는 정신 현상이 중국 국민성에 대한 암담한 묘사를 상기시키는 것 외에 무슨 좋은 결과를 만들어낼 수 있느냐고 힐문했다. 첸싱춘은 다음과 같이 주장했다.

루쉰의 저작량이 얼마나 늘었는지 막론하고, 또 일부 독자들이 루쉰을 얼마나 숭배하는지 막론하고, 그리고 「아Q정전」의 구절들이 얼마나 신랄하고 심각한지 막론하고, 사실적으로 바라보면 루쉰은 결국 이 시대의 표현자가 아니다. 그의 저작에 담긴 사상도 10년 이래 중국 문예사조를 대표할 수 없다.

10년 이래 중국 문예사조의 변화를 진정으로 자세히 분석해보면 그 속도와 정치적 변화가 똑같이 급진적이었음을 알 수 있다. 우리는 정치사상이 한 차례 한 차례 참신함에서 진부함으로 변모해왔음을 목격했고, 정계의 수많은 중심인물이 시대를 따라잡지 못하고 시대의 격랑에 침몰해왔음을 보아왔다. 최근 2년 동안 일어난 정계의 잦은 분화와 비혁명 계급의 혁명 배반이 모두 이러한 특징을 증명한다. 문단의 현상도 이와 같다. 몇몇 늙은 작가의 처지에서 보면 중국 문단이 여전히 그들 '유머'의 세력권이고, '취미'의 세력권이며, '개인주의 사조'의 세력권인 듯하다. 하지만 실제로는 문단의 중심 역량은 이미 암암리에 방향을 전환하여 혁명문학의 길로 나아가고 있다.[92]

첸싱춘이 보기에 시대는 이미 혁명정치, 혁명문학의 시대로 접어들었는데, 루쉰은 여전히 유머러스하고 개인주의적인 태도로 세계를 묘사한다는 것이다. 루쉰의 작품은 모두 암흑적이고 반어적이며, 국민성의 부정적 부분만 담고 있으므로 내재적이고 진실한 사회변동을 파악할 방법이 없다는 것이다. 따라서 이러한 방식은 철이 지난 것으로 인식될 수밖에 없다. 루쉰은 「'아Q정전'의 창작 연유」라는 글에서 완곡하게 첸싱춘의 견해를 반박했다. "나도 사람들이 말하는 것처럼 현재 이전의 어떤 한 시기를 묘사한 것이기를 바란다. 그러나 나는 내가 본 것이 결코 현대의 전신이 아니라 그 이후거나 심지어 20~30년 이후 일일까봐 두렵다."[93)]

1920년대 말기의 급진 좌익인사들의 태도와 다르게 중·고등학교 교과서에서 루쉰의 작품을 축출하겠다는 태도는 또 다른 추세를 대표한다. 여기서 추세라고 한 것은 전체를 포괄하여 말한 것이다. 왜냐하면 루쉰의 작품을 중·고등학교 교과서에 넣을지 말지 혹은 얼마나 넣을지는 토론할 수 없는 문제가 결코 아니기 때문이다. 문화대혁명이 종결된 후 수많은 사람이 루쉰 작품의 정치화 문제를 날카롭게 비판하며 루쉰과 그의 작품에 본능적인 반감을 표시했다.

그러나 이것은 20세기 마지막 10년 동안의 '루쉰 제거' 과정과 동일한 문제의식에서 출발한 행동이라고 할 수 없다. 1990년대는 루쉰이 묘사한 사회현상이 대규모로 부활한 시대인 동시에 루쉰을 배척하는 흐름도 정점에 도달한 시대였다. 루쉰이 묘사한 현상과 형상은 또 다른 방식으로 우리 사회 중간에 살아 숨 쉬면서 우리 자신의 '정신현상'과 사회현상으로 변모했다. 루쉰을 거부하고 배척하는 것은 그가 철 지난 인물이기 때문이 아니라 우리가 그를 두려워하고 그의 힘을 다시 감지하기 때문이다.

만약 루쉰의 작품을 축출하려는 내면에 그 작품의 잠재적 역량에 대한 두려움이 포함되어 있다면 이러한 거부와 배척은 첸싱춘의 단편적 언급보다 훨씬 심각한 것으로 보인다. 왜냐하면 여기에서 말하는 두려움이 새로운 시대의 생존본능에서 생산되었기 때문이다. 「아Q정전」에서 드러난 '생존본능'이 일종의 긍정적 에너지라는 사실은 앞에서 이미 상세하게 분석했다. 루쉰은 일찍이 진화론을 수용한 뒤 진보에 대해 흔들림 없는 신념을 고수했다. 그러나 바로 진보에 대한 이러한 신념 때문에 루쉰은 대부분 변혁 시대의 불변성을 관찰했다.

그는 민국 시대에 황권이 전복된 공화국 안에서 항상 송말과 명말의 시대에 사는 듯한 느낌을 가졌다. 그 시기는 이민족에게 정복된 시대였기 때문에 만청 민족주의자들의 눈에는 가장 엄혹하고 암흑적인 시대로 비쳤다. 그는 시간과 진보가 언제나 세계의 다른 지역에서는 밀접한 관련을 맺고 있지만 유독 중국에서는 아무 관련도 맺고 있지 못하다고 개탄했다. 이러한 견해는 진화적 역사관에 대한 복종이라기보다 신해혁명이란 역사적 사건에 대한 루쉰의 충성심이라고 설명하는 것이 더 낫다.

루쉰이 신해혁명을 비판한 것은 그 혁명을 부정한 것이 아니라 그것에 대한 변함없는 충성심에서 기원한 것이다. 오늘날 루쉰의 죽은 혼을 소환하는 것도 내가 볼 때는 마찬가지로 그 사건에 대한 충성심으로 보인다. 그것은 기실 루쉰을 배척하는 일이 하나의 사건으로서 혁명에 대한 고별, 거부, 배반에 근원을 두는 것과 같다.

신해혁명은 20세기의 발단으로 실패했지만 동시에 새로운 시대의 사건을 창조했다. 20세기 전체 역사는 모두 이 사건의 지속적 발전으로 볼 수 있다. 이후 역사 속에서 한 차례 있었던 루쉰의 '죽음'과 '부활'은 전부 우리와 사건으로서 혁명의 관계에 근원을 두고 있다. 소환과 거부를 통해 우리는 각각 이 사건에 대한 충성과 배반을 표현해왔다. 「아Q정전」은 혁명에 관한 책이다. 우리가 이 작품을 가리켜 중국 국민성에 대한 우언이라고 말할 때도 그것이 '정신승리법' 돌파에 대한 탐색임을 망각해서는 안 된다. 아Q의 '혁명', 그가 마침내 혁명에 참여하려고 한 동력 그리고 중국 혁명과 아Q 같은 농민의 관계가 또한 중국 혁명의 우언이 아닌가?

문학작품 경전화 혹은 모든 유형의 작품 경전화는 오랜 기간을 거쳐 이루어진다. 부정이나 배척 그리고 축출 과정이 없으면 작품에 대한 새로운 읽기가 촉발될 수 없다. 옛 경전도 경직화된 읽기로 사망에 이를 수 있다. 경전화와 정통화 사이에는 역사적 연관성이 있다. 「광인일기」와 「아Q정전」을 포함한 루쉰의 작품은 일찍부터 현대문학사와 초·중·고

교재로 편입되어 경전으로 간주되었다. 책을 조금이라도 읽은 사람이면 아Q라는 명사를 모르는 사람이 없다. 이 명사는 가보옥賈寶玉, 임대옥林黛玉,* 이규李逵, 무송武松, 관운장關雲長, 유비劉備, 조조曹操 등의 인물처럼 보편적인 명사가 되어 일찌감치 말살할 수 없는 대중 지식의 일부분이 되었다.

그러나 서로 다른 점은 다음과 같다. 이들 고전 작품 속 인물은 이미 철저하게 유형화되어 있지만 아Q는 여전히 우리 사이에서 생활하고 있고 우리 내부에서 생활하고 있다. 경전화는 항상 경직화와 동행한다. 그것은 하나의 작품이 경전의 위치로 떠받들어지면 시대, 일상생활과의 대화 능력이 상실됨을 의미한다. 경전과 경전화 과정은 상호 관련을 맺고 있지만 구분해서 바라볼 필요가 있다. 경전은 살아 있지만 경전화 과정은 항상 작품 읽기를 고정된 틀에 가두려고 한다. 중·고등학교 시절 선생님들은 주제사상, 인물특징, 수사방법 등의 범주에 의지하여 루쉰의 작품을 분석해왔다. 시험을 칠 때도 답안이 조금이라도 가르침에서 벗어나면 바로 틀린 것으로 처리했다.

나는 물론 루쉰의 더 많은 작품이 중·고등학교나 초등학교 교과서에 남아서 우리가 일상적으로 읽는 대상이 되기를 희망한다. 그러나 작품이 교과서에 들어가면 그로써 사람들의 배척 대상이 되기도 한다. 복습하고 시험 치고 주제를 외우는 과정을 끊임없이 반복하게 되면 어떤 작품에도 흥미를 가지기 어렵게 된다. 가장 위대한 작품도 일단 고정된 읽기 틀

* 가보옥과 임대옥은 청대 소설 『홍루몽紅樓夢』의 남녀 주인공이다. —옮긴이

안에 갇히게 되면 생명력은 사멸해버린다. 한 작품의 의의는 그것의 개방성에 있으며 또 그것이 우리 자신의 생활과 대화할 수 있게 하는 잠재능력에 있다. 살아 있는 경전은 해석 방향에 끊임없이 변이가 생기며 하나의 간단한 기준으로 답안을 제시할 수 없다. 작품에 고정된 해석이 있을 수 없다는 견해가 어찌 『시경詩經』에만 해당되겠는가?*

서사적 작품에도 이 같은 특징이 포함되어 있다. 네티즌의 관점과 첸싱춘의 말을 서로 대조해보면 그 방향이 완전히 다르다. 루쉰의 「아Q정전」에 대한 그들의 해석도 확연히 다르다. 문학의 역사에서 어떤 경전화나 탈경전화도 모두 정치적이며, 모두 권력의 지배와 관련되어 있고, 또 모두 하나의 존중 대상에 서로 다른 형식으로 고정되어 있다. 예외는 없다. 경전화와 탈경전화도 모두 그러한 영향 확대와 영향 제한 사이의 운동이다.

우리가 여기에서 말하는 영향 제한은 결코 탈경전화만 가리키는 것이 아니다. 사실상 경전화 과정 자체에는 또 다른 제한과 은폐가 포함되어 있다. 어떤 작품을 경전화하는 것은 그것을 하나의 정치적 방향이나 가치적 방향으로 일치시키기 위한 작업이다. 그 속에 감춰져 있던 또 다른 방향이 모습을 드러내거나 '경전 읽기' 궤도에서 벗어나면 불가피하게 그것을 은폐하거나 규범화하거나 축출하는 일이 벌어진다. 그것은 마치

---

* 중국 전한의 학자 동중서는 『춘추번로春秋繁露』에서 '시무달고詩無達詁'라는 견해를 제시했다. 『시경』을 해석할 때 고정적이고 일치된 평가를 내릴 수 없다는 견해다. 이는 동중서가 금문경학자今文經學者로서 현실정치 이념의 필요에 따라 경전을 새롭게 해석할 수 있다는 견해를 밝힌 것이지만, 이후 역사에서는 문학작품의 개방적인 읽기를 가능하게 하는 근거로 받아들여졌다. -옮긴이

서예의 필법과 같다. 당대 이후 왕희지王羲之의 서법이 진정한 전범으로 자리 잡자 기타 서법 스타일은 은연중 모두 억압되어버렸다. 따라서 이러한 시기에 「아Q정전」을 다시 읽는 일은 이 작품의 경전적 지위를 거듭 진술하기 위한 것이 아니라 그것을 해방시키기 위한 하나의 행동이다. 다시 말해 구태의연한 읽기 가운데서 이 작품을 해방시켜 살아 있는 경전으로 새롭게 빚어내기 위한 과정이다.

나는 지금 아Q의 운명을 우리의 세계와 대비하고 싶은 욕망을 참을 수 없다. 중국의 남쪽에서 푸스캉富士康Foxconn 회사 소속 노동자 13명이 한 사람씩 건물에서 뛰어내려 자살했다. 그들은 건물에서 뛰어내리는 순간 도대체 무슨 생각을 했을까? 상식적으로 생각해보면 그들에게 다른 선택의 여지가 있었을 것이다. 실업자들과는 대조적으로 그들은 직업을 가지고 있었다. 한 방울이라도 더 고혈을 빨아먹는 다른 공장과 대조적으로 그들은 타이완 자금으로 운영되는 대기업에 소속되어 있었다. 만약 이러한 업무를 참을 수 없었다면 고향으로 돌아갈 수도 있었을 것이다. 또 그들은 회사를 그만둔 뒤 다른 길을 찾을 수도 있었을 것이다. 그리고 그들은 혼다 공장의 노동자들처럼 파업을 하며 더 좋은 대우를 받기 위해 투쟁할 수도 있었을 것이다. ……

그러나 무슨 이유 때문인지 그들은 그렇게 하지 않았다. 자살은 푸스캉의 노동환경에 대한 항의였을 뿐만 아니라 상술한 각종 선택을 부정하는 행동이기도 했다. 나는 루쉰이 묘사한 적이 있는 '무의미함'을 떠올렸다. 그것은 의미에 대한 심각한 부정이라고 할 수 있다. 가련한 아Q가 재판과 총살에 의해 죽어가는 것과 다르게 그들은 스스로 자기 목숨을 결단했다. 그러나 그들은 아Q와 마찬가지로 우리의 마음을 뒤흔들었다. 그 13개 순간에 육체와 영혼이 분리된 것일까? 그들이 그처럼 고요하게 죽음을 향해 떠난 것은 혹시 영혼을 물어뜯기는 것과 같은 고통이 없었기 때문일지도 모른다. 왜냐하면 고통이란 줄곧 그렇게 고통으로 존재하기 때문이다. 그것은 자각적인 사망일까 아니면 매스컴에서 얘기하는 정신병 증세일까? 우리는 대답할 수 없다. 다만 매스컴의 한바탕 소동과 그 소동 배후에 여전히 공동空洞과 적막만 남아 있을 뿐.

뇌리에 위화余華가 즐겨 인용하는 보르헤스J. L. Borges의 말이 떠올랐다. "물이 물속에서 사라지는 것 같다."

2010년 10월 16일 중양절에

옮긴이의 글

"쉬부진더아Q"說不盡的阿Q라는 말이 있다. 직역을 하면 "도저히 다 말할 수 없는 아Q"라는 뜻이다. 아Q를 둘러싸고 끝없는 토론거리와 논란거리가 생겨 그 화제가 무궁무진하다는 의미를 담고 있다. 루쉰의 대표작 「아Q정전」은 1921년 12월 4일 베이징 「천바오」 부간에 연재될 때부터 화제를 불러일으킨 텍스트다. 우선 많은 독자가 아Q의 형상을 통해 자기 모습을 보면서 작가가 혹시 자기 주변 인물이 아닌지 의심했다고 한다. 말하자면 아Q의 모습에서 드러난 가식적이고 비겁한 모습에 몸서리를 치며 마치 자기 치부를 들킨 것처럼 생각했다는 것이다. 이는 루쉰이 중국인의 국민성을 아Q의 몸에 투영하여 매우 탁월한 전형으로 창조했다는 말과 같다.

그러나 아Q의 탁월한 전형성은 이후 또 다른 논란에 휩싸였다. 그것은 아Q라는 형상에 드러난 중국인의 국민성이 지나치게 부정적인 모습이라는 데서 기인한 논란이었다. 혹자는 아Q의 부정적인 전형성을 철저하게 부정했고, 혹자는 아Q의 전형성을 인정하면서도 그것은 이미 구시대 중국인의 형상에 불과하다고 폄하했다. 그리고 아Q의 전형성과 관련하여 그것이 중국인의 전형인지, 중국 농민의 전형인지, 아니면 모든 인간 약점의 전형인지를 두고도 분석과 논쟁이 끊이지 않았다.

하지만 문제는 아Q의 형상을 긍정적으로 평가하든 부정적으로 평가하든 상관없이 아Q의 전형성은 전혀 손상받지 않고 지금까지도 유령처럼 우리 곁을 맴돌고 있다는 점이다. 쉽게 말해 어느 누구에게서도 '정신승리법'으로 자신을 합리화하는 아Q의 특성을 발견할 수 있다. 이는 아Q의 전형성이 신해혁명 시기 중국 농민이라는 구체성을 넘어 세계 어느 곳, 어느 시대의 인간에게서도 발견할 수 있는 보편성을 지니고 있음을 뜻한다.

이런 연유로 루쉰 생존 당시에 「아Q정전」은 이미 영어, 프랑스어, 러시아어, 일본어, 한국어 등 다양한 언어로 번역되어 세계 곳곳에 소개되었다. 1926년 프랑스 작가 로맹 롤랑이 유머러스하게 묘사된 아Q 형상의 가련한 진실성을 칭찬한 것은 이미 이 텍스트에 대한 고전적 언급에 속한다. 이후에도 수많은 사람이 아Q의 형상을 거론하며 자신의 내면에 깃든 비굴함과 우매함을 비춰보는 거울로 삼곤 했다. 이런 과정에서 아Q는 중국을 뛰어넘어 세계인이 공감하는 문학 형상으로 자리 잡게 되었다.

논란이 약간 있을 수 있지만 지금까지 전개된 「아Q정전」 해독사解讀史를 일람해보면 대체로 아Q 형상의 두 가지 특징을 인정하는 대목에서 다수가 공감한 듯하다. 그것은 첫째, 아Q 형상이 중국 국민성의 전형이라는 것이다. 둘째, 아Q의 아Q다움을 가장 잘 드러내주는 특징이 '정신승리법'이라는 것이다. 루쉰이 중국인이고 「아Q정전」 또한 중국을 배경으로 하여 아Q라는 중국인을 중국어로 묘사한 텍스트임을 상기해보면 아Q가 중국 국민성의 전형이라는 말은 당연한 언급이라고 할 수 있다. 중국 국민성이란 말이 너무 광범위해서 전형이라는 말의 뜻에 어울리지 않으므로 중국 농민의 전형 혹은 중국 룸펜 프롤레타리아의 전형으로 범위를 축소해본다 해도 아Q 형상의 내포 의미가 본질적으로 달라지는 것은 아니다. 어차피 훌륭한 문학 텍스트는 '구체적 보편'을 지향하기 때문이다.

아Q가 중국 농민 혹은 중국인의 전형을 뛰어넘어 우리 각자 내면의 암흑을 비춰보는 거울이 될 수 있음도 바로 이 '구체적 보편'의 탁월함에서 기인한 현상이다. 그러나 문제는 아Q의 형상이 중국 농민의 전형이든 중국 국민성의 전형이든 그것이 부정적이고 부끄러운 전형이라는 데 있다. '정신승리법'이 바로 그런 부정적이고 부끄러운 형상을 끝없이 내면화하는 정신적 기제로 작용한다.

아Q는 '정신승리법'을 통해 모든 패배를 승리로 뒤바꾼 뒤 자신을 억압하는 체제 속으로 순응해 들어가 오히려 강자의 가면을 쓰고 약자를 억압한다. 이런 면에서 '정신승리법'은 패배자의 생존법칙이며 약자의 자기합리화이지만 자기보다 약한 사람에게는 오히려 가혹한 강자로 군림한다는 측면에서는 강자의 지배 논리와 다름없다고 할 수 있다. 이처럼 반복 순환하는 기성 질서의 지배 논리가 바로 중국 역사를 정체시키고 중국인의 영혼을 마비시킨 '식인吃人구조'의 논리다.

루쉰은 「'외침' 자서」에서 더욱 절망적으로 당시 중국을 출구 없는 '철의 방'鐵之屋으로, 중국인을 '철의 방'에서 자기가 죽는 줄도 모르고 죽어가는 잠에 취한 사람으로 비유했다. 그럼 「아Q정전」은 주인공 아Q가 '정신승리법'이라는 자기합리화를 통해, 끝없이 순환하는 강자의 지배 논리에 순응하다가 결국 혁명 과정에서 강도로 몰려 형장의 이슬로 사라지는 닫힌 구조의 텍스트에 불과한 것인가? 중국인의 국민성이란 것도 결국 죽음에 이르도록 깨어날 줄 모르는 절망적인 마비 상태 자체일 뿐인가? 물론 '리얼리즘의 승리' 이론에 따르면 현실을 정확히 재현한 것만으로도 세계관의 한계를 뛰어넘는 새로운 전망을 담보할 수 있다고 한다.

따라서 「아Q정전」은 아Q의 '정신승리법'을 통해 중국인의 마비된 국민성을 정확하게 재현하고 신해혁명의 한계성을 드러내는 것만으로도 구시대를 지양하고 신시대를 지향하는 리얼리즘의 궁극적 효과를 충분히 달성했다고 설명할 수 있다. 지금까지 「아Q정전」에 대한 논의는 대부분 이 지점에서 더 나아가지 못했지만, 이러한 의의만으로도 「아Q정전」은 '구체적 보편'의 의미를 달성한 세계 고전으로서의 위상을 충분히 누려왔다고 할 수 있다. 그러나 「아Q정전」 읽기가 이 지점에 정체됨으로써 「아Q정전」은 이제 더는 새로운 의미를 생산할 수 없는 화석화된 고전으로 전락할 위험에 처하게 되었다.

왕후이는 이와 같은 「아Q정전」의 화석화에 이의를 제기하고 새로운 읽기를 시도했다. 그는 신좌파의 대표 논객으로 알려져 있는데도, 리얼리즘적 시각에만 머물지 않고 새롭고도 다양한 이론을 원용하여 말라버린 「아Q정전」의 우물에서 새로운 샘물을 길어 올리고 있다. 중국인으로서 「아Q정전」이 이제 더는 새로운 의미를 생산할 수 없는 텍스트가 되어버린다면 더욱 참을 수 없는 일이었을 듯하다. 그것은 「아Q정전」이라는 세계적 고전이 죽은 고전으로 전락하는 데 대한 안타까움에 그치지 않고, 중국인의 국민성이 새로운 탈출구 없이 봉건적 순환구조로 폐쇄됨을 의미하기 때문이기도 하다.

왕후이는 이 지점에서 「아Q정전」의 저자 루쉰까지 포함하는 개방적 텍스트 읽기를 시도한다. 이제 왕후이의 시각에는 아Q를 묘사하는 루쉰도 아Q와 같은 중국인의 한 사람으로 포착된다. 왕후이는 묻는다. "아Q가 병약하고 마비된 중국인의 전형이라면 그런 중국인에 대해 반성을 수행하는 루쉰은 어느 나라 사람인가?" 이 질문은 매우 중요하다.

왜냐하면 이 질문 하나로 「아Q정전」 속에서 병약하고 마비된 형상으로 전형화된 중국인이 오욕의 순환구조를 끊고 자기 역사와 사회에 반성을 수행하는 깨인 현대인으로 재탄생하기 때문이다. 왕후이는 그것을 '국민성의 이중성'이라고 불렀다. 다시 말해 아Q의 마비된 국민성과 그 마비된 국민성을 반성적·능동적으로 성찰하는 국민성이라는 이중성으로 「아Q정전」의 국민성 서술을 파악해야 한다는 것이다.

이 대목에서 우리는 왕후이가 과연 신'좌파' 논객다운 면모를 보여준다고 인정할 수밖에 없지만, 그것이 「아Q정전」 텍스트 새로 읽기에 그다지 큰 의미를 부여해주는 것 같지는 않다. 성찰하는 국민성이 재현한 「아Q정전」은 결국 하나의 완결된 구조로 독립된 텍스트를 이루고 있기 때문이다. 그것은 아Q가 「아Q정전」 내에서 자신을 성찰하지 않는 한 텍스트 내로 폐쇄된 국민성에서 한 치도 벗어날 수 없음을 의미한다.

그렇다면 과연 「아Q정전」 내에 아Q가 자신을 성찰하는 계기나 대목이 존재할까? 이제까지의 「아Q정전」 연구자들은 이 점에 대해 질문을 제기하지 않았거나 대부분 소홀하게 취급했다. 아Q는 '정신승리법'에 의지하여 현실을 왜곡하고 자신을 마비시키며 살다가 결국 자신도 모르게 강도로 몰려 무지몽매한 상태로 처형되는 것으로만 여겨져왔기 때문이다.

흥미롭게도 왕후이는 기존 독법의 한계를 돌파하기 위해 '신'좌파 논객답게 프로이트의 정신분석 방법을 새로운 읽기 도구로 활용한다. 이에 근거하여 왕후이는 아Q의 '정신승리법'이 그의 본능, 욕망, 잠재의식을 억압하는 '의식'의 발로라고 분석한다. 말하자면 '정신승리법'은 가식적인 자기 합리화로 아Q의 참된 자아를 억압하고 기존 질서로 회귀하게 하는 반복·순환의 폐쇄 시스템으로 작동한다는 것이다. 따라서 「아Q정전」에 대한 새로운 읽기에서는 '정신승리법'이 효력을 상실하는 순간을 포착하는 일이 가장 중요하다. 그것은 '정신승리법'이란 '의식'이 아Q의 본능, 욕망, 잠재의식에 대한 억압을 중단하는 순간이기 때문이다. 그 순간 오랫동안 억압되고 뒤틀려 있던 아Q의 참된 본능은 가식적인 '정신승리법'의 압제를 뚫고 자신을 성찰하며 생생한 생명력을 드러내게 된다.

'정신승리법'이 효력을 상실하면 '정신승리법'에 마비된 국민성 또한 새로운 생명력을 얻어 해방을 맞게 된다. 왕후이는 그 순간이 「아Q정전」에 여섯 차례 출현한다고 밝혀냈다. 그것은 '실패(패배)의 고통', '어디로 가야 할지 모름', '성 결핍과 굶주림', '생존본능의 돌파', '혁명의 본능과 무의미함', '죽음의 공포'의 순간이다. 왕후이 말대로 이 여섯 순간은 모두 합쳐봐야 1분도 되지 않는다. 그러나 「아Q정전」의 폐쇄성을 돌파하는 발단이 된다는 측면에서는 매우 관건적인 계기라고 할 수 있다.

「아Q정전」에서 아Q의 생생한 참 자아는 '정신승리법'이라는 억압기제에서 벗어나는 순간 다시 관성을 지닌 용수철처럼 옛 기제로 회귀하고 만다. 하지만 중요한 것은 억압되지 않은 자아와 대면하는 짧은 순간이 아Q에게 있었다는 점이다. 그것은 중국 농민이 각성하는 계기이며, 중국인이 각성하는 계기이고, 중국 혁명이 발단되는 계기다.

왕후이가 바라보는 신해혁명도 아Q의 운명과 같다. 그것은 순간적으로 중국 5천 년 봉건 왕조를 전복시키는 힘을 발휘했지만 결국 근본적인 사회구조는 변화시키지 못한 채 미완의 혁명으로 끝나고 말았다. 「아Q정전」에서도 신해혁명은 자오 대감이나 가짜양놈이 기득권을 유지한 채 혁명의 열매를 탈취해간 실패한 혁명으로 묘사되어 있다. '정신승리법'에 기반을 둔 옛 기제는 여전히 인간과 사회의 진실을 억압하며 마치 촘촘한 그물망처럼 온 사회 구석구석에까지 둘러쳐지고 결국 미래의 역사까지 점령한다. 하지만 그것은 과연 폐기 대상으로서 실패한 혁명에 불과한 것일까?

왕후이의 새로운 분석에 따르면 아Q가 본능과 마주하는 여섯 순간이 자신의 '정신승리법'을 돌파하는 계기로 작용하는 것처럼 신해혁명도 중국 역사의 순환구조를 끊고 새로운 미래를 가능케 한 발단이 되었다고 한다. 이 대목에서 아Q의 참 자아와 신해혁명의 참 역사는 비록 아주 짧은 순간이지만 내적·외적 변혁의 계기로 서로 호응하며 새로운 미래를 가능케 하는 관건적 발단이 된다. 따라서 신해혁명은 실패한 혁명이 아니라 아Q 같은 우매한 농민까지 혁명의 대열로 소환해낸 획기적 변혁의 계기로 인식된다. 왕후이가 이 저작 첫머리에서 "삼가 이 책으로 새로운 시대의 발단이 된 신해혁명을 기념하고자 한다"라고 언명한 것이나, 「아Q정전」을 혁명에 대한 우언으로 읽어야 한다고 주장하는 것은 바로 이와 같은 분석에 근거한 것이다.

왕후이가 신해혁명을 새로운 시대의 '발단'으로 본다면 새로운 혁명의 가능성은 매우 폭넓은 전망을 가질 수 있다. 물론 중국 현대사에서는 소련식 사회주의 혁명이 역사의 주류를 이루었지만, 그것이 현재의 새로운 흐름을 담아내지 못한다면 자유·평등·박애를 이념으로 하는 프랑스식 혁명이나 또 다른 혁명에 대한 탐색으로 이어질 수도 있다. 왕후이가 아Q 같은 중국 기층민의 역사적 추동력을 믿는 신'좌파'임을 부정할 수는 없다. 하지만 신해혁명을 미래 역사에 대한 개방적 '발단'으로 간주한다는 측면에서는 그가 '구'좌파와는 다른 '신'좌파임도 분명해 보인다. 하긴 왕후이는 이 저서에서 「아Q정전」에 대한 리얼리즘적 분석의 한계를 돌파하기 위해 프로이트의 정신분석 방법을 끌어오지 않았던가? 따라서 왕후이는 마오쩌둥의 신도인 동시에 루쉰의 신도인 셈이다.

문제는 '정신승리법'을 신봉하는 아Q들이 현대사회에서도 여전히 맹위를 떨치고 있다는 점이다. 왕후이의 지적대로 1990년대 중국에서는 아Q들이 부활하여 루쉰 배척의 흐름을 주도했고, 2000년대에 이르러서는 급기야 루쉰의 작품을 중·고등학교 교과서에서 퇴출하려는 만행을 저질렀다. 자아와 사회에 대한 비판의식을 잃어버린 아Q들은 결국 13명이나 고층건물에서 뛰어내려 스스로 목숨을 끊었다. 중국 사회는 이제 순간으로서의 자아 각성이나 발단으로서의 사회변혁조차 단단히 막혀버린 '철의 방'에 불과한 것일까?

우리 사회는 어떤가? 세월호 침몰로 가족을 잃어버린 슬픔조차 이념과 금전의 잣대로 매도하는 광기는 대체 무엇인가? 세월호 유족에 대한 동정심은 고사하고 그들의 슬픔을 희화화하고 비난하고 심지어 무자비하게 공격하는 인간은 여승을 조롱하고 왕털보를 깔보고 샤오D와 싸움을 벌이는 아Q와 과연 무엇이 다른가? 인간으로서의 동정심마저 마비되어버린 아Q들이 자신들의 '정신승리법'에서 벗어나 참 자아와 대면하는 계기는 어떻게 마련될 수 있는가?

한국이나 중국을 막론하고 이와 같은 질문이 여전히 현실에서 유용성을 갖는다면 자아 각성과 혁명 발단에 대한 우언으로서 「아Q정전」은 아직도 열린 고전으로 생명력을 갖고 있다고 할 수 있다. 그 생명력을 확인하는 자리에 왕후이의 이 책이 자리 잡고 있다.

끝으로 해외여행 중에 한국어판 서문을 보내준 왕후이 선생에게 감사드린다. 그의 『아Q 생명의 여섯 순간-왕후이의 「아Q정전」 새로 읽기』는 루쉰 애독자들에게 새로운 영감을 불러일으켜줄 것으로 믿는다. 아울러 이 책의 기획자 노승현 선생과 어려운 상황에서도 선뜻 출판에 동의해준 출판사에도 깊은 감사의 말씀을 드린다. 이분들의 노력으로 우리 인문학의 지평은 더욱 넓어질 것이다.

2015년 6월 4일

청청재靑靑齋에서 옮긴이 삼가 씀

부록

아Q정전阿Q正傳

제1장 서문

내가 아Q에게 정전正傳을 지어주려 한 것은 한두 해 사이의 일이 아니다. 그러나 한편으로 쓰고 싶은 마음이 있으면서도 다른 한편으로는 망설여지기도 했다. 이 점에서도 나는 뛰어난 문필가가 아니라는 사실을 알 수 있다. 옛날부터 불후의 문장은 모름지기 불후의 인물을 전하기에, 사람은 문장으로 전해지고 문장은 사람으로 전해지게 된다. 따라서 결국 누가 누구를 전하는지도 모를 상황이 되는 셈이다. 하지만 나 같은 사람이 결국 아Q 같은 사람을 후세에 전하겠다고 결론짓게 되었으니 이건 숫제 귀신에 홀린 듯하다.

* 이 번역의 저본은 2005년판 『루쉰전집魯迅全集』(北京: 人民文學出版社) 제1권에 실린 「아Q정전」이다. 「아Q정전」은 1921년 12월 4일부터 베이징 「천바오晨報」 부간에 연재를 시작하여 1922년 2월 12일 연재를 완료했다. 「아Q정전」은 이후 1923년에 출판한 루쉰의 첫 번째 소설집 『외침吶喊』(北京: 新潮社)에 수록되었고, 또 각 시기에 간행된 『루쉰전집』 제1권에도 모두 수록되어 있다.

그러나 금방 썩어 문드러질 이 글이나마 쓰려고 붓을 잡자 당장 엄청난 곤혹감이 밀려왔다. 첫째는 이 글의 제목이다. 공자께서 가라사대 “이름이 바르지 못하면, 말이 순조롭지 못하다”名不正則言不順[1)]라고 하셨다. 이것은 깊이 주의해야 할 문제다. 전기의 명칭은 아주 다양하다. 열전列傳, 자전自傳, 내전內傳, 외전外傳, 별전別傳, 가전家傳, 소전小傳……. 그러나 모두 적합한 명칭이 아니다. ‘열전’이라고 하자니 이 글은 결코 훌륭한 인물들과 더불어 ‘정사’에 편입될 성질의 것이 아니다.

자전은 어떤가? 하지만 내가 결코 아Q는 아니지 않은가? 외전이라 한다면? 그럼 내전은 어디에 있단 말인가? ‘내전’이라고 해볼까? 아Q는 결코 신선이 아니다. 별전이라고 한다면? 위대한 총통 각하께서 아Q를 위해 유시를 내려 국사관에 그의 본전을 마련해두라고 분부하신 적이 없다. 영국 정사에 비록 ‘타짜 열전’ 같은 건 없어도 대문호 찰스 디킨스가 『타짜 별전』[2)]을 쓴 적은 있다. 그러나 대문호라면 가능한 일이지만 나 같은 부류에게는 어림도 없는 일이다.

다음 ‘가전’이란 제목은 어떤가? 나는 아Q와 종친인지도 모르고, 또 그 자손들의 부탁을 받은 적도 없다. 혹 ‘소전’이라 쓴다면? 더욱이나 아Q에게는 별도로 대전이란 것도 없다. 어쨌든 이 글은 ‘본전’이라 할 수 있지만 내 문장을 가지고 생각해보면 문체가 비천해서 수레를 끌고 콩국을 파는 장사치들이나 쓰는 말인지라 감히 ‘본전’이라고 참칭할 수도 없다. 이에 삼교구류三教九流[3)]에도 끼지 못하는 소설가들이 자주 쓰는 이른바 '한담일랑 제쳐두고 정전(본론)으로 돌아가자'閑話休題, 言歸正傳[4]라는 구닥다리 가락에서 '정전'이라는 두 글자를 취하여 제목으로 삼는다. 비록 고인古人이 찬술한 『서법정전書法正傳』의 '정전'이란 제목과 문자상 서로 혼동될 수 있지만 그것까지 다 고려할 수는 없다.

둘째, 옛날 전기의 통례에 따르면 개권벽두에 '아무개, 자字 무엇, 어느 곳 사람'이라고 써야 하지만 나는 아Q의 성이 무엇인지 모른다. 언젠가 그의 성이 자오趙(조)씨 비슷한 적이 있었지만 그다음 날 바로 모호해지고 말았다. 그때가 자오 대감의 아들이 수재秀才[5]가 되었을 때였다. 징징 징소리가 마을로 소식을 알려올 무렵 아Q는 막 황주 두 사발을 마시고 덩실덩실 춤을 추며 이건 그에게도 아주 영광스러운 일이라고 했다. 왜냐하면 그와 자오 대감은 본래 일가 간인데 항렬을 꼼꼼하게 따져보면 그가 수재보다 3대가 더 높기 때문이라는 것이다. 그때 그의 곁에서 듣고 있던 몇 사람은 숙연한 마음에 존경심이 우러나기도 했다. 그러나 누가 알았겠는가? 다음 날 그곳 순검(지보)[6]이 아Q를 자오 대감댁으로 끌고 갈 줄이야. 자오 대감은 아Q를 보자마자 얼굴을 붉으락푸르락하며 호통을 쳤다.

"아Q, 이 멍청한 놈아! 내가 네놈과 일가 간이라고?"

아Q는 입도 뻥긋하지 못했다.

자오 대감은 볼수록 분노가 치미는지 몇 걸음을 짓쳐 달려왔다.

"네놈이 감히 함부로 주둥아릴 놀리다니! 내게 어찌 네놈 같은 일가 붙이가 있을 수 있단 말이냐? 네 성이 자오씨더냐?"

아Q는 입도 뻥긋하지 못하고 뒤로 물러나려 했다. 그러자 자오 대감이 내쳐 달려와서 그의 뺨따귀를 갈겼다.

"네놈이 어떻게 자오씨가 될 수 있단 말이냐? 네놈의 어느 구석에 자오씨 자격이 있단 말이냐?"

아Q는 자신이 정말 자오씨라고 항변하지도 못하고, 얻어맞은 왼쪽 뺨만 쓰다듬다가 순검과 함께 후퇴하고 말았다. 밖에 나와서 또 일장 훈시를 듣고 그 순검에게 술값 200문文[7]을 물어줘야 했다. 알 만한 사람들은 모두 아Q가 너무 황당하게 굴어서 스스로 매를 번 것이라 하면서, 아마 그의 성이 자오씨가 아닐지도 모르고, 또 자오 대감이 이곳에 건재한 이상 다시는 그런 헛소리를 지껄여서는 안 된다고 했다. 그 뒤로는 그의 가문을 들먹이는 사람이 더는 없게 되어 나는 아Q의 성이 무엇인지 끝내 알아낼 수 없었다.

셋째, 나는 아Q의 이름을 어떻게 쓰는지도 모른다. 그가 살아 있을 때 사람들은 모두 그를 아Quei(아구이)라고 불렀지만 죽은 뒤에는 아Quei를 들먹이는 사람이 아무도 없게 되었다. 그러니 어찌 '청사에 길이 남을' 일이 있을 수 있겠는가? '청사에 길이 남을' 일로 말할라치면 이 글이 처음인 셈이니 이 때문에 내가 제일 먼저 난관에 봉착하게 된 것이다. 나는 일찍이 아Quei를 阿桂(아구이: 아계)로 쓸까 阿貴(아구이: 아귀)로 쓸까 곰곰이 고민해본 적이 있다. 혹여 그의 호가 웨팅月亭(월정)이거나 음력 8월에 그가 생일잔치를 한 적이 있다면 틀림없이 '阿桂'[8]로 쓸 것이다. 그러나 그는 호가 없고 있다 해도 아는 사람이 없으며 생일 초대장을 돌린 적도 없다. 따라서 '阿桂'로 쓰는 것은 무단에 가까운 일이다. 혹시 그의 백씨伯氏나 계씨季氏의 성함이 '阿貴'(아푸: 아부)'라면 틀림없이 '阿貴'로 쓸 것이다. 그러나 그는 혈혈단신이므로 '阿貴'로 쓰는 것에도 근거가 없는 셈이다. 이밖에도 발음이 아Quei인 벽자들이 있지만 더는 억지로 꿰맞출 수 없다.

이전에 자오 대감의 자제인 무재茂才(수재) 선생에게 자문을 구한 적도 있다. 허나 누가 생각이나 했겠는가? 그렇게 박식하고 고아한 군자분께서도 이에 대해 그처럼 무지할 줄이야. 결론만 말하면 천두슈陳獨秀(진독수)가 『신청년新青年』을 창간하여 양코배기 문자를 제창했기 때문에 국혼이 사라졌고, 그리하여 고찰해볼 방법이 없다는 것이었다. 나의 마지막 수단은 한 동향분에게 아Q의 범죄조서를 조사해달라고 부탁해보는 것이었다. 8개월 뒤에야 받아본 회신에는 그곳 범죄조서에 아Quei와 발음이 비슷한 사람은 아무도 없다고 쓰여 있었다. 정말 없는 건지 조사하지도 않은 건지 알 수 없지만, 나는 더 이상 다른 방법을 찾을 수 없었다. 주음부호(옛날 중국어 발음 부호. 현재 타이완에서 통용됨)가 통용되지 않던 시절이라 양코배기 문자를 쓸 수밖에 없었고, 당시 영국에서 유행하던 중국어표기법에 따라 아Quei로 쓰고 약칭을 아Q로 했다. 이건 『신청년』의 견해를 맹종하는 것 같아서 스스로도 매우 미안하지만 무재공께서도 모르시는 일을 나라고 무슨 뾰족한 수가 있겠는가?

넷째, 아Q의 본적에 관한 것이다. 혹여 그의 성이 자오씨라면 현재 군郡의 명문을 일컫기 좋아하는 사람들의 관례에 따라 『군명백가성郡名百家姓』[9]의 주해를 참조해볼 수도 있다. 거기에는 자오씨가 '룽시 톈수이 사람'隴西天水人也이라고 되어 있다. 그러나 애석하게도 아Q의 성은 그리 믿을 만한 것이 못 되기에 그의 본적도 다소 결정하기 어렵다. 그는 웨이좡未莊(미장)에서 오래 살았지만 늘 다른 곳에서도 거주했으므로 '웨이좡 사람'이라고 단정할 수 없다. '웨이좡 사람'이라고 쓸 수는 있겠지만 그렇게 하면 춘추필법에 어긋나는 일이다.

내가 짐짓 위안으로 삼는 것은 '아'阿[10]자 한 글자만은 대단히 정확하여 견강부회나 가차의 흠이 절대로 없다는 점이다. 이 점은 만사에 정통한 분들에게 질정을 받아도 좋다. 그 나머지는 나 같은 천학비재가 천착할 수 있는 것이 아니므로, 이제 '역사벽'이나 '고증벽'이 있는 후스즈胡適之(호적지)[11] 선생의 문인들에게 부탁하여 앞으로 새 단서들을 많이 찾아낼 수 있기를 희망할 뿐이다. 그러나 그때가 되면 「아Q정전」은 흔적도 없이 사라지고 없을 것이다.

이상을 서문이라고 할 수 있다.

제2장 승리의 기록

아Q는 성명이나 본적이 불분명할 뿐만 아니라 이전의 행장[12]도 불분명하였다. 왜냐하면 웨이좡 사람들은 아Q에게 품팔이를 요구하거나 그를 우스갯거리로 삼았을 뿐, 지금까지 그의 '행장'에는 아무도 신경을 쓰지 않았기 때문이다. 아Q 스스로도 이에 대한 이야기를 하지 않았다. 다만 다른 사람과 언쟁이라도 벌어질 양이면 간혹 눈을 부라리며 호통을 쳤다.

"우리가 예전에는 네깐 놈들보다 훨씬 잘살았어. 네깐 놈들이 대체 뭔 화상들이냐고!"

아Q는 집이 없어서 웨이좡의 서낭당[13]에서 살았다. 일정한 직업도 없어서 주로 사람들에게 품을 팔았다. 보리를 벨 때는 보리를 베고, 방아를 찧을 때는 방아를 찧고, 뱃사공 일을 해야 할 때면 뱃사공이 되었다. 일이 좀 길어지면 더러 임시 주인집에 머물기도 했지만 일이 끝나면 바로 그곳을 떠났다. 따라서 사람들은 일손이 바쁠 때는 아Q를 기억했지만, 그것도 품팔이꾼으로서 기억할 뿐 그의 '행장'에 관한 것은 결코 아니었다. 일단 일손이 한가해지면 아Q라는 존재조차 모두 망각하는 판이니 무슨 '행장'을 거론할 수 있겠는가? 다만 한 번 어떤 영감님이 이렇게 칭송한 적이 있다.

"아Q는 정말 재주꾼이야!"

이때 아Q는 웃통을 벗은 채 게으르고 말라빠진 모습으로 마침 그 앞에 서 있었다. 다른 사람들은 이 말이 진심인지 조롱인지 전혀 짐작이 가지 않았지만 아Q는 매우 기뻐했다.

아Q는 또 자존심이 아주 강하여 모든 웨이좡 사람은 그의 안중에도 없었다. 심지어 두 분의 '문동文童 선생'[14]에 대해서도 일소의 가치조차 없다는 태도를 보였다. 대저 문동이 어떤 분들인가? 장래에 어쩌면 수재가 될 수도 있는 분들이다. 자오 대감과 첸錢(전) 대감이 주민들의 존경을 많이 받는 이유도, 돈이 많다는 점 외에 모두 문동의 부친이기 때문이다. 그러나 아Q는 정신적으로 이들에게 특별한 숭배의 마음을 표하지 않았을 뿐 아니라, 마음속으로 생각하기를 '내 아들은 네놈들보다 훨씬 더 떵떵거리며 살 거다'라고 했다. 게다가 읍내를 몇 번 출입하고 나서는 아Q의 자부심이 더욱 대단해졌다.

그러나 이는 오히려 읍내 사람들을 천시하는 태도로 나타났다. 예를 들면 길이 석 자, 폭 세 치의 판때기로 만든 의자를 웨이좡에서는 장등이라고 하고 그도 '장등'이라고 하는데, 읍내 사람들은 조등이라고 했다. 그는 이건 잘못되었으며 가소로운 일이라고 생각했다. 또 기름으로 튀긴 대구부침 요리를 만들 때 웨이좡에서는 반 치 길이로 파를 썰어 넣는데, 읍내에서는 파를 훨씬 잘게 썰어 넣었다. 그는 이것도 잘못되었으며 가소로운 일이라고 생각했다. 하지만 그는 웨이좡 사람들을 정말 세상 물정 모르는 가소로운 촌놈들로 취급했다. 그 이유는 이들이 읍내의 어물부침 요리조차 한 번도 본 적이 없기 때문이라는 것이다.

아Q는 '예전에 잘살았고' 식견도 높은 데다 '재주도 뛰어났으므로' 거의 '완벽한 사람'이라고 할 수 있지만, 애석하게도 신체에 다소 결점이 있었다. 가장 골치 아픈 건 그의 두피 여기저기에 언제 생겼는지도 모르는 부스럼 흉터가 있다는 것이었다. 그것은 비록 자기 몸에 있는 것이긴 해도 아Q는 별로 귀하게 생각하는 것 같지 않았다. 왜냐하면 그는 부스럼을 뜻하는 라癩자나 이와 발음이 비슷한 뢰賴자 계열 글자를 모두 회피하였기 때문이다.

나중에는 이 원칙을 더욱 확대해 하얀 부스럼 모양에서 연상되는 광光(빛)자도 피휘하고,[15] 량亮(밝음)자도 피휘하게 되었으며, 심지어 등燈(등불)자나 촉燭(촛불)자까지도 피휘하게 되었다. 일단 다른 사람들이 이 피휘의 원칙을 범하면 아Q는 그것이 고의건 아니건 부스럼 흉터가 빨개지도록 화를 냈다. 그러고는 상대를 가늠해보고 말이 어눌한 사람이면 욕지거리를 퍼붓고, 힘이 약한 사람이면 두들겨 패기까지 했다. 그러나 어찌된 영문인지 아Q가 손해 볼 때가 훨씬 많았다. 그리하여 그는 점점 방침을 바꾸어 눈을 치켜뜨고 노려보기로 작정했다.

그러나 누가 짐작이나 했겠는가? 아Q가 '눈 치켜뜨기 주의'를 채택한 이후 웨이좡의 건달들이 더욱 기승을 부리며 그를 놀려댈 줄이야. 그를 만나기만 하면 깜짝 놀란 체하며 말했다.

"와, 사방이 환하네!"

아Q는 관례대로 화를 내며 눈을 치켜뜨고 노려보았다.

"어쩐지. 비상등이 여기 있었군."

그들은 전혀 겁을 내지 않았다. 아Q는 별수 없이 복수의 저주 한마디를 궁리해내야만 했다.

"네깐 놈들에게……."

이때 그는 자기 머리에 있는 것이 고상하고 영광스러운 부스럼이지 절대로 평범한 부스럼이 아닌 것처럼 생각되었다. 그러나 위에서도 언급했듯이 아Q는 식견이 있는 사람인지라 다음 말이 '피휘의 원칙'에 저촉되는 것을 알고는 더는 언급을 회피했다.

그래도 건달들은 그만두지 않고 계속 그를 집적거리며 종당에는 구타까지 했다. 아Q는 겉으로 보기에는 패배하여 누런 변발을 틀어 잡힌 채 벽에 소리가 나도록 두세 차례 머리를 쥐어박히는 것 같았다. 그러나 건달들이 그제야 직성이 풀려서 의기양양 떠나간 뒤에도 아Q는 잠깐 그곳에 서서 이렇게 생각했다.

'결국 아들놈에게 맞은 셈이군. 요새 세상 꼴이 말이 아니야…….'

그리하여 그는 마음 가득 만족감에 젖어 승리의 행진을 시작하는 것이었다.

아Q는 마음속 생각을 나중에 하나하나 까발리기를 좋아했기 때문에 무릇 아Q를 놀려대던 사람들은 거의 모두 그에게 '정신승리법'이 있다는 걸 알게 되었다. 그 후 그들은 그의 변발을 잡아챌 때마다 이렇게 선공의 초식을 날렸다.

"아Q! 이건 아들이 아비를 패는 게 아니라 사람이 짐승을 패는 거야. '사람이 짐승을 팬다'고 말해봐!"

아Q는 두 손으로 자기 변발 뿌리를 잡고 고개를 비틀며 말했다.

"버러지를 패는 거다, 됐냐? 난 버러지다. 이래도 안 놓냐?"

하지만 건달들은 버러지라고 해도 놓아주지 않고 접때처럼 그를 근처 아무 데나 대여섯 차례 소리가 나도록 처박고는 마음 가득 만족감에 젖어 승리의 행진을 시작했다. 그들은 이번에야말로 아Q가 혼쭐이 난 걸로 생각했다. 그러나 10초도 안 되어 아Q도 마음 가득 만족감에 젖어 승리의 행진을 시작했다. 그는 자신이 '자기 경멸을 제일 잘하는 사람'이란 걸 깨달은 것이다. 여기에서 '자기 경멸'이라는 말을 제외하면 '제일'이라는 말만 남는다. 장원급제도 '제일'이 아니던가?

"네깐 놈들이 뭐가 그리 대단한겨?"

아Q는 이와 같은 갖가지 비법으로 원수인 적을 제압한 뒤 유쾌한 마음으로 주막으로 달려가 술을 두세 사발 마시고, 다시 사람들과 한바탕 농담 따먹기를 하여 승리를 쟁취하고는 유쾌한 마음으로 서낭당에 돌아가 머리를 처박고 잠의 나라로 빠져들었다. 돈이 좀 있을라치면 노름판으로 달려갔다. 사람들이 쭈그려 앉아 있는 틈새로 아Q는 얼굴에 땀범벅을 하고 끼어들었다. 목소리는 그가 가장 우렁찼다.

"청룡에 사백!"

"자…… 그……럼…… 패를…… 까볼까나!"

노름판 주인도 패를 까며 땀범벅인 얼굴로 장단을 맞췄다.

"천문이로구나……. 각角은 갖고 가고……! 인人과 천당[16]에는 아무도 안 걸었구나……! 아Q의 동전은 이리 갖고 오고……!"

"천당에 일백 …… 아니 일백오십!"

아Q의 돈은 노랫가락 속에서 점차 다른 땀범벅 얼굴의 허리춤으로 빨려 들어가고 말았다. 그는 결국 노름판 밖으로 밀려났고 사람들 등 뒤에 서서 그들 대신 안달복달하다가 판이 깨진 후 미련에 젖어 서낭당으로 돌아왔다. 그러고는 다음 날 눈두덩이 퉁퉁 부은 채 일을 하러 갔다.

그러나 정말 '세상만사 새옹지마'라는 말처럼, 아Q도 한 번 돈을 딴 적이 있다. 하지만 결국 금세 쫄딱 망하고 말았다.

그때가 웨이좡 마을의 신령님께 동제를 올리는 저녁이었다. 그날 저녁

관례대로 한바탕 전통극 마당이 펼쳐졌고, 전통극 마당 왼편에서는 역시 관례대로 노름판이 여기저기 벌어졌다. 전통극의 징소리가 아Q의 귀에는 십 리 밖에서 들려오는 듯 느껴졌고, 노름판 주인의 노랫가락만 분명하게 들렸다. 그는 돈을 따고 또 땄다. 동전이 10전짜리 은화로 바뀌었고, 10전짜리 은화는 다시 1원짜리 은화로 바뀌어 돈이 그득그득 쌓였다. 그는 날아갈 듯 신바람이 났다.

"천문에 2원!"

그는 누가 누구와 무엇 때문에 싸우는지 몰랐다. 욕설과 다투는 소리 그리고 발소리가 정신없이 지나간 뒤 그가 기어 일어났을 때는 노름판도 보이지 않았고 노름꾼도 보이지 않았다. 그의 몸 여기저기에 통증이 있는 것으로 보아 주먹질과 발길질을 몇 번 당한 것 같았다. 몇 사람이 그를 이상하게 쳐다보고 있었다. 그는 뭔가를 잃어버린 듯 망연자실한 몰골로 서낭당으로 돌아왔다. 정신이 좀 들자 그는 은화가 사라진 것을 알았다. 동제에 모이는 노름꾼들은 거개가 본동 사람이 아니다. 그러니 어디 가서 그들의 본거지를 찾는단 말인가?

하얗게 반짝이던 은화 더미! 게다가 그건 자기 것이었는데 이제 사라지고 없다니! 물론 그것도 아들놈에게 뺏긴 것으로 치부해보았지만 서운하고 불쾌한 마음은 어쩔 수 없었다. 또 자신을 버러지로 치부해보아도 역시 서운하고 불쾌한 마음이 들었다. 이번에는 그도 좀 실패(패배)의 고통을 맛볼 수밖에 없었다.

그러나 그는 즉시 실패를 승리로 전환했다. 그는 오른손을 높이 들어 있는 힘껏 자기 뺨을 두 번 갈겼다. 얼얼한 통증이 밀려왔다. 때리고 나서 그는 바로 마음이 풀렸다. 마치 때린 것은 자신이고, 맞은 것은 다른 자신처럼 생각되었다. 그리고 잠시 후 자신이 다른 사람을 때린 것처럼 느껴졌다. 뺨따귀가 아직 좀 얼얼하기는 했지만 말이다. 그리하여 다시 마음 가득 만족감에 젖어 승리에 취해 잠자리에 들었다.

그는 잠속으로 빠져들었다.

제3장 승리의 기록 속편

그러나 아Q가 늘 승리하기는 했어도 자오 대감이 그의 뺨을 때리는 은혜를 베푼 뒤에야 그의 명성이 드러나게 되었다.

그는 순검에게 술값 200문을 물어주고 나서 분한 마음으로 자리에 누웠다. 그러다가 '요즘 세상은 정말 말도 안 돼. 아들놈이 아비를 패다니……'라는 생각이 들었다. 그러고는 자오 대감의 위풍당당한 모습과 이제 그가 자기 아들이 되었다는 데 생각이 미치자 점점 득의만만해져서 「청상과부가 남편 무덤에 간다小孤孀上墳」는 전통극의 한 대목을 부르며 주막으로 발걸음을 옮겼다. 이때 그는 자오 대감을 남들보다 한 등급 높은 사람으로 생각했다.

말인즉슨 좀 이상하기는 해도, 그 이후로 사람들은 그를 특별히 존경하는 것처럼 보였다. 그것이 아Q에게는 자신이 자오 대감의 아버지가 되었기 때문에 생긴 일이라고 여겨질 수도 있었다. 기실 실상은 그렇지 않았다. 웨이좡 마을의 관례에 따르면 어중이가 떠중이를 팬다든가 갑돌이가 순돌이를 패는 건 무슨 대수로 여겨지지도 않았다. 반드시 자오 대감 같은 유명 인사와 관련되어야 사람들 입에 오를 수 있었다. 일단 입에 오르면 팬 사람도 유명하게 되지만 맞은 사람도 덕분에 유명해지게 되었다. 잘못이 아Q에게 있다는 것은 말할 필요도 없었다. 어인 까닭인가? 자오 대감이 잘못을 저지를 리는 없기 때문이다. 그럼 그가 잘못했는데도 사람들이 왜 그를 특별히 존경하는 것처럼 대할까? 이건 참 해석하기 어려운 문제지만 깊이 따져보면 아Q가 자오 대감의 일가라고 말한 사실과 관련이 있는 듯했다. 비록 얻어맞기는 했지만 그것이 어쩌면 진실일 수도 있기 때문에 어쨌든 존경의 마음을 좀 표해두는 것이 앞날을 위해 안전할 수 있는 것이다. 아니면 공자묘에 바쳐진 제수와 같은 경우가 아닌지 모르겠다. 그것은 비록 보통 돼지나 양처럼 똑같은 짐승이지만 성인께서 수저를 대시고 난 다음에는 선유先儒들도 함부로 손을 대지 못하게 되는 것이다.

아Q는 그 후 득의만만하게 여러 해를 보냈다.

어느 해 봄날 그는 불콰하게 술에 취해 길을 가다가 담장 밑 양지바른 곳에서 왕털보가 웃통을 벗고 이를 잡는 모습을 보았다. 그도 갑자기 몸이 근질거리기 시작했다. 이 왕털보란 작자는 부스럼장이에 털보였다. 사람들은 모두 그를 '왕부스럼털보'라고 불렀지만 아Q는 '부스럼'이란 말은 빼고 그냥 왕털보라고 부르며 매우 경멸했다. 아Q에 따르면 부스럼이란 뭐 문제될 게 없지만 덥수룩한 구레나룻은 너무 괴상하고 꼴사납다는 것이었다. 그는 그 옆에 어깨를 나란히 하고 앉았다. 만약 다른 건달 옆이었다면 아Q가 감히 대담하게 앉지 못했을 것이다. 그러나 이 따위 왕털보 옆에야 겁날 것이 무엇이랴? 사실 그가 옆에 앉아주는 것만 해도 왕털보에게는 정말 큰 광영이라고 할 만한 일이었다.

아Q도 떨어진 솜옷 저고리를 벗어서 한바탕 샅샅이 뒤져보았다. 그러나 옷을 새로 빤 탓인지, 아니면 건성건성 뒤졌기 때문인지는 몰라도, 많은 시간을 들였는데도 이를 겨우 서너 마리밖에 잡아낼 수 없었다. 근데 왕털보는 이를 한 마리 또 한 마리, 두 마리에 세 마리씩 계속 잡아내서는 입에 넣고 톡톡 소리 나게 씹었다.

아Q는 처음에는 실망했지만 나중에는 좀 분한 마음이 들었다. 지금까지 업신여겨온 왕털보도 저렇게 많이 잡는데 자신은 이렇게 적게 수확하다니, 이건 얼마나 체통 떨어지는 일인가? 그는 한두 마리라도 큰놈을 잡고 싶었지만 끝내 소득이 없었고, 가까스로 중치를 한 마리 잡아서 분한 듯이 두툼한 입술 사이로 밀어넣고 목숨을 걸고 꽉 깨물었다. 픽 하는 소리가 났지만 역시 왕털보의 소리에는 미치지 못했다.

그의 부스럼 흉터가 온통 빨갛게 달아올랐다. 그는 옷을 땅바닥에 내팽개치며 칵 하고 침을 뱉었다.

"이 털보 새끼!"

"부스럼 개새끼야! 너 누구한테 욕하는 거냐?"

왕털보도 경멸하는 표정으로 눈초리를 추켜올렸다.

아Q는 근래 비교적 사람들의 존경을 받으며 스스로 좀 거만해지기는 했지만 걸핏하면 그를 두들겨 패는 건달들 앞에서는 좀 약한 모습을 보일 수밖에 없었다. 그러나 이번에는 대단히 용감무쌍해졌다. 이 따위 털북숭이가 감히 막말을 입에 담다니?

"누구라고 묻는 네놈이다, 어쩔래?"

아Q는 일어서서 두 손을 허리춤에 걸치며 말했다.

"너 뼉다구가 근질근질하냐?"

왕털보도 일어서서 옷을 걸치며 말했다.

아Q는 그가 꽁무니를 빼는 줄 알고 앞으로 달려들며 주먹을 한 대 날렸다. 이 주먹이 그의 몸에 닿기도 전에 벌써 아Q는 왕털보의 손에 잡히게 되었고, 그 손에 낚아채져서 비틀거리며 쓰러졌다. 그리고 바로 왕털보에게 변발을 틀어 잡힌 후 관례대로 담장으로 끌려가 몇 번 쿵쿵 머리를 박히게 되었다.

"군자는 말로 하지 손을 쓰지 않는 법이야!"

아Q는 머리를 비뚜름하게 비틀며 말했다.

왕털보는 군자가 아닌 듯 그의 말에 전혀 개의치 않고 연속으로 그의 머리를 다섯 번 처박고는 있는 힘껏 그를 옆으로 밀쳤다. 그는 아Q가 비틀거리며 여섯 자 밖으로 나가떨어지자 그제야 만족스러운 듯 그곳을 떠났다.

아Q의 기억으로는 이것이 바로 그가 난생처음 당한 굴욕적인 사건이었다. 왜냐하면 왕털보는 무성한 구레나룻 때문에 지금까지 그에게 비웃음을 당했지 그를 비웃은 적이 없었고 특히 손을 쓴 일은 더더욱 없었기 때문이다. 그런데 그가 이제 결국 손을 쓰다니, 이건 정말 생각지도 못한 일이었다. 설마 저잣거리의 뜬소문처럼 황상께서 과거를 폐지하여 수재와 거인擧人[17]이 더는 필요 없어졌고, 이로써 자오씨댁 위엄이 땅에 떨어져서 결국 이놈까지 날 업신여기는 것일까?

아Q는 어디로 가야 할지 몰라 우두커니 서 있었다.

저 멀리서 어떤 사람이 걸어왔다. 그의 적수가 또 나타난 것이다. 이자는 아Q가 가장 혐오하는 첸 대감댁의 맏아들이었다. 그는 전에 읍내의 서양 학교에 들어갔다가, 어쩐 일인지 다시 동양日本으로 건너갔고 다시 반 년 뒤 자기 집으로 돌아왔다. 그는 양놈들처럼 다리를 곧게 펴고 걸었고 변발도 잘라버렸다. 그 몰골을 보고 그의 모친은 십여 차례나 대성통곡을 했고, 그의 마누라는 세 번이나 우물에 뛰어들었다. 그 뒤 그의 모친은 가는 곳마다 이렇게 얘기했다.

"변발은 나쁜 놈들이 우리 아들에게 술을 고주망태로 먹여놓고 잘라갔답니다. 본래 큰 벼슬을 할 인재인데, 이젠 뭐 머리칼이 다시 자라기를 기다릴 수밖에 없죠."

그러나 아Q는 그 말을 믿을 수 없었고, 그를 일부러 '가짜양놈' 또는 '외적과 내통한 놈'이라고 불렀다. 그를 만날 때마다 아Q는 마음속으로 반드시 끔찍한 저주를 퍼부어주었다.

아Q가 특히 '심각하게 혐오하고 통탄한' 것은 그의 가짜 변발이었다. 변발이 가짜라는 건 그가 인간 자격이 없다는 뜻이다. 그의 마누라가 네 번째로 우물에 뛰어들지 않은 것을 보면 그 여자도 필시 좋은 여자라고는 할 수 없다.

그 '가짜양놈'이 서서히 다가왔다.

"빡빡머리! 당나귀……."

아Q는 지금까지 단지 속으로만 욕했지 입 밖으로 소리를 낸 적은 없었다. 그러나 이번에는 막 분기가 솟아오르던 판이었고 또 복수를 생각했기 때문에 자기도 모르게 욕설이 입 밖으로 새나오고 말았다.

뜻밖에도 이 빡빡머리는 아Q가 이른바 상주 지팡이라고 부르는 노란색 지팡이를 들고 성큼성큼 다가왔다. 아Q는 이 순간 매를 맞게 된다는 사실을 알고 얼른 근육을 움츠리며 어깨를 목 위로 잡아당긴 채 기다렸다. 과연 딱 하는 소리와 함께 머리가 강타당하는 것을 느꼈다.

"저 애한테 한 말인데요!"

아Q는 근방에 있던 한 아이를 가리키며 변명했다.

"딱…… 딱, 딱!"

아Q의 기억으로는 이것이 그가 두 번째로 겪은 굴욕적인 사건이었다.

다행스러운 건 딱, 딱 소리가 난 후에는 한 가지 일이 끝난 듯 오히려 마음이 가벼워졌다는 것이다. 또 '망각'이란 전가의 보도도 효력을 발휘하여 그가 천천히 주막 문 앞까지 걸어왔을 때는 벌써 어지간히 기분이 좋아져 있었다.

그러나 맞은편에서 정수암의 젊은 비구니가 걸어오고 있었다. 아Q는 평소에도 여승을 보면 꼭 한바탕 욕설을 퍼붓곤 했는데, 하물며 굴욕을 당한 후임에랴! 그는 방금 전의 기억이 되살아나 적개심이 끓어올랐다.

'오늘 왜 이렇게 운수가 사납나 했더니 저년을 만나려고 그랬군!'

그는 이렇게 생각하고 앞으로 나아가서 한 입 가득 침을 뱉었다.

"카악, 퉤……."

젊은 비구니는 그를 거들떠보지도 않고 고개를 숙인 채 가던 길을 갔다. 아Q는 여승 곁으로 다가가 갑자기 손을 뻗어 새로 깎은 그녀의 머리를 쓰다듬다가 멍청하게 웃으며 말했다.

"빡빡머리야! 얼른 돌아가야지. 중놈이 널 기다릴 텐데……."

"어째 함부로 손발을 놀려요……."

비구니는 얼굴이 새빨개지며 이렇게 말하고는 가던 길을 재우쳐 가려고 했다.

주막 안의 사람들이 왁자지껄 크게 웃었다. 아Q는 자신의 공로가 인정받자 더욱 신바람이 났다.

"중놈은 되고 나는 안 되냐?"

그는 그녀의 뺨을 비틀었다.

주막 안의 사람들이 또 왁자지껄 크게 웃었다. 아Q는 더욱 득의만만하여 다시 감상가들을 만족시키기 위해 힘껏 그녀의 뺨을 한 번 더 비틀고는 그제야 손을 놓았다.

그는 이 한 번의 전투로 일찌감치 왕털보를 잊었고 가짜양놈도 망각했으며 오늘의 모든 '나쁜 운수'에 보복한 것으로 간주했다. 그뿐만 아니라 이상하게도 온몸이 지팡이로 딱딱 두들겨 맞고 난 이후보다 훨씬 가벼워져서 훨훨 하늘로 날아갈 것만 같았다.

"이 씨가 마를 아Q 놈아……."

저 멀리서 젊은 비구니가 흐느끼는 목소리가 들려왔다.

"하하하!"

아Q는 정말 득의만만하게 웃었다.

"하하하!"

주점 안의 사람들도 정말 득의만만하게 웃었다.

제4장 연애의 비극

혹자는 이런 말을 했다. 어떤 승리자들은 자신의 적수가 호랑이 같고 새매 같아야 승리의 기쁨을 느끼지, 양 같고 병아리 같으면 오히려 무료함을 느끼게 된다고. 또 어떤 승리자들은 모든 어려움을 극복한 후 죽을 사람은 죽고 항복할 사람은 항복하여 마지막에 이르러 '신은 진실로 황공하옵고 백 번 죽을죄를 지었사옵니다'라고 하는 상황을 목도하게 되면, 이제 적도 없고 상대도 없고 친구도 없이 자기만 윗자리에 있게 되므로, 혼자서 외롭고 슬프고 적막하여 승리의 비애를 느끼게 된다고. 그러나 우리의 아Q는 그렇게 무력하지 않고 언제나 득의만만했다. 이 점이 혹시 중국의 정신문명이 전 세계에서 으뜸이라는 하나의 증거가 아닐까?

보라, 그는 훨훨 날아갈 것 같지 않은가?

그러나 이번의 승리는 그를 좀 이상하게 만들었다. 그는 한나절이나 훨훨 날아다니다가 표연히 서낭당으로 진입하여 관례대로라면 잠자리에 들어 코를 골기 시작해야 했다. 하지만 누가 알았으리오. 이날 밤 그가 쉽게 눈을 붙일 수 없었다는 사실을. 그는 자신의 엄지와 검지가 좀 이상하게 생각되었다. 평소보다 좀 매끈거리는 것 같았다. 젊은 비구니 얼굴에 묻어 있던 매끈한 그 무엇이 그의 손가락에 묻었는지, 아니면 그의 손가락이 젊은 비구니 얼굴에서 좀 매끈하게 문질러졌는지 알 수 없었다.

"이 씨가 마를 아Q 놈아……."

아Q의 귓가에는 이 말이 맴돌았다. 그는 생각했다. '맞아, 여자가 있어야 해. 자손이 끊기면 제삿밥 한 그릇도 못 얻어먹잖아……. 여자가 있어야 해. 대저 '불효에 세 가지가 있는데, 후손이 없는 것이 가장 큰 불효'不孝有三, 無後爲大[18]라고 하지 않던가? 또 '약오의 귀신이 굶었다'若敖之鬼餒而[19]는 이야기도 있지. 이건 인생의 엄청난 비애야.' 그의 이러한 생각은 전부 성현들께서 경전에서 하신 말씀과 하나하나 부합되었다. 다만 애석한 것은 그가 뒷날 자신의 방심을 수습할 수 없게 되었다는 사실이다.

"여자, 여자!……."

그는 생각에 빠져들었다.

"……중놈은 되고……. 여자, 여자! …… 여자!"

그는 다시 생각에 빠져들었다.

우리는 이날 밤 아Q가 언제 코를 골았는지 알 수 없다. 그러나 그는 이때부터 손가락이 매끈거리는 것을 느꼈다. 그래서 또 이때부터 좀 싱숭생숭한 마음으로 '여자……'를 생각하게 되었다.

바로 이 한 대목만 보더라도 우리는 '여자가 사람을 망치는 요물'이란 사실을 알 수 있다.

중국 남자들은 대부분 성현이 될 수 있었지만 안타깝게도 전적으로 여자 때문에 파멸의 수렁에 빠지고 말았다. 상나라는 달기妲己가 멸망시켰고, 주나라는 포사褒姒가 다 말아먹었다. 진秦나라는 …… 역사에 분명한 기록은 없지만 역시 여자 때문에 망했다고 가정해도 그리 틀린 말은 아닐 것이다. 또한 동탁董卓은 확실히 초선貂蟬에게 살해당하지 않았던가?

아Q도 근본은 바른 사람이다. 우리는 그가 종래에 어떤 훌륭하신 은사의 훈도를 받았는지 모르지만, '남녀 간의 내외법'에 대해서는 지극히 엄격한 태도를 견지해왔고, 젊은 비구니나 가짜양놈 같은 이단을 배척하는 측면에도 제법 정의로운 용기를 발휘해왔음을 알고 있다. 그의 학설은 이렇다. 무릇 비구니란 물건은 필시 중놈과 사통하게 마련이다. 어떤 여자가 혼자 밖을 쏘다니는 건 필시 음흉한 남자를 유혹하려는 것이다. 한 남자와 한 여자가 대화를 하는 건 필시 무슨 짝짜꿍이 있는 것이다. 그들을 징치하기 위해 그는 왕왕 눈을 치켜뜨고 노려보기도 했고 혹은 큰 소리로 그 음심을 질책하기도 했으며, 또 더러는 궁벽한 곳에 숨어 그 연놈들 뒤에서 돌멩이를 던지기도 했다.

그러나 누가 알았겠는가? 그가 곧 이립(서른)이 되는 이 시점에 마침내 젊은 비구니에게 해를 당하여 싱숭생숭해질 줄이야. 이 싱숭생숭한 정신은 예법에서도 품어서는 안 될 마음이니 여자란 정말 가증스러운 요물인 셈이다. 가령 젊은 비구니의 얼굴이 그렇게 매끈거리지만 않았다면 아Q가 유혹의 수렁에 빠지지 않았을 것이다. 가령 젊은 비구니의 얼굴에 천을 한 겹 씌워놓았다면 아Q가 유혹의 수렁에 빠지는 일은 없었을 터이다. 그는 대여섯 해 전 전통극 무대 아래 사람들 속에서 한 여자의 허벅지를 꼬집어본 적이 있다. 그러나 두꺼운 바지에 가로막혀 나중에도 싱숭생숭해지지는 않았다. 그러나 젊은 비구니는 결코 그렇지 않았으니 여기에서도 이단의 가증스러움을 엿볼 수 있다.

'여자…….'

아Q는 계속 생각했다.

그는 '음흉한 남자를 유혹하고 싶어하는 것'으로 생각되는 여자를 항상 유심히 지켜보았지만, 그녀는 결코 그에게 추파를 던지지 않았다. 그와 대화를 나누는 여자들의 말도 늘 유심히 들어보았지만 무슨 짝짜꿍에 관한 이야기는 전혀 하지 않았다. 아! 이것도 여자들의 가증스러운 일면이다. 여자들은 전부 내숭을 떨고 있다.

그날 아Q는 자오 대감댁에서 하루 종일 방아를 찧고 저녁을 먹은 후 부엌에서 담배를 한 대 피우고 있었다. 다른 집에서였다면 저녁을 먹고 바로 돌아갔겠지만 자오씨댁의 저녁식사 시간은 일렀다. 관례대로라면 등을 켜지 못하게 되어 있었고 저녁을 먹고는 바로 잠을 자야 했다. 그러나 예외일 때도 있었다. 첫째, 자오 대감이 아직 수재에 합격하지 못했을 때 등을 켜고 독서하는 것이 허용되었다. 둘째, 아Q가 품팔이 왔을 때 등을 켜고 방아를 찧는 것도 허용되었다. 이러한 예외로 아Q는 방아 찧기를 시작하기 전 부엌에 앉아 담배를 피울 짬이 났다.

자오 대감댁의 유일한 하녀인 우서방댁[20]은 설거지를 마치고 장등에 앉아 아Q와 잡담을 나누고 있었다.

"마님이 이틀 동안 진지를 안 드셔요. 대감께서 또 소실을 사들이려 하셔서……."

'여자…… 우서방댁…… 이 청상과부…….'

아Q는 생각에 빠져들었다.

"우리 새아씨는 팔월에 아기를 낳는다나봐요……."

'여자…….'

아Q는 계속 생각에 잠겼다.

아Q는 곰방대를 내려놓고 일어섰다.

"우리 새아씨가……."

우서방댁은 여전히 조잘대고 있었다.

"나와 잡시다. 나와 자요!"

아Q가 털썩 앞으로 다가가 우서방댁에게 무릎을 꿇었다.

한순간 정적이 흘렀다.

"아이구머니나!"

우서방댁은 잠시 멍하니 있다가 갑자기 몸을 부들부들 떨면서 밖으로 뛰쳐나갔다. 뛰쳐나가면서 소리를 질렀고 나중에는 울먹이는 것 같았다.

아Q는 벽을 보고 꿇어앉아 잠시 멍하니 있다가 두 손으로 빈 의자를 잡고 천천히 일어섰다. 그는 뭔가 좀 재수 없게 되었다고 생각했다. 그는 당황하여 안절부절못하면서 황급히 곰방대를 허리띠에 쑤셔넣고 방아를 찧으러 가려 했다. 퍽 하는 소리와 함께 머리에 묵중한 것이 떨어지는 느낌이 왔다. 얼른 몸을 돌려보니 수재가 대나무 몽둥이를 들고 자기 앞에 버티고 서 있었다.

"네놈이 감히…… 네 이놈!……."

굵은 몽둥이가 또 그를 후려쳤다. 아Q가 두 손으로 머리를 감싸자 그의 손마디에 몽둥이가 떨어졌다. 이건 정말 몹시 고통스러웠다. 그는 부엌문을 뚫고 탈출하다가 등짝을 또 한 방 맞은 것 같았다.

"육시랄 놈!"

수재가 등 뒤에서 벼슬아치들이나 쓰는 욕설을 퍼부었다.

아Q는 방앗간으로 쫓겨 들어가 우두커니 서 있었다. 손가락은 계속 욱신거렸고 '육시랄 놈'이란 욕설도 머리에 떠올랐다. '육시랄 놈'이란 욕은 벼슬아치나 쓰는 말로 웨이좡 촌놈들은 여태껏 쓴 적이 없었다. 오직 관아를 출입하는 지체 높은 분들이나 쓰는 말이기에 유달리 공포스러웠고, 유달리 인상도 깊었다. 이때는 그 '여자……' 생각도 사라져버렸다. 매질과 욕설이 지나가자 한 가지 일이 매듭지어진 것 같아서 오히려 홀가분한 마음으로 방아를 찧기 시작했다. 한참 방아를 찧자 몸에 열이 나서 잠시 손을 놓고 웃통을 벗었다.

그때 밖에서 시끌벅적한 소리가 들려왔다. 아Q는 평소에 시끌벅적한 구경거리를 가장 좋아했으므로 바로 소리 나는 곳을 찾아 밖으로 나갔다. 소리 나는 곳을 찾다가 점점 자오 대감댁 안채에까지 발걸음이 미치게 되었다. 황혼 무렵이라 좀 어둡기는 했지만 여러 사람을 알아볼 수 있었다. 이틀 동안 밥을 굶었다는 자오씨댁 마님을 포함해서 이웃집의 쩌우鄒씨댁 부인鄒七嫂(추칠수: 쩌우씨댁 일곱째 며느리란 뜻)과 자오씨댁의 진정한 일가친척인 자오바이옌趙白眼(조백안)과 자오쓰천趙司晨(조사신)까지 와 있었다.

새아씨는 우서방댁을 방에서 끌어내며 말했다.

"밖으로 나와! 방에만 숨어 있지 말고……."

"자네의 깨끗한 행실이야 누가 모르겠나……. 절대로 딴마음을 먹으면 안 되네……."

쩌우씨댁 부인도 옆에서 거들었다.

우서방댁은 울먹거리며 몇 마디 대꾸를 하는 것 같았으나 분명하게 알아들을 수 없었다.

아Q는 생각했다.

'흥, 재미있군! 저 청상과부가 무슨 일을 저질렀는지 모르겠네?'

그는 뭔 일인지 좀 물어보려고 자오쓰천 곁으로 다가갔다. 이때 그는 문득 자오 대감이 그를 향해 돌진해오는 것을 보았다. 손에는 굵은 대나무 몽둥이가 들려 있었다. 대나무 몽둥이를 보자 그는 문득 조금 전 그가 맞은 일과 이 소동이 관계있을 것이란 생각이 들었다. 그는 몸을 돌려 방앗간으로 도망칠 생각이었다. 그러나 예기치 않게 대나무 몽둥이가 그의 앞길을 가로막았다. 그는 다시 몸을 돌렸고 자연스럽게 뒷문으로 빠져나와 잠시 후 서낭당에 도착했다.

잠깐 앉아 있는 사이 아Q의 피부에 소름이 돋으며 한기가 느껴졌다. 비록 봄이었지만 밤에는 꽤 추워서 웃통을 벗고 있기에는 적당한 날씨가 아니었다. 무명적삼을 자오씨댁에 두고 왔다는 생각이 났다. 하지만 가지러 가려고 해도 수재의 대나무 몽둥이가 심히 두려웠다. 그러는 사이 이전의 그 순검이 들어왔다.

"아Q, 이 니미럴 놈아! 네 깐 게 자오씨댁 하녀까지 넘보냐? 이건 정말 반역이야. 덕분에 나까지 밤잠을 못 자잖아? 니미럴……."

이렇게 한바탕 훈계를 들으면서도 아Q는 할 말이 없었다. 결국 마지막에는 밤이라서 순검에게 두 배의 술값 400문을 물어줘야 했다. 아Q는 현금이 없었기에 털모자를 담보로 잡혔다. 그와 동시에 다음과 같은

'5개조 조약'에 조인까지 해야 했다.

1. **내일 무게 한 근짜리 붉은 초와 향 한 봉지를 자오씨댁에서 피우며 사죄한다.**
2. **자오씨댁에서 목을 매는 일이 일어나지 않도록 도사를 불러 푸닥거리를 할 때 아Q가 비용을 전액 부담한다.**
3. **아Q는 이제부터 자오씨댁 문지방을 넘어서는 안 된다.**
4. **앞으로 우서방댁에게 불미스러운 일이 생기면 아Q에게 책임을 묻는다.**
5. **아Q는 다시는 품값과 무명적삼을 찾으러 가서는 안 된다.**

아Q는 물론 이를 수락할 수밖에 없었지만 안타깝게도 현금이 없었다. 다행히 벌써 계절이 봄이라 솜이불은 필요 없게 되었으므로 은화 2000문에 솜이불을 저당 잡혀 조약을 이행했다. 웃통을 벗은 채 머리를 조아리고 난 후에도 돈 몇 문이 남았지만, 털모자는 찾지 않고 깡그리 술을 마셔버렸다. 그러나 자오씨댁에서는 향과 촛불을 피우지 말라고 했다. 마님께서 예불을 드릴 때 써야 하므로 그대로 남겨두라고 했다. 그 낡은 무명적삼은 대부분 새아씨가 팔월에 낳을 아기의 기저귀 감으로 사용되었고, 자투리는 모두 우서방댁의 신발 밑창이 되었다.

제5장 생계문제

사죄 절차를 마친 후 아Q는 이전처럼 서낭당으로 돌아왔다. 해가 지자 세상이 점점 기괴하게 생각되었다. 그는 곰곰이 생각해보다가 그 원인을 깨닫게 되었다. 그것은 아마도 자신이 웃통을 벗고 있기 때문이라고 짐작되었다. 그는 낡은 겹저고리가 아직 남아 있다는 사실을 기억해내고는 그것을 꺼내 몸에 걸치고 쓰러져 누웠다. 그가 눈을 떴을 때는 태양이 또다시 서쪽 담장 머리를 비추고 있었다. 그는 몸을 일으키면서 중얼거렸다.

"니미럴……."

그는 일어나서 예전처럼 거리를 쏘다녔다. 비록 웃통을 벗었을 때처럼 살갗을 에는 고통은 없었지만 그는 또 세상이 점점 기괴하게 느껴졌다.

이날부터 갑자기 웨이좡의 여자들이 부끄럼을 타기 시작한 듯했다. 아Q가 걸어오는 것을 보면 여자들은 모두 대문 안으로 뛰어들어 숨었다. 심지어 연세가 쉰 가까운 쩌우씨댁 부인까지도 다른 여자들을 따라 호들갑을 떨며 집 안으로 피했고, 이제 겨우 열한 살 된 자기 딸까지 집 안으로 불러들였다. 아Q는 정말 이상한 생각이 들었다.

'이년들이 느닷없이 대갓집 규수 흉내를 내는 건가? 갈보 같은 년들…….'

그러나 그가 세상이 더욱 기괴하다고 느낀 것은 그때부터 여러 날이 지난 뒤의 일이었다. 첫째, 주막에서 외상술을 주려 하지 않았다. 둘째, 서낭당 당지기 영감님이 까닭 없이 허튼소리를 주절거리며 아Q를 쫓아내려는 듯했다. 셋째, 며칠이 되었는지 분명하게 기억나지 않지만, 확실히 여러 날 동안 그에게 일거리를 주는 사람이 하나도 없었다. 주막에서 외상술을 주지 않으면 참으면 되고, 영감님이 나가라고 하면 한바탕 투덜대고 나면 그만이지만, 일거리를 주는 사람이 없으면 아Q는 배를 곯을 수밖에 없다. 이건 정말 대단히 '니미럴'한 사건이었다.

아Q는 참을 수 없어 단골집으로 가서 상황을 물어볼 수밖에 없었다. 자오씨댁만은 여전히 출입이 금지되어 있었다. 그러나 다른 집들도 평소와 달라져 있었다. 반드시 남자가 대문으로 나와서 몹시 귀찮은 표정을 지으며 거지를 쫓아낼 때처럼 마구 팔뚝 춤을 추었다.

"없어, 없어! 썩 꺼져!"

아Q는 더욱 기이한 생각이 들었다. 이 집들은 여태까지 일거리가 떨어진 적이 없었는데, 요즘 갑자기 일거리가 사라졌단 말인가? 여기에는 틀림없이 무슨 곡절이 있을 것이다. 그는 주의 깊게 수소문한 끝에 비로소 그들이 일거리가 있을 때마다 샤오D를 부른다는 사실을 알았다. 이 샤오D란 놈은 가난뱅이인데, 말라깽이에다 약골이어서 아Q의 눈에는 왕털보 아래에 있는 인간이었다. 그런데 그런 놈이 자신의 밥그릇을 빼앗아갈 줄이야! 그래서 아Q의 이번 분노는 평소와 훨씬 달랐다. 분기탱천하여 걸어가다가 갑자기 팔뚝을 휘두르며 옛날 창까지 한 대목 뽑았다.

"내 손에 쇠채찍을 들고 너를 치리라!……."

며칠 후 그는 마침내 첸씨댁 담장 앞에서 샤오D와 마주쳤다.

"원수가 서로 마주치면 눈에 불을 켜는 법이다."

아Q가 앞으로 진격하자 샤오D는 그 자리에서 우뚝 발길을 멈췄다.

"이 금수만도 못한 놈!"

아Q는 분노에 찬 눈으로 노려보며 소리쳤다. 입에서는 침까지 튀었다.

"난 버러지다, 됐냐?……."

샤오D가 말했다.

이 겸손함이 오히려 아Q의 분노를 더욱 폭발시켰지만, 그의 손에는 쇠채찍이 없었다. 이에 맨몸으로 육박해 들어가 손을 뻗어 샤오D의 변발을 움켜쥐었다. 샤오D는 한 손으로 자기 변발 뿌리를 단단히 보호하면서, 다른 한 손으로는 아Q의 변발을 움켜쥐었다. 아Q도 다른 빈손으로 자기 변발 뿌리를 단단히 방비했다. 예전의 아Q였다면 샤오D가 상대도 되지 않았을 것이다. 그러나 아Q는 요즘 배를 곯아서 마르고 허약한 면으로만 본다면 샤오D에 못지않았다. 그래서 둘 사이에는 세력균형 상태가 나타나게 되었다. 손 네 개가 서로의 머리를 잡고 모두 허리를 구부린 상태였기 때문에 첸씨댁 담장에는 남빛 무지개가 떠서 거의 반 시간이나 지속되었다.

"됐다, 됐어!"

관객들이 화해를 붙이려는 듯 이렇게 말했다.

"좋아, 좋아!"

관객들이 화해를 붙이려는 건지, 칭찬을 하는 건지, 싸움을 부추기는 건지 알 수 없었다.

그러나 두 사람은 아무도 말을 듣지 않았다. 아Q가 세 발짝 전진하면 샤오D는 세 발짝 후퇴하여 멈춰 섰다. 샤오D가 세 발짝 전진하면 아Q는 세 발짝 후퇴하여 또 멈춰 섰다. 아마 반 시간은 지난 듯했다. 당시 웨이좡에는 자명종이 드물어서 단정하기는 어렵지만 어쩌면 20분일지도 몰랐다. 그들의 머리에서는 김이 모락모락 피어올랐고, 이마에서는 땀이 흥건히 흘러내렸다. 아Q의 손이 풀리는 순간 샤오D의 손도 바로 풀렸다. 동시에 몸을 일으키고 동시에 후퇴하여 사람들 속으로 비집고 들어갔다.

"두고 보자, 씨발놈아……."

아Q가 돌아보며 말했다.

"씨발놈아, 두고 보자……."

샤오D도 돌아보며 말했다.

이 한바탕 '용쟁호투' 대회전은 결국 승패를 가르지 못하여 관객들이 만족했는지 알 수 없지만 그 뒤 아무런 논란도 일어나지 않았다. 그러나 아Q에게는 여전히 아무도 일거리를 주지 않았다.

날씨는 따뜻하고 미풍은 솔솔 불어 제법 여름 느낌이 드는 어느 날이었다. 그러나 아Q는 온몸이 으스스했다. 추위는 견딜 만했지만 제일 참기 어려운 것은 바로 배고픔이었다. 솜이불, 털모자, 무명적삼은 일찌감치 없어졌고, 다음은 솜옷까지 팔아치웠다. 이제 바지가 남았지만 바지는 절대 벗을 수 없었다. 해진 겹옷도 있지만 그건 사람들에게 신발 밑창감으로 거저 줄 수는 있어도 돈이 될 만한 물건은 아니었다. 그는 벌써부터 길에서 동전이라도 한 꿰미 주웠으면 했지만 여태껏 한 푼도 발견하지 못했다. 그는 또 누추한 자기 방에서라도 동전 한 꿰미를 찾아내려고 황망하게 사방을 둘러보았지만 방 안은 휑하고 퀭할 뿐이었다. 그래서 그는 먹거리를 찾으러 문을 나서기로 결심했다.

그는 거리를 걸으며 먹거리를 구하려 했다. 낯익은 주막이 보이고, 낯익은 만두가 보였지만 그는 그냥 지나치며 잠시도 멈추지 않았다. 그는 그런 것은 원하지도 않았다. 그가 구하고 싶어하는 건 이따위 것들이 아니었다. 그가 뭘 구하고 싶어하는지는 자신도 잘 몰랐다.

웨이좡은 본래 큰 동네가 아니어서 얼마 지나지 않아 온 동네를 다 돌아버리고 말았다. 동네 밖은 대부분 논이었고 이제 새로 심은 벼들이 온통 연초록 천지를 이루고 있었다. 그 가운데서 꿈틀거리는 검은 점들은 바로 김을 매는 농부였다. 아Q는 이러한 전원의 즐거움田家樂을 전혀 감상하지도 않고 오직 제 갈 길만 갔다. 왜냐하면 이런 풍경은 그의 '구식지도'(먹을 것을 구하는 방법)와 너무 동떨어졌기 때문이었다. 그러나 그는 마침내 정수암 담장 밖에 도착했다.

암자 주위도 논이었는데, 그곳 흰 담장이 신록 속에 솟아 있었다. 뒤편의 나지막한 토담 안쪽에는 채소밭이 있었다. 아Q는 잠시 머뭇거리다가 사방을 둘러보았다. 아무도 없었다. 그는 곧 낮은 담장을 기어올라 새박뿌리(하수오) 넝쿨을 잡았다. 그러자 담장의 흙이 부스스 떨어졌고, 아Q의 다리도 부르르 떨렸다. 결국 뽕나무 가지를 잡고 암자 안으로 뛰어내렸다. 그 안에는 정말 푸릇푸릇한 채소밭이 있었다. 그러나 황주와 만두, 그 밖의 먹을 만한 음식은 아무것도 없었다. 서쪽 담장 발치는 대나무 숲이었고 그 밑에 죽순도 많이 자라고 있었지만 애석하게도 모두 날것들뿐이었다. 또 유채는 벌써 열매가 맺혀 있었고, 쑥갓은 이미 꽃이 필 지경이었으며, 배추는 누렇게 시들어 있었다.

아Q는 문동이 과거에 낙방한 것처럼 몹시 억울한 느낌이 들었다. 천천히 채소밭 입구로 발걸음을 옮기다가 갑자기 아주 기쁘고도 놀라운

광경을 목도하게 되었다. 그건 분명 다 자란 무밭이었다. 그는 그곳에 쭈그리고 앉아 무를 뽑다가 돌연 문간에 동그란 머리 하나가 들어왔다 나가는 것을 흘깃 보았다. 젊은 비구니임이 분명했다. 젊은 비구니 따위야 아Q가 본래 헌신짝처럼도 안 여기지만 세상일은 모름지기 '한 발짝 물러나서 생각해보기도 해야 하는 법이다.' 그래서 그는 얼른 무 네 개를 뽑아 푸른 잎은 비틀어서 뜯어내버리고 몸통만 앞 옷깃 속에 불룩하게 집어넣었다. 그러자 늙은 비구니가 벌써 다가와 있었다.

"아미타불, 아Q, 자네는 어째서 남의 밭으로 뛰어들어 무를 도둑질하는고? …… 아미타불! 업보로다. 아이고, 아미타불!……."

"내가 언제 당신네 밭에서 무를 훔쳤어?"

아Q는 흘금 쳐다보고 밖으로 도망치면서 말했다.

"지금 …… 그게 무 아닌가?"

늙은 비구니는 불룩한 그의 옷섶을 가리켰다.

"이게 당신네 거라고? 그럼 무더러 당신네 거라고 대답하게 할 수 있어?"

아Q는 말을 다 마치지도 않고 발을 빼서 도망치기 시작했다. 그를 추격해온 것은 엄청나게 살찐 흑구였다. 이 개는 본래 앞문을 지키던 놈인데 어떻게 후원으로 왔는지 알 수 없었다. 흑구는 컹컹 짖어대며 아Q를 쫓아와 다리를 물려고 했다. 다행히도 아Q의 옷섶에서 무가 한 개 떨어지자 그 개는 겁을 먹고 잠시 멈춰 섰다. 그 순간 아Q는 벌써 뽕나무로 기어 올라가 토담을 뛰어넘어 무와 함께 담장 밖으로 굴러떨어졌다. 닭 쫓던 개 지붕 쳐다보는 격이 된 흑구는 아직도 뽕나무를 쳐다보며 짖고 있었고, 늙은 비구니는 여전히 아미타불을 염송하고 있었다.

아Q는 비구니가 다시 흑구를 풀어놓을까봐 겁이 나서 무를 주워들고 도망가다가 길에서 돌멩이 몇 개를 주워들었다. 그러나 흑구는 다시 나타나지 않았다. 그제야 아Q는 돌멩이를 던져버리고 길을 걸으며 무를 먹기 시작했다. 그는 그러다가 이곳에는 아무것도 먹을 게 없으니 읍내로 들어가 보는 것이 더 낫겠다는 생각이 들었다.

무 세 개를 거의 다 먹었을 무렵 그는 이미 읍내로 들어갈 결심을 굳히고 있었다.

제6장 중흥에서 말로까지

웨이좡에서 아Q를 다시 보게 된 것은 그해 추석이 막 지난 때였다. 사람들은 모두 놀라며 아Q가 돌아왔다고들 했다. 그러나 다시 이전 일을 되돌아보며 '아Q가 전에 어디로 갔었나?'라고 생각했다. 아Q가 지난 몇 차례 읍내로 갈 때는 일찌감치 신바람을 내며 자랑에 여념이 없었지만 이번에는 전혀 그렇지 않았다. 따라서 한 사람도 그의 거동에 신경을 쓰지 않았다. 아마도 서낭당 당지기 영감에겐 얘기했겠지만, 웨이좡의 관례에 따르면 자오 대감이나 첸 대감 또는 수재 나리께서 읍내로 가시는 일만 큰 사건으로 취급되어왔다. 가짜양놈의 거동조차 그리 대수롭지 않게 취급되는 판국인데 하물며 아Q 따위임에랴? 이런 연유로 서낭당 당지기 영감님은 아Q를 위해 선전활동을 하지 않았다. 따라서 웨이좡 사회는 아Q의 이번 활동을 전혀 파악하지 못했다.

그러나 아Q의 이번 복귀는 이전과 전혀 다른 정말 놀랄 만한 사건이었다. 날이 어두컴컴해질 무렵 그는 잠이 덜 깬 듯한 몽롱한 눈으로 주막 문 앞에 나타났다. 그는 계산대로 다가가 허리춤에서 손을 빼내더니 은화와 동전을 한 움큼 계산대 위로 던졌다.

"현금이다! 술 가져와!"

그가 입고 있는 새 겹옷 허리춤에는 큼지막한 전대가 매달려 있었다. 그 때문에 그의 허리띠는 묵직하게 활처럼 휘어 있었다. 웨이좡의 관례로는, 다소 이목을 끄는 인물을 목도하게 되면 무시하기보다는 존경의 태도를 보이게 마련이었다. 지금 비록 그 대상이 분명 아Q이기는 했지만 그는 이미 다 떨어진 겹옷을 입고 있던 옛날의 아Q는 아니었다. 고인들께서도 말씀하시기를 "선비가 헤어진 지 사흘이면 응당 괄목상대해야 한다"士別三日, 便刮目相對[21]라고 하셨다. 이 때문에 점원, 주인, 술꾼, 행인 모두가 의심스러운 가운데서도 자연스럽게 존경의 태도를 보이게 되었다. 주막 주인이 먼저 고개를 끄덕이며 계속 얘기를 붙였다.

"오호, 아Q! 자네 언제 왔는가?"

"방금 왔소."

"돈 많이 벌었나 보네, 근데 어디서……."

"읍내에 갔었소!"

이 새 소식은 다음 날 바로 온 웨이좡에 쫙 퍼졌다. 사람들은 모두 두

둑한 현금에 새 옷을 입은 아Q의 중흥사를 알고 싶어했다. 그리하여 주막에서, 찻집에서, 절집 처마 밑에서 점점 그 내막을 수소문하기 시작했다. 그 결과 아Q는 새로운 경외의 대상이 되었다.

아Q의 말에 따르면 그는 거인 영감댁에서 일했다고 했다. 이 대목에서 듣는 사람들은 모두 마음이 숙연해졌다. 이 영감님은 본래 성이 바이씨白氏지만 온 읍내를 통틀어 유일한 거인이기 때문에 앞에 성을 붙일 필요도 없이 그냥 '거인'이라고만 하면 바로 그를 가리키는 것이 되었다. 이는 웨이좡뿐 아니라 사방 백 리 안에서는 전부 그렇게 통했다. 이 때문에 사람들은 대부분 그의 이름이 거인이라고 생각했다. 그런 분 댁에서 일했다는 것만으로도 당연히 존경의 대상이 될 수 있다. 그러나 아Q는 또 이제 다시는 그 집으로 일하러 가기 싫다고 했다. 왜냐하면 그 거인 영감이 기실 엄청 '니미럴한' 놈이기 때문이라고 했다. 이 대목에서 듣는 사람들은 모두 탄식을 토해내면서도 상쾌한 기분을 느꼈다. 아Q는 본래 거인 영감댁에서 품을 팔 자격이 없지만 그래도 품을 팔지 못하는 것은 애석한 일로 느껴졌기 때문이다.

아Q의 말로는, 그가 이번에 다시 돌아온 것은 읍내 사람들에 대한 불만 때문이라고 했다. 즉 읍내 사람들이 장등을 조등이라 하고, 생선 튀김에 가늘게 썬 파를 넣는 것 외에도 최근 관찰한 바에 따르면 여자들이 길을 걸을 때 몸을 배배 꼬며 꼴사납게 걷기 때문이라고 했다. 그러나 또 아주 탄복할 만한 점도 있다고 했다. 그것은 바로 웨이좡 촌놈들은 서

큰두 장짜리 골패밖에 칠 줄 모르고 가짜양놈만 유일하게 '마작'을 칠 줄 알지만, 읍내에서는 개망나니 조무래기들까지 마작에 정통하다는 점이었다. 그래서 가짜양놈이 읍내에 가서 열 몇 살 먹은 조무래기들을 만나면 그건 바로 '염라대왕 앞에 선 잡귀 꼴'이 되고 만다는 것이었다. 이 대목에서는 듣고 있던 사람들이 모두 얼굴이 붉어졌다.

"너희들 사람 목 자르는 거 본 적 있냐?"

아Q가 말했다.

"히야, 정말 볼만허지. 혁명당을 죽이는 거야, 볼만허지, 볼만해……."

그가 고개를 흔들자 침이 맞은편에 앉아 있는 자오쓰천의 얼굴에까지 튀었다. 이 대목에서는 듣고 있는 사람들이 모두 온몸이 오싹해지는 느낌을 받았다. 그러나 아Q는 사방을 둘러보다가 갑자기 오른손을 들어 올려 목을 길게 빼고 정신없이 자기 이야기를 듣고 있는 왕털보의 뒷덜미를 직선으로 내리쳤다.

"뎅강!"

왕털보는 소스라치게 놀라는 동시에 전광석화처럼 목을 바싹 움츠렸다. 듣고 있던 사람들도 모두 모골이 송연해지면서 유쾌한 기분을 느꼈다. 이날부터 왕털보는 여러 날 동안 머리가 어지러워 아Q 근처엔 얼씬도 하지 못했다. 다른 사람들도 마찬가지였다.

당시 웨이좡 사람들의 눈에 비친 아Q의 지위는 감히 자오 대감을 뛰어넘었다고 말할 수는 없어도 거의 비슷한 지위에 있었다고 해도 그리

지나친 말은 아닐 것이다.

그리하여 오래지 않아 아Q의 명성은 갑자기 웨이좡의 규방에까지 두루 퍼지게 되었다. 웨이좡에서는 첸씨와 자오씨만 대저택을 갖고 있고 나머지 십중팔구는 작은 집에 불과했지만 그래도 결국 규방은 규방이므로 이건 정말 신기한 현상이었다. 여자들은 서로 만나기만 하면 쩌우씨댁 부인이 아Q에게서 푸른 비단치마 한 벌을 샀는데 좀 헌것이기는 해도 단돈 90전에 샀다는 얘길 수군거렸다. 또 자오바이옌의 모친도 —일설에는 자오쓰천의 모친이라고도 함. 앞으로 연구를 요함— 양사로 만든 진홍색 아기 옷을 샀는데 7할 정도는 새것에 단돈 3원만 줬다고 했다. 그리하여 웨이좡의 여인들은 모두 눈이 빠져라 아Q를 만나고 싶어했다. 비단치마가 없는 여인은 비단치마를 사고 싶어했고, 양사 저고리가 필요한 여인은 양사 저고리를 사고 싶어했다. 이제 아Q를 만나도 도망가지 않을 뿐 아니라, 어떤 때는 아Q가 이미 지나쳤는데도 쫓아가서 그를 불러세우고 이렇게 물었다.

"아Q! 아직 비단치마 남았어요? 없다고요? 그럼 양사 저고리는요? 있어요?"

소문은 마침내 여염집 규방에서 대갓집 규방으로까지 전파되었다. 왜냐하면 쩌우씨댁 부인이 매우 흡족한 나머지 그 비단치마를 갖고 자오씨댁 마나님에게 가서 감상을 요청했기 때문이다. 자오씨댁 마나님은 또 자오 대감에게 그 사실을 알렸을 뿐만 아니라 참으로 좋은 물건이더라고 한바탕 칭찬을 늘어놓았다. 자오 대감은 그날 저녁 식탁에서 수재 나리와 토론을 벌였고, 아Q가 사실 좀 수상쩍기 때문에 문단속에 주의해야 한다고 했다. 그러나 아Q의 물건 중에는 아직도 사둘 만한 것이나 좀 좋은 것이 있을지도 모른다고 생각했다. 게다가 자오씨댁 마나님도 저렴하고 품질 좋은 모피 조끼를 한 벌 사고 싶어하던 참이었다. 그리하여 가족 전체 결의에 따라 쩌우씨댁 부인을 즉각 아Q에게 파견하기로 했다. 게다가 이번 일을 위해 세 번째 예외규정을 신설하기로 한 바, 그것은 바로 이날 저녁에도 기름 등불을 잠시 밝혀두기로 한 것이었다.

등불의 기름이 적지 않게 타들어가고 있는데도 아Q는 나타나지 않았다. 자오씨 저택의 온 권속은 초조한 마음으로 하품을 하며 아Q가 너무 변덕스럽다고 한탄하기도 하고, 쩌우씨댁 부인이 너무 야물딱지지 못하다고 원망하기도 했다. 자오씨댁 마나님은 또 봄날 맺은 그 조약 때문에 아Q가 오지 않을까봐 걱정이었지만, 자오 대감은 그건 걱정할 게 없다고 생각했다. 왜냐하면 이번에는 '자신'이 직접 그를 불렀기 때문이라는 것이다. 과연 자오 대감의 식견이 탁월했는지 마침내 아Q는 쩌우씨댁 부인을 따라 이 저택으로 들어섰다.

"저 사람이 자꾸 없다고만 하잖아요. 그래서 직접 만나 뵙고 말씀드리라고 해도 자꾸 그러기에, 제가 또……."

쩌우씨댁 부인은 종종걸음으로 숨을 헐떡이며 말했다.

"대감마님!"

아Q는 웃는 듯 마는 듯한 표정으로 이렇게 부르고는 처마 밑에 우뚝 멈춰 섰다.

"아Q! 소문에 외지에서 돈을 많이 벌었다던데."

자오 대감은 천천히 발걸음을 옮기며 아Q의 전신을 훑어보았다.

"그것 참 잘됐네, 잘됐어. 저…… 소문에 중고품을 좀 갖고 있다지……. 전부 갖고 와서 좀 보여줄 수 있겠나? …… 뭐 다른 뜻이 있는 게 아니라 내가 좀 사려고……."

"쩌우씨댁 부인께 벌써 말씀드렸는데요. 전부 다 팔렸어요."

"다 팔려?"

자오 대감은 자신도 모르게 소리를 질렀다.

"어찌하여 그렇게도 빨리 팔렸단 말이냐?"

"그게 친구 물건이라 많지 않았어요. 저쪽 사람들도 사가고……."

"그래도 아직 좀 남아 있겠지?"

"문발 하나만 남아 있는데요."

"그럼 그 문발이라도 갖고 와서 좀 보여주게."

자오씨댁 마나님이 황급히 말했다.

"그럼, 내일 갖고 오면 돼."

자오 대감은 좀 심드렁하게 대꾸했다.

"앞으로 물건이 생기면 제일 먼저 우리 집으로 가져와……."

"값은 절대로 다른 사람보다 낮게 쳐주진 않을 테니!"

수재가 이렇게 말하자 수재 마누라는 얼른 아Q가 이 말에 감동을 받았는지 어떤지 그의 얼굴을 살폈다.

"난 모피 조끼를 한 벌 사고 싶네."

자오씨댁 마나님이 말했다.

아Q는 대답을 하기는 했지만 내키지 않는 모습으로 나갔기에 그가 이 말을 마음에 담아뒀는지는 알 수 없었다. 자오 대감은 아주 실망스럽고 화가 났을 뿐만 아니라 걱정도 되어서 하품까지 멈출 지경이었다. 수재도 아Q의 태도에 불만을 터뜨리며 '이런 육시랄 놈'은 방비를 단단히 해야 하므로 순검에게 분부하여 웨이좡에 살지 못하게 하는 편이 더 낫겠다고 했다. 그러나 자오 대감은 그렇게 생각하지 않았다. 그렇게 되면 원한을 품을 수 있고, 또 그쪽 길로 밥벌이하는 놈들은 대개 '솔개가 자기 둥지 밑의 먹이는 안 먹는다'는 말처럼 이 마을에선 그렇게 걱정할 일을 만들지 않을 테니 야간에 경계심을 좀 가지면 된다고 했다. 수재는 이 가르침을 듣고는 아주 그럴 듯하게 생각되어 아Q를 축출하자는 제의를 즉각 취소하고 쩌우씨댁 부인에게는 절대로 다른 사람에게 이 말이 새어나가지 않도록 당부했다.

그러나 다음 날 쩌우씨댁 부인은 푸른 치마를 검은색으로 염색하러 가서 아Q의 의심스러운 점을 두루 전파해버렸다. 그래도 수재가 아Q를 축출하자고 한 그 말 한마디는 확실히 떠벌리지 않았다. 하지만 이런 상황은 아Q에게 정말 불리했다. 가장 먼저 순검이 탐문하러 와서 그의 문발을 가져가버렸다. 아Q는 자오씨댁 마나님께서 보고 싶어하는 물건이라고 했지만 순검은 다시 돌려주지 않았다. 게다가 매월 자신에게 상납해야 할 촌지를 정하자고 했다. 그다음으로 그에 대한 마을 사람들의 경외심이 갑자기 바뀌었다는 점이다. 그래도 아직은 방자하게 굴지 않았지만 멀리 피하려는 표정이 역력했다. 이러한 표정은 전에 그가 '뎅강' 하고 목을 내리칠 때와 너무나 달라서, 말하자면 '존경하면서도 멀리하는'敬而遠之[22) 요소가 상당 부분 섞여 있었다.

다만 일부 건달들만 여전히 아Q의 내막을 끝까지 파고들었다. 아Q도 전혀 거리낌 없이 뽐내며 자기 경험을 얘기했다. 이로부터 그들은 아Q가 일개 단역에 불과하여 담장에 올라가지도 못했을뿐더러 집 안으로 들어가 보지도 못했고, 오직 집 밖에서 물건을 받는 역할만 했다는 사실을 알게 되었다. 그러다가 어느 날 밤 그가 막 보따리 하나를 넘겨받은 뒤, 두목이 다시 들어가고 얼마 지나지 않아 안쪽에서 고함이 들려왔다. 그는 서둘러 줄행랑을 쳐서 그날 밤 바로 성을 넘어 웨이좡으로 돌아왔으며, 이제 다시는 그런 짓을 하지 않을 거라고 했다. 그러나 이 이야기는 아Q에게 더욱 불리했다. 마을 사람들이 아Q에게 '존경하면서도 멀리하는' 태도를 보인 것은 아Q의 원한을 살까봐 걱정되었기 때문인데, 누가 생각이나 했겠는가? 그가 다시는 도둑질할 엄두도 내지 못하는 좀도둑에 불과하다는 사실을. 이건 정말 옛말에도 있듯이 "이 또한 두려워할 만한 일은 아니느니라"斯亦不足畏也矣[23)]에 해당하는 상황이었다.

제7장 혁명

쉬안퉁宣統(선통) 3년(1911) 음력 9월 14일(양력 11월 4일), 즉 아Q가 허리에 차고 있던 전대를 자오바이옌에게 팔아버린 날 삼경도 더 지난 무렵, 검은 뜸배 한 척이 자오씨댁 부두에 도착했다. 이 배는 캄캄한 어둠 속을 흘러서 왔고 시골 사람들은 깊이 잠들어 있었기에 아무도 낌새를 눈치채지 못했다. 그러나 이곳을 떠나갈 때는 동이 틀 무렵이어서 꽤 여러 사람이 그 광경을 목격했다. 이리저리 조심스럽게 알아본 결과, 그 배는 바로 거인 영감의 배였다.

그 배는 커다란 불안감을 웨이좡 마을에 실어다주었고 정오도 되지 않아서 온 마을 민심이 술렁거리기 시작했다. 배의 사명에 대해서는 자오씨댁에서 극비에 부쳤지만, 찻집이나 주막에서는 모두 혁명당이 입성하려고 해서 거인 영감이 우리 시골 마을로 피난 온 것이라고 수군거렸다. 유독 쩌우씨댁 부인만 그렇게 생각하지 않았다. 그녀의 말에 따르면 그 배가 실어온 건 낡은 옷상자 몇 개뿐이었는데, 거인 영감이 그걸 좀 맡기려 했지만 자오 대감이 다시 돌려보냈다고 했다. 또 기실 거인 영감과 수재 나리는 평소 별로 친한 사이가 아니기 때문에 이치로 따져봐도 '환난을 함께할' 의리가 있을 리 없다는 것이다. 하물며 쩌우씨댁은 자오씨댁과 이웃이어서 그녀의 견문이 그래도 비교적 사실에 가까웠으므로 그녀의 판단이 정확하다고 할 수 있을 듯했다.

그러나 창궐한 유언비어에 따르면, 거인 영감이 비록 직접 오지는 않았지만 장문의 편지 한 통을 보내 자오씨댁과 먼 친척이 된다는 사실을 밝혔다는 것이다. 이에 자오 대감은 속으로 상황을 저울질해보고는 어쨌든 자신에게 나쁠 것이 없다는 생각에 그 상자를 받아서 자기 마누라 침대 밑에 숨겨두었다고 했다. 혁명당에 대해서는 혹자의 전언에 따르면 바로 그날 읍내로 입성했고 모두 흰 투구에 흰 갑옷 차림으로 숭정황제 崇禎黃帝[24]의 상복을 입고 있었다고 했다.

아Q도 자기 귀로 혁명당이라는 말을 진작부터 듣고 있었고, 올해에는 또 혁명당의 처형 장면을 자신이 직접 목격하기도 했다. 그러나 그의 마음에는 어디에서 연유한 생각인지 알 수 없는 일종의 선입관이 자리 잡고 있었다. 그리하여 혁명당은 바로 반역의 무리라서 그와 함께하기 어렵기 때문에 그는 줄곧 '그들을 심히 증오하며 통탄해 마지않아왔다.' 그런데 뜻밖에도 사방 백 리 안에서 명성이 뜨르르한 거인 영감조차 그렇게 벌벌 떨 줄이야! 이에 아Q는 자기도 모르게 혁명당에 마음이 끌리게 되었다. 하물며 웨이좡의 좆같은 연놈들이 황망해하는 꼬락서니를 보자 아Q는 더욱 마음이 상쾌해짐을 느꼈다.

'혁명도 좋은 거네.'

아Q는 생각했다.

"이 니미럴 놈들을 전부 혁명해야 해. 정말 간악한 놈들! 정말 가증스러운 놈들! …… 바로 이 몸께서 혁명당에 투신할 거다."

아Q는 근래 용돈이 궁하게 되어 적지 않게 불만스러웠다. 게다가 대낮 공복에 술 두 사발을 마셨기 때문에 갈수록 취기가 빨리 올랐다. 그는 생각에 젖어 발걸음을 옮기는 동안 마음이 다시 들뜨기 시작했다. 그리하여 어찌된 셈인지 갑자기 자신이 바로 혁명당이고 웨이좡 사람들은 모두 자기 포로처럼 생각되었다. 그는 무척 흡족한 나머지 자기도 모르게 냅다 고함을 질렀다.

"반역이다! 반역이야!"

웨이좡 사람들은 모두 경악과 공포의 눈으로 그를 바라보았다. 이처럼 가련한 눈빛을 아Q는 여태껏 본 적이 없었다. 이들의 모습을 목도하자 마치 오뉴월 더위에 얼음물을 마신 것처럼 마음이 시원해졌다. 그는 더욱 신이 나서 길을 걸으며 마음껏 고함을 질렀다.

"좋아. …… 내가 원하는 물건은 내 마음대로 취할 거고 내가 좋아하는 여자는 내 마음대로 할 거다.

둥두둥, 덩더덩!

후회해도 소용없다. 술에 취해 정씨 아우를 잘못 베었네.

후회해도 소용없다. 아, 아, 아…….

둥두둥, 덩더덩, 둥, 덩더덩!

내 손에 쇠채찍을 들고 너를 치리라!……."

자오씨댁 남자 두 명과 진짜 친척 두 사람도 바야흐로 대문 입구에서 혁명에 대해 논의하고 있었다. 아Q는 그들을 보지 못하고 고개를 꼿꼿이 쳐들고 창을 하며 지나쳐갔다.

"둥두둥……."

"Q군!"

자오 대감이 겁에 질려 아Q를 맞이하며 낮은 목소리로 불렀다.

"덩더덩……."

아Q는 자기 이름에 '군'자가 붙게 되리라고는 전혀 예상을 못했기 때문에 다른 사람을 부르는 걸로 생각하고 아무 신경도 쓰지 않았다. 그러고는 노랫가락에만 집중했다.

"둥, 덩, 덩더덩, 덩!"

"Q군!"

"후회해도 소용없다……."

"아Q!"

수재는 직접 그의 이름을 부를 수밖에 없었다.

그제야 아Q는 걸음을 멈추고 고개를 삐딱하게 쳐들며 물었다.

"뭐요?"

"Q군, …… 지금 ……."

자오 대감은 별로 할 말이 없었다.

"아, 지금도 …… 돈을 많이 버는가?"

"돈? 물론이지. 마음만 먹으면 모든 게 내 거야……."

"아……Q형, 우리 같은 가난뱅이 친구들이야 뭐 별일 없겠지……."

자오바이옌은 두려움에 떨며 이렇게 말했다. 혁명당의 속셈을 떠보려는 것 같았다.

"가난뱅이 친구라고? 당신이 나보다 돈이 많잖아."

아Q는 그렇게 말하고는 혼자서 가버렸다.

모두 낙담하여 할 말을 잃었다. 자오 대감 부자는 집으로 돌아와서 등불을 밝힐 때까지 저녁 내내 상의를 거듭했다. 자오바이옌은 집으로 돌아오자마자 허리춤에 차고 있던 전대를 풀어서 자기 마누라에게 주고는 상자 바닥에 감추게 했다.

아Q가 나는 듯이 동네를 한 바퀴 돌고 서낭당으로 돌아왔을 때는 술이 이미 어지간히 깨어 있었다. 당지기 영감님도 의외로 살갑게 대하면서 차를 권해왔다. 아Q는 영감님에게 전병을 두 개 달라고 하여 다 먹고는, 다시 넉 냥짜리 촛불 하나와 촛대를 달라고 하여 불을 붙이고 혼자서 자신의 작은 방에 드러누웠다. 그는 말로 형언할 수 없는 신선함과 유쾌함에 젖어들었다. 촛불은 대보름날 밤처럼 번쩍번쩍 춤을 추었고, 그의 생각도 하늘로 날 듯이 치솟아 올랐다.

"반역이라? 재미있군……. 흰 투구에 흰 갑옷을 입은 혁명당이 올 거야. 모두들 청룡도, 쇠채찍, 폭탄, 소총, 삼지창, 갈고리창을 들고 이 서낭당을 지나가면서 '아Q! 함께 가지. 함께 가!'라고 하면 그때 함께 가는 거야……."

"그때 웨이좡의 좆같은 연놈들은 정말 우스운 꼴이 되겠지. 무릎을 꿇고 '아Q, 살려줘!'라고 빌 거야. 누가 그 말을 들어줄까! 제일 먼저 뒈져야 할 놈은 샤오D와 자오 대감이고, 수재놈과 가짜양놈도 있군……. 몇 놈이나 살려둘까? 왕털보는 그래도 봐주려고 했는데 이젠 안 되겠어……."

"물건은…… 곧장 쳐들어가서 상자를 열어젖히는 거야. 동전, 은화, 양사저고리…… 수재 마누라의 닝보寧波(영파) 침대는 맨 먼저 서낭당으로 옮겨와야 해. 그 밖에 첸가네 탁자와 의자도 갖다놔야지. 아니면 자오가네 걸 쓰지 뭐. 내가 직접 손을 쓰지 않고 샤오D더러 운반하라고 시킬 거야. 잽싸게 옮기라고 해야지. 동작이 굼뜨면 따귀를 후려치는 거야……."

"자오쓰천의 여동생은 정말 꼴불견이야. 쩌우씨댁 딸은 몇 년 뒤에나 알아봐야겠고. 가짜양놈 마누라는 변발이 없는 사내와 잠을 잤으니, 하! 정말 나쁜 년이야! 수재놈 마누라는 눈두덩에 흉터가 있고…… 우서방댁을 오래 못

봤네. 지금 어디 있을까? 근데 애석하게도 발이 너무 커."

아Q는 생각을 다 정리하기도 전에 벌써 코를 골고 있었다. 넉 냥짜리 촛불은 이제 겨우 반 치 정도 타들어가고 있었고, 너울거리는 빨간 불꽃이 그의 헤벌어진 입을 비추고 있었다.

"허어, 허어!"

아Q가 갑자기 큰 소리로 울부짖더니, 고개를 들고 황급히 사방을 두리번거리다가 넉 냥짜리 촛불이 너울거리는 것을 보고는 다시 고개를 처박고 잠속으로 빠져들었다.

다음 날 그는 아주 늦게 일어났다. 거리로 나가보았지만 모든 것이 옛날 그대로였다. 그의 배도 여전히 옛날처럼 고파왔다. 생각을 해보려 해도 아무것도 생각할 수 없었다. 그런데 불현듯 한 가지 좋은 생각이 떠올라 자기도 모르게 정수암으로 천천히 발걸음을 옮겼다.

정수암은 봄날 그때처럼 조용했고 여전히 흰 담장과 검은 대문이 있었다. 그는 잠시 머리를 굴리다가 앞으로 나아가 대문을 두드렸다. 개 한 마리가 안에서 짖기 시작했다. 그는 서둘러 벽돌 조각 몇 개를 주워들고 다시 다가가서 좀 세게 대문을 두드렸다. 검은 대문에 꽤 많은 벽돌 자국이 생길 무렵에야 누군가 나와서 문을 열었다.

아Q는 얼른 벽돌 조각을 단단히 잡고 오른발을 앞으로 내밀며 흑구와의 전투에 대비했다. 그러나 암자의 문은 작은 틈새만큼 열렸고 흑구도 진격해오지 않았다. 열린 틈 사이로 늙은 비구니만 바라보일 뿐이었다.

"자네, 또 무슨 일로 왔는가?"

그녀는 겁에 질려서 말했다.

"혁명이다……. 알고 있나?……."

아Q가 어정쩡하게 말했다.

"혁명, 혁명! 벌써 한 번 혁명을 했어……. 도대체 우리를 어떻게 혁명하겠다는 건가?"

늙은 비구니는 두 눈을 붉히며 말했다.

"뭐야?……."

아Q는 의아했다.

"자네 몰랐나? 그놈들이 벌써 와서 혁명을 해버렸어!"

"누가?……."

아Q는 더욱 의아했다.

"그 수재놈하고 가짜양놈!"

아Q는 너무나 뜻밖이라 자기도 모르게 경악하고 말았다. 늙은 비구니는 그의 예기가 꺾인 것을 보고 나는 듯이 대문을 닫았다. 아Q가 다시 밀어보았지만 단단히 잠겨서 열리지 않았고 다시 문을 두드려도 아무런 응답이 없었다.

그건 역시 그날 오전의 일이었다. 자오 수재는 소식이 빨라서 혁명당이 이미 지난밤에 읍내에 입성한 사실을 알고는 즉각 변발을 머리 꼭대기로 말아 올리고 지금까지 상종조차 하지 않던 첸씨댁 가짜양놈을 일찌감치 방문했다. 때는 바야흐로 '유신의 시기'였으므로 그들은 바로 의기투합하여 뜻과 마음을 함께하는 동지가 되었고, 서로 함께 혁명을 실천하기로 약조했다. 그들은 생각에 생각을 거듭한 끝에 정수암에 '황제 만세 만만세'라는 용무늬 위패가 있다는 걸 생각해냈다. 그건 응당 혁명해야 할 대상이었으므로 그들은 함께 정수암으로 혁명을 하러 쳐들어갔다. 늙은 비구니가 이를 가로막으며 몇 마디 하자, 그들은 그녀를 만청(만주족의 청나라) 정부로 간주하고 그녀의 머리에 적지 않은 곤봉세례와 주먹세례를 퍼부었다. 그들이 떠난 뒤 늙은 비구니가 정신을 차리고 점검해보니 용무늬 위패는 땅바닥에 팽개쳐져 진작 박살이 나버렸고, 관음보살 앞에 놓아두었던 선덕향로[25]마저 사라지고 없었다.

이런 사실을 아Q는 나중에야 알았다. 그는 자기가 그때 잠을 자고 있었다는 사실이 무척 후회스러웠지만, 그들이 자기를 부르러 오지 않았다는 사실에 심히 괘씸한 생각이 들었다. 그는 한 걸음 물러나 생각해 보았다.

"설마 내가 이미 혁명당에 투신한 사실을 그자들이 몰랐을까?"

제8장 혁명 금지

웨이좡 마을의 민심은 나날이 안정되어갔다. 전해오는 소식에 따르면 혁명당이 읍내로 입성하기는 했지만 아직 무슨 큰 변동은 없다고 했다. 현감 영감도 본래 그분인데 명칭이 뭐라고 좀 바뀌었다고 했다. 게다가 거인 영감도 무슨 벼슬을 맡았고, —이 새 명칭들을 웨이좡 사람들은 모두 잘 몰랐다.— 병력을 거느리고 있는 이도 여전히 옛날 그 군관이라고 했다. 다만 한 가지 공포스러운 일은 불량한 혁명당 몇 놈이 끼어들어 난동을 부리면서 바로 다음 날부터 변발을 자르기 시작했다는 것이다. 소문을 들어보니 이웃 마을 뱃사공 치진七斤(칠근)이가 바로 올가미에 걸려들어 정말 사람 꼴 같지 않게 되었다고 했다. 그러나 이런 건 뭐 대단한 공포라고 할 수 없었다. 왜냐하면 웨이좡 사람들은 본래 읍내 출입을 하는 이가 아주 아주 드물었고, 설령 우연찮게 읍내로 갈 생각을 했더라도 즉각 계획을 변경하기만 하면 그 따위 위험에 빠질 리는 없었기 때문이다. 아Q도 본래 읍내로 가서 옛날 친구나 좀 만나볼 생각이었지만 소식을 듣고는 곧바로 계획을 중지할 수밖에 없었다.

그러나 웨이좡에도 개혁이 없었다고는 말할 수 없었다. 며칠 후 변발을 정수리로 말아 올리는 사람이 점점 많아졌다. 앞서 말한 것처럼 최초 실행자는 물론 수재공이었고, 그다음은 자오쓰천과 자오바이옌이었으며, 나중에 아Q도 동참했다. 여름날 같으면 모두들 변발을 정수리로 말아 올리거나 뒷덜미에 묶어 매기 때문에 그게 무슨 희귀한 일이라고는 할 수 없었다. 그러나 지금은 늦가을이라 이건 흡사 '여름의 명령을 가을에 집행하는'秋行夏令 격이라, 이들 행동파로서는 엄청난 용단이라고 아니할 수 없었다. 그뿐만 아니라 웨이좡이란 이 지역으로서도 개혁과 무관한 일이라고 말할 수는 없었다.

자오쓰천은 뒷머리를 휑하니 드러낸 채 걸어왔다. 그것을 본 사람들이 큰 소리로 떠들었다.

"우와! 혁명당이 온다!"

아Q는 그 말을 듣고 정말 부러웠다. 그는 수재가 변발을 말아 올린 엄청난 소식을 진작부터 듣고 있었지만 자신이 그렇게 해봐야겠다고는 전혀 생각지도 못했다. 그러다가 이제 자오쓰천의 모습을 보고서야 배우겠다는 욕구가 생겼고 행동으로 옮길 결심을 굳히게 되었다. 그는 말아 올린 변발을 대젓가락 한 짝으로 정수리에 고정하고는 한참이나 주저하다가 대담하게 밖으로 걸어나갔다.

사람들은 그가 걸어가는 것을 보고도 아무 말도 하지 않았다. 처음에 아Q는 상당히 불쾌했고 나중에는 아주 불만스러웠다. 그는 근래 걸핏하면 신경질이 났다. 기실 그의 생활은 반역 활동 이전보다 결코 더 나빠진 게 아니었다. 사람들도 공손하게 대했으며, 가게에서도 그에게 꼭 맞돈을 요구하지도 않았다. 그런데도 아Q는 스스로 너무 큰 실망감을 느끼고 있었다. 혁명에 참가한 이상 계속 이런 꼴이어서는 안 된다고 생각했기 때문이다. 게다가 샤오D의 꼬락서니를 보고는 배알이 뒤집혀 숨이 넘어갈 지경이었다.

샤오D도 변발을 정수리 위로 말아 올려 대젓가락으로 고정하고 있었다. 아Q는 천만 뜻밖에도 이놈까지 이렇게 할 줄은 전혀 생각지도 못했다. 자신도 이놈의 이러한 행동을 결코 용납할 수 없었다. '샤오D 따위가 대체 뭐란 말인가?' 그는 즉각 놈을 붙잡아 대젓가락을 분질러버리고는 놈의 변발을 풀어 내린 뒤 뺨따귀를 몇 대 갈겨주고 싶었다. 그리고 또 제 놈이 분수를 망각하고 감히 혁명당에 참가한 죄를 징벌하고 싶었다. 그러나 그는 결국 놈을 용서해줄 수밖에 없었다. 그는 오직 분노한 눈으로 째려보며 '퉤' 하고 침이나 한 번 뱉는 데 그쳐야 했다.

며칠 사이에 읍내로 들어간 사람은 가짜양놈뿐이었다. 자오 수재도 상자를 떠맡은 인연으로 몸소 거인 영감댁을 한번 방문할 예정이었지만, 변발이 잘릴지도 모르는 위험 때문에 계획을 중지할 수밖에 없었다. 그는 '황산격'(중국 고대 변려문駢驪文으로 쓴 편지 양식)으로 쓴 엄중한 성토문을 가짜양놈 편에 부치면서, 자신을 잘 좀 소개하여 자유당에 입당할 수 있게 해달라고 신신당부했다.

가짜양놈은 읍내에서 돌아와 수재에게 은화 4원을 달라고 했고, 수재는 그 돈을 주고 은복숭아 휘장(당시 자유당 배지)을 하나 받아서 옷깃에 달게 되었다. 웨이좡 사람들은 모두 탄복하면서 그건 자유당의 상징으로 한림 벼슬과 맞먹는다고들 했다. 이 때문에 자오 대감도 덩달아 더 거들먹거리게 되었는데 그 나대는 꼴을 볼라치면 그의 아들이 처음 수재에 급제했을 때보다 훨씬 심했다. 그런 터라 안중에 아무것도 없다는 듯한 자세로 아Q를 보고도 본체만체했다.

아Q는 바야흐로 불만이 쌓이는 가운데 시시각각 낙오되고 있다는 느낌을 지울 수 없었다. 게다가 은복숭아 소문을 듣고 나서는 즉각 자신이 낙오된 원인이 뭔지를 깨닫게 되었다. 혁명하려면 단지 혁명에 투신한다고 말만 해서는 안 되고, 변발을 말아 올리는 것만으로도 부족하므로, 우선 혁명당과 끈끈하게 유대관계를 맺어야 했던 것이다. 그가 평생토록 알고 있는 혁명당은 오직 두 사람뿐이었다. 그러나 읍내에 있던 한 사람은 진작 '뎅강' 하고 목이 잘렸고, 이제는 겨우 가짜양놈 한 사람만 남아 있는 실정이었다. 한시라도 빨리 가짜양놈과 상의하는 방법 외에는 이제 더는 다른 길을 찾을 수 없었다.

마침 첸씨 저택의 대문이 열려 있어서 아Q는 쭈뼛거리며 조심스럽게 발걸음을 옮겼다. 안채로 들어서면서 그는 깜짝 놀랐다. 가짜양놈이 마침 새까만 양복을 빼입고 옷깃에 은복숭아를 달고는 뜰 한가운데 서 있었다. 그는 전에 아Q에게 가르침을 내린 바 있는 그 몽둥이를 손에 들고 있었다. 또 이미 한 자 이상 자란 변발을 어깨 위로 풀어헤치고 있었는데 봉두난발한 그 모습이 마치 옛날 유명한 신선인 유해선劉海仙[26]과 같았다. 맞은편에는 자오바이옌과 건달 세 명이 꼿꼿하게 서서 그의 말씀을 공손하게 경청하고 있었다.

아Q는 살금살금 다가가서 자오바이옌의 등 뒤에 섰다. 마음속으로는 인사를 하고 싶었으나 어떻게 불러야 할지 몰랐다. '가짜양놈'이라고 불러서는 안 될 일이고 '양인'이라 부르는 것도 적당하지 않을 것 같았다. '혁명당'도 적당하지 않은 듯해서 혹시 '양선생'이라 불러야 하지 않을까 생각했다.

양선생은 그를 보지 못했다. 그가 마침 눈을 희번덕거리며 이야기에 열을 올리고 있었기 때문이다.

"나는 성질이 급해서 우리가 만날 때마다 늘 '훙洪(홍)형! 손을 씁시다!'라고 해도 그는 언제나 'No'라고 했소. ―이건 서양 말인데 당신들은 잘 모를 거요.― 그렇지 않았으면 진작에 성공했을 거요. 그러나 이 점이 바로 그분의 일처리가 아주 조심스럽다는 거요. 그분은 거듭거듭 나를 후베이(호북)로 오라고 했지만 내가 아직 대답을 하지 않고 있소. 하지만 누가 이런 작은 현 구석에서 계속 일하고 싶겠소……."

"음…… 저……."

아Q는 그의 말이 잠시 멈춘 틈에 마침내 있는 용기를 다 짜내어 입을 열었다. 그러나 어찌된 영문인지 그를 양선생이라고 부르지 못했다.

말씀을 경청하고 있던 네 사람이 깜짝 놀라서 그를 돌아보았다. 양선생도 비로소 그를 보았다.

"뭐야?"

"저……."

"꺼져!"

"저도 투(신)……."

"썩 꺼져!"

양선생은 상주 지팡이를 휘두르며 다가왔다.

자오바이옌과 건달들도 모두 고함을 질렀다.

"선생님께서 꺼지라는데, 너 말 안 들리냐?"

아Q는 손으로 머리를 감싸쥐고 자기도 모르게 대문 밖으로 도망쳐 나오고 말았다. 양 선생이 추격해오지는 않았다. 그는 재빨리 60보 이상 줄행랑을 치고 나서야 천천히 발걸음을 옮겼다. 마음 가득 수심이 밀려왔다. 양 선생이 그의 혁명을 금지하면 다른 길은 더 있을 수 없다. 이제 흰 투구에 흰 갑옷을 입은 사람들이 그를 부르러 오기를 기대할 수 없게 되었다. 그의 모든 포부와 지향과 희망과 앞날이 깡그리 사라지고 말았다. 건달들이 이 일을 까발려서 샤오D와 왕털보 무리에게 웃음거리가 되는 것은 오히려 그다음 일이라고 할 수 있다.

그는 여태껏 이와 같이 삶의 무의미함을 느껴본 적이 없었던 듯했다. 말아 올린 변발도 무의미할뿐더러 자신에 대한 모멸로 느껴졌다. 복수하기 위해서라면 즉각 변발을 풀어 내리고 싶었지만 그래도 그럴 수는 없었다. 그는 밤중까지 어슬렁거리다가 외상술을 두 잔 뱃속으로 부어넣고서야 점점 기분이 좋아졌다. 그제야 흰 투구에 흰 갑옷을 입은 사람들 모습이 떠올랐다.

어느 날 그는 여느 때처럼 밤이 이슥할 때까지 어영부영 어울려 놀다가 주막 문을 닫을 무렵에야 천천히 서낭당으로 돌아가고 있었다.

"퍽, 팡!……."

아Q는 갑자기 이상한 소리를 들었다. 폭죽소리는 아니었다. 그는 본래 시끌벅적한 구경거리를 좋아했고 또 쓸데없는 일에 참견하기를 좋아했기에 곧바로 암흑을 헤치며 그 현장을 찾아나섰다. 저 앞쪽에서 발소리가 들리는 듯해서 귀를 기울이고 있는데 돌연 어떤 사람이 맞은편에서 줄행랑을 치며 달려왔다. 아Q는 그것을 보자마자 잽싸게 몸을 돌려 그를 따라 도망치기 시작했다. 그 사람이 골목을 돌면 아Q도 따라 돌았고, 그가 골목을 돌아 멈춰 서면 아Q도 멈춰 섰다. 아Q가 뒤를 돌아보니 아무도 없었다. 앞에 있는 사람은 바로 샤오D였다.

"뭐야?"

아Q는 불만을 터뜨렸다.

"자오…… 자오씨댁이 털렸어!"

샤오D는 숨을 헐떡이며 말했다.

아Q는 심장이 쿵쿵 뛰기 시작했다. 샤오D는 말을 마치고 바로 가버렸다. 아Q는 그래도 도망치다가 두세 번 발걸음을 멈췄다. 어쨌든 그는 '이 업종의 사업'에 종사해본 적이 있는지라 유달리 담이 컸다. 그래서 길모퉁이를 삐죽거리며 돌아 나와 자세히 귀를 기울이자 웅성거리는 소리가 들리는 것 같았다. 또 세심하게 앞을 살펴보니 흰 투구에 흰 갑옷을 입은 듯한 사람들이 줄줄이 상자를 들어내고 있었고, 가재도구도 들어내고 있었다. 수재 마누라의 닝보 침대도 들어내는 듯했으나 분명히 보이지 않았다. 그는 더 앞으로 가보고 싶었지만 두 발이 떨어지지 않았다.

이날은 달도 없어서 웨이좡 마을은 암흑 속 정적에 싸여 있었는데, 그 정적은 마치 그 옛날 복희씨 시절처럼 태평하기까지 했다. 그는 그 자리에 서서 싫증이 나도록 바라보았다. 조금 전과 마찬가지로 그곳에서는 여전히 사람들이 왔다 갔다 하며 물건을 운반하고 있었다. 상자를 들어내고, 가재도구를 들어내고, 수재 마누라의 닝보 침대도 들어내고……. 너무나 많은 물건이 옮겨지고 있어서 아Q는 자신의 눈을 의심해야 할 정도였다. 그러나 그는 앞으로 더 나가지 않기로 마음먹었고, 조금 뒤 자신의 서낭당으로 돌아오고 말았다.

서낭당 안은 더욱 깜깜했다. 그는 대문을 잠그고 더듬더듬 자기 방으로 들어갔다. 한참 동안 누워 있자 그제야 정신이 들면서 자신과 관계된 생각이 떠오르기 시작했다. 흰 투구에 흰 갑옷을 입은 사람들이 분명히 도착했는데도 그를 부르러 오지 않았다. 좋은 물건을 그렇게 많이 들어내면서도 자기 몫은 쳐주지 않았다. —이것은 전적으로 가증스러운 가짜양놈이 그의 혁명 참가를 금지했기 때문이다. 그렇지 않다면 이번에 어떻게 내 몫이 없을 수 있단 말인가? 아Q는 생각할수록 분노가 치밀어 올라 끝내 가슴 가득 밀려오는 원통함을 참지 못하고 악독하게 고개를 끄덕이며 중얼거렸다.

"내 반역 활동은 금지하고, 네놈만 반역을 해? 이 니미럴 가짜양놈아! 그래, 좋아. 네놈이 반역을 했겠다! 반역은 참수형이야. 내가 반드시 고발할 거다. 네놈이 관가에 잡혀가서 목이 잘리는 꼴을 내 두 눈으로 보고 말 테다. 멸문지화를 당할 거다. 뎅강, 뎅강!"

제9장 대단원

자오씨댁이 털린 뒤 웨이좡 사람들은 아주 통쾌해하면서도 두려움에 떨었다. 아Q도 아주 통쾌해하면서도 두려움에 떨었다. 그러나 나흘 뒤 아Q는 갑자기 한밤중에 체포되어 읍내로 끌려갔다. 그때는 마침 캄캄한 밤이었다. 정규군 한 부대, 의용군 한 부대, 경찰 한 부대와 정보요원 다섯 명이 몰래 웨이좡에 도착하여 어둠을 틈타 서낭당을 포위하고 대문 맞은편에 기관총까지 걸어놓았다. 그러나 아Q는 뛰쳐나오지 않았다. 오랜 시간 아무런 동정이 없자 군관은 조급해져서 현상금을 2만 냥 걸었다. 그제야 의용군 두 명이 위험을 무릅쓰고 담장을 넘어 들어갔고, 이에 안팎이 호응하며 한꺼번에 달려들어 아Q를 끌어내었다. 서낭당 밖에 걸려 있는 기관총 왼편까지 끌려 나와서야 아Q는 정신이 좀 들었다.

읍내에 도착했을 때는 이미 정오였다. 아Q는 어떤 관아의 낡은 문으로 끌려 들어가 모퉁이를 대여섯 번 돌고 나서 다시 작은 방에 팽개쳐졌다. 그가 비틀거리며 들어서자 통나무로 만든 목책 문이 그의 발꿈치를 따라 닫혔다. 자세히 살펴보니 삼면은 모두 벽이었고, 방구석에 두 사람이 앉아 있었다.

아Q는 좀 두근거리기는 했지만 별로 고통스럽지는 않았다. 왜냐하면 그가 거주하는 서낭당의 침실도 결코 이 방보다 더 낫다고 할 수 없었기 때문이다. 그 두 사람도 촌놈인 것 같았는데 시간이 갈수록 그들과 허물없이 대화를 나누게 되었다. 한 사람은 그의 할아버지가 갚지 못한 묵은 소작료를 받으려고 거인 영감이 고발했기 때문이라고 했다. 다른 한 사람은 자신도 무슨 일인지 모른다고 했다. 그들이 아Q에게 사연을 물었을 때 아Q는 시원시원하게 이렇게 대답했다.

"나는 반역을 하려 했기 때문이오."

그는 오후에 다시 목책 문 밖으로 끌려나가 널찍한 대청에 당도했다. 상좌에는 번쩍번쩍 빛이 날 정도로 머리를 삭발한 노인이 앉아 있었다. 아Q는 그가 중이 아닌지 의심스러웠다. 그러나 그 아래에는 병졸들이 한 줄로 늘어서 있었고 양편에는 장삼을 입은 사람들이 10여 명 줄지어 서 있었다. 그들도 노인처럼 머리를 번쩍번쩍 삭발했거나 가짜양놈처럼 한 자 정도 자란 머리칼을 등 뒤로 풀어 내리고 있었다. 모두 볼살이 늘어진 험악한 얼굴로 눈꼬리를 치켜뜬 채 그를 노려보고 있었다. 아Q는 이 사람들에게 틀림없이 무슨 내력이 있다는 걸 짐작하게 되었다. 그러자 그의 관절이 저절로 풀리며 무릎이 꿇어졌다.

“서서 말하라! 무릎 꿇지 말고!”

장삼을 입은 사람들이 호통을 쳤다.

아Q는 그 말을 알아들었지만 아무래도 서 있을 수 없어서 자기도 모르게 쭈그려 앉다가 결국은 내친 김에 다시 꿇어앉고 말았다.

“노예 근성!…….”

장삼을 입은 사람이 또 멸시하듯 말했으나 다시 일어나라고는 하지 않았다.

“사실대로 자백하라. 공연히 고통당하지 말고. 난 모든 사실을 알고 있다. 자백하면 널 풀어줄 수도 있다.”

그 광두 노인이 아Q의 얼굴을 예의 주시하며 침착하고도 분명하게 말했다.

“자백하라!”

장삼을 입은 사람이 또 고함을 쳤다.

“저도 본래는…… 투(신)…….”

아Q는 멍하니 생각하다가 겨우 떠듬떠듬 대답했다.

“그럼 왜 (투항하러) 오지 않았나?”

그 노인이 부드럽게 물었다.

“가짜양놈이 허락하지 않았어요!”

“뭔 헛소리냐? 지금 말한다 해도 벌써 늦었다. 지금 네놈 일당은 어디 있느냐?”

“뭐요?…….”

“그날 밤 자오씨댁을 턴 놈들 말이다.”

“그놈들은 저를 부르러 오지 않고 자기들끼리 다 가져갔어요.”

아Q는 그 일을 언급하며 분노에 떨었다.

“어디로 갔느냐? 자백하면 바로 석방이다.”

그 노인은 더욱 부드럽게 말했다.

“저는 몰라요……. 놈들이 저를 부르러 오지 않았어요…….”

그러자 노인은 흘낏 눈짓을 했고, 아Q는 다시 목책 문 안으로 끌려들어갔다. 그가 다시 목책 문 밖으로 끌려나온 것은 다음 날 오전이었다.

대청의 모습은 이전과 같았다. 상좌에는 여전히 그 광두 노인이 앉아 있었고, 아Q도 여전히 꿇어앉았다.

노인이 부드럽게 말했다.

“무슨 할 말이 있느냐?”

아Q가 잠시 생각해보았지만 할 말이 없었다. 그래서 바로 대답했다.

“없습니다.”

그러자 장삼을 입은 사람이 종이 한 장과 붓 한 자루를 아Q 앞으로 가져와서 붓을 억지로 그의 손아귀에 쥐어주려 했다. 아Q는 이때 깜짝 놀라 거의 ‘혼비백산’할 지경이었다. 왜냐하면 그의 손이 붓과 관계를 맺은 것이 이때가 처음이었기 때문이다. 그가 붓을 어떻게 잡는지도 모르는데 장삼을 입은 사람이 종이의 한 곳을 가리키며 그에게 서명하라고 했다.

"저…… 저는 글자를 모릅니다."

아Q는 손바닥 전체로 붓을 꽉 움켜쥐고 황망하고도 참담하다는 듯이 말했다.

"그럼 편한 대로 동그라미를 하나 그려라!"

아Q는 동그라미를 그리려고 했지만 붓을 잡은 손이 덜덜 떨리기만 했다. 그러자 그 사람은 아Q 대신 종이를 땅바닥에 깔아주었다. 아Q는 몸을 굽히고 평생의 힘을 다해 동그라미를 그리려 했다. 그는 사람들에게 비웃음을 당할까봐 동그랗게 그리려고 뜻을 세웠지만, 이 가증스러운 붓이 너무 무거웠고 말을 듣지 않았다. 부들부들 떨며 가까스로 동그라미를 마감할 즈음 붓이 바깥으로 한번 삐쳐 나가 호박씨 모양이 되고 말았다.

아Q는 자기가 동그랗게 그리지 못한 점에 대해 수치심을 느꼈지만, 그 사람은 전혀 문제 삼지 않고 벌써 종이와 붓을 걷어가버렸다. 사람들이 다시 그를 두 번째로 목책 문 안으로 끌어다 가두었다.

그는 두 번째로 감금되었지만 결코 심하게 괴로워하지는 않았다. 하늘과 땅 사이에서 인생을 살다보면 더러 잡혀갔다 나올 수도 있는 법이며, 때로는 종이에 동그라미를 그리게 되는 경우도 있는 법이다. 다만 동그라미를 동그랗게 그리지 못한 점이 그의 '행장'에 오점이 될 뿐이었다. 그러나 오래지 않아 그런 마음도 완전히 풀려서 손자 놈들이나 동그라미를 동그랗게 그릴 수 있다고 생각했다. 그리고 잠속으로 빠져들었다.

그러나 이날 밤 거인 영감은 잠을 이룰 수 없었다. 그가 군관과 말다툼을 했기 때문이다. 거인 영감은 우선 장물을 찾아야 한다고 했고 군관은 우선 죄인을 조리돌림하여 본때를 보여야 한다고 했다. 군관은 근래 거인 영감을 아주 우습게 보았기 때문에 책상을 두드리고 걸상을 걷어차며 소리를 쳤다.

"일벌백계입니다. 보세요. 내가 혁명당이 된 지 아직 스무 날도 되지 않았는데, 강도 사건이 10여 건 넘게 일어났습니다. 근데 한 건도 해결하지 못했으니 내 체면이 뭐가 됩니까? 사건을 해결해야 하는데 또 여기 와서 허튼소리를 해요? 안 됩니다. 이 일은 내 소관입니다."

거인 영감은 다급했지만 본래 태도를 견지하며, 만약 장물을 추적 조사하지 않으면 즉각 민정 협조 업무를 그만두겠다고 으름장을 놓았다. 그러나 군관은 '마음대로 하시지요'라고 했다. 이 때문에 거인 영감은 이날 밤 잠을 이룰 수 없었지만 다행히 다음 날 사직까지는 하지 않았다.

아Q가 세 번째로 목책 문밖으로 끌려나간 것은 바로 거인 영감이 잠을 이루지 못한 다음 날 오전이었다. 그가 대청에 도착하자 상좌에는 여전히 예의 그 광두 노인이 앉아 있었고, 아Q도 관례대로 꿇어앉았다.

광두 노인이 아주 온화하게 물었다.

“무슨 할 말이 있느냐?”

아Q가 잠시 생각해보았지만 할 말이 없었다. 그래서 바로 대답했다.

“없습니다.”

장삼과 단삼을 입은 사람들이 갑자기 그에게 양포로 만든 하얀 조끼를 입혔다. 거기에는 검은색 글자가 몇 자 쓰여 있었다. 아Q는 기분이 매우 나빴다. 왜냐하면 이건 흡사 상복을 입는 것 같았고, 상복을 입는다는 건 재수 없는 일이었기 때문이다. 이와 동시에 그의 두 손은 뒤로 포박되었고, 곧바로 관아 문밖으로 끌려나가게 되었다.

아Q는 지붕이 없는 수레로 들어 올려졌다. 단삼을 입은 몇 사람도 그와 함께 자리에 앉았다. 수레는 즉시 움직였다. 앞에는 총을 멘 군인과 의용병들이 전진하고 있었고, 길 양쪽에는 입이 헤벌어진 구경꾼들이 몰려 있었다. 뒤편의 광경이 어떤지는 아Q가 볼 수 없었다. 그러나 그의 뇌리에는 불현듯 불길한 생각이 스치고 지나갔다. ‘이거 목 잘리러 가는 길 아닌가?’ 그는 마음이 조급해지며 눈앞이 캄캄해졌다. 귀에서는 ‘웅’ 하는 소리가 들리고 거의 넋이 나갈 지경이었다. 그러나 그는 완전히 넋을 놓지는 않았다. 때로는 마음이 아주 초조했지만 때로는 오히려 태연한 모습을 보였다. 그의 처지에서는 하늘과 땅 사이에서 인생을 살다보면 더러 어쩔 수 없이 목이 잘리는 수도 있다고 생각하는 것 같았다.

이 길은 그도 아는데 좀 이상했다. ‘어째서 형장 쪽으로 가지 않을까?’ 그는 이것이 거리를 행진하며 조리돌리는 행사란 걸 알지 못했다. 그러나 알았다 해도 마찬가지였을 터였다. 그는 여전히 하늘과 땅 사이에서 인생을 살다보면 더러는 어쩔 수 없이 거리를 행진하며 조리돌림을 당할 수도 있다고 생각했을 것이기 때문이다.

그는 이것이 길을 빙 돌아서 형장으로 가는 길이고 결국 '뎅강' 하고 목이 잘리게 된다는 사실을 깨닫게 되었다. 그는 황망하게 좌우를 둘러보았다. 온통 개미 떼처럼 따라오는 사람들뿐이었다. 그런 가운데 뜻밖에도 길가의 군중 틈에서 우서방댁을 발견했다. 아주 오래 보이지 않는다 했더니 어쩐지 읍내에서 일을 하고 있었던 것이다. 아Q는 문득 자신에게 기개가 없어서 창 몇 대목도 부르지 못한다는 사실이 부끄러워졌다. 그의 생각은 마치 회오리바람처럼 뇌리를 한 바퀴 맴돌았다. 「청상과부가 남편 무덤에 간다小孤孀墳」는 당당함이 부족하고, 「용호투龍虎鬪」의 '후회해도 소용없다……'는 대목은 너무 무기력한 느낌이 들었다. 역시 '내 손에 쇠채찍을 들고 너를 치리라'가 제격으로 생각되었다. 이와 동시에 그는 팔뚝을 한번 휘둘러보려다가 두 손이 포박되어 있다는 사실을 깨달았다. 그리하여 '내 손에 쇠채찍을 들고'도 결국 부르지 못하고 말았다.

"이십 년을 지나고 다시……."

아Q는 이런 경황 중에 여태껏 한 번도 입 밖에 내본 적이 없고 '스승도 없이 혼자 깨우친' 짧은 말 반 마디를 내뱉었다.

"잘한다!"

군중 속에서 이리의 울부짖음 같은 함성이 터져 나왔다.

수레는 끊임없이 앞으로 나아가고 있었고 아Q는 함성과 박수 속에서 눈을 돌려 우서방댁을 바라보았다. 그러나 그녀는 줄곧 그를 알아보지 못한 듯 넋을 놓고 군인들 등짝의 총만 바라보고 있었다.

그래서 아Q는 다시 소리지르고 박수를 치는 사람들을 바라보았다.

이 순간 그의 생각은 회오리바람처럼 뇌리를 또 한 번 맴돌았다. 4년 전 그는 산발치에서 굶주린 이리 한 마리와 맞닥뜨린 적이 있었다. 그놈은 가깝지도 멀지도 않은 거리에서 그를 따라오며 그의 살점을 뜯어먹으려 했다. 그는 그때 겁에 질려 죽을 것 같았지만 다행히 손도끼를 갖고 있어서 그것을 믿고 대담하게 웨이좡 마을까지 올 수 있었다. 그러나 그 이리의 눈빛을 영원히 잊을 수 없었다. 그 눈빛은 흉측하면서도 비겁한 듯했고, 번쩍번쩍 빛을 내며 마치 두 개의 도깨비불처럼 멀리서도 그의 피부와 살점을 꿰뚫을 것 같았다. 그러나 이번에 그는 또 여태까지 한 번도 본 적이 없는 가공할 만한 눈빛을 목도하게 되었다. 그것은 우둔한 듯하면서도 예리한 눈빛이었는데, 벌써 그의 말을 씹어 먹었을 뿐 아니라 그의 살점 이외의 것들까지 씹어 먹으려고 언제까지나 가깝지도 멀지도 않은 거리에서 그를 쫓아오고 있었다.

이 눈빛들은 마치 한 덩어리 기운처럼 뭉쳐져서 벌써 그의 영혼을 물어뜯는 것 같았다.

"사람 살려……."

그러나 아Q는 소리를 내지 못했다. 그의 두 눈은 벌써부터 캄캄해져 있었고 두 귀는 웅웅 소리를 냈으며, 그의 온몸은 마치 티끌처럼 산산이 부서지는 것 같았다.

당시의 영향으로 말하면, 거인 영감이 가장 큰 충격을 받았다. 왜냐하면 장물에 대한 추적 수사가 되지 않아서 온 집안 식구들이 울고불고 난리도 아니었기 때문이다. 그다음이 자오씨댁이었다. 수재가 읍내 관아로 고발하러 갔다가 혁명당에 걸려서 변발을 잘렸을 뿐 아니라 현상금까지 이만 냥 뜯겨서 역시 온 집안 식구들이 울고불고 난리도 아니었기 때문이다. 그날 이후 이들은 점점 망국 유로의 기풍을 풍기게 되었다.

여론을 들어보면 웨이좡에서는 모두 아Q가 잘못했다는 점에 대해 아무런 이의가 없었다. 총살된 것이 바로 그가 잘못한 증거인데, 그가 잘못하지 않았다면 어째서 총살형까지 당했겠냐는 것이었다. 읍내 여론도 좋지 못했다. 그들은 대부분 불만을 터뜨리며 총살형은 참수형보다 볼거리가 없다고 했다. 또 그가 얼마나 가소로운 사형수길래 그렇게 오래 거리를 끌려 다니면서도 끝끝내 창 한 대목도 부르지 못했냐는 것이었다. 그들은 공연히 헛걸음만 했다고 투덜댔다.

1921년 12월

소설집 『외침吶喊』에 수록

미주

본문

1) 푸르세크, 「중국 현대문학 속의 주관주의와 개인주의中國現代文學中的主觀主義和個人主義」, 『푸르세크 중국 현대문학 논문집普實克中國現代文學論文集』, 李燕喬 등 옮김, 長沙: 湖南文藝出版社, 1987년판, 1쪽, 9~12쪽.
2) 루쉰, 「'아Q정전'의 창작 연유'阿Q正傳'的成因」, 『루쉰전집魯迅全集』 제3권, 北京: 人民文學出版社, 2005년판, 397쪽. 루쉰의 글은 모두 2005년판 『루쉰전집』을 기준으로 삼았다. 이후로는 일일이 각주로 밝히지 않는다.
3) 같은 글.
4) 중미仲密, 「아Q정전阿Q正傳」, 「천바오」 부간, 1922년 3월 19일 제1판.
5) 같은 글.
6) 같은 글.
7) 같은 글.
8) 같은 글.
9) 같은 글.
10) 루쉰, 「아Q정전」, 『루쉰전집』 제1권, 512쪽.
11) 중미, 위의 글.
12) 같은 글.
13) 루쉰, 위의 글, 397쪽.
14) 중미, 위의 글.
15) 루쉰, 「'아Q정전' 러시아어 번역본 서문 및 저자 약력俄文譯本"阿Q正傳"序及著者自敍傳略」, 『루쉰전집』 제7권, 83쪽.
16) 같은 글.
17) 제임슨, 「글로벌 자본주의 환경에 처한 제3세계 문학處于跨國資本主義時代中的第三世界文學」, 『당대 영화當代電影』, 張京媛 옮김, 1989년 제6호, 50쪽.
18) 바런, 王任叔의 필명, 「루쉰의 창작방법魯迅的創作方法」, 『루쉰의 창작방법 및 기타魯迅的創作方法及其他』, 신중국문예사, 1940년판; 『60년 이래 루쉰 연구 논문선六十年來魯迅研究論文選』(상), 李宗英 · 張夢陽 옮김, 北京: 中國社會科學出版社, 1982년판, 289쪽.
19) 저우리보, 「아Q를 말하다談阿Q」, 『중국문예中國文藝』(延安) 제1권 제1호, 1941년 1월; 『60년 이

래 루쉰 연구 논문선』(상), 343~344쪽.

20) 마오쩌둥, 「후난 농민운동 고찰 보고서」, 『마오쩌둥선집毛澤東選集』 제1권, 北京: 人民出版社, 1991, 16쪽.

21) 추스제邱士杰, 「계급분석의 소멸: 타이완 정치경제학 토론의 한 측면을 시험 삼아 논하다階級分析的隱沒: 試論臺灣政治經濟學討論之一側面」(유인물), 6~7쪽.

22) 천융, 「'아Q정전'은 어떤 작품인가'阿Q正傳'是怎樣的作品」, 『중국청년中國青年』 제6호, 1949년 4월 15일, 34쪽.

23) 차크라바티Dipesh Chakrabarty, 「기회로서의 낙후: 서민 연구의 재연구作爲機遇的滯後: 庶民研究再研究」, 『디페쉬 차크라바티 독본迪佩什 · 查卡拉巴提讀本』(從西天到中土: 印度新思潮讀本), 55쪽.

24) 어우양판하이, 「'아Q정전'을 논함論'阿Q正傳'」, 『루쉰의 책魯迅的書』, 香港: 聯營出版社, 1949년판, 184~185쪽.

25) 샤오쥐안린, 「'아Q정전'에 관하여關于'阿Q正傳'」, 『청년문예青年文藝』 제1권 제1기, 1942년 10월 10일, 42쪽.

26) 루쉰, 「'아Q정전'의 창작 연유」, 『루쉰전집』 제3권, 397쪽.

27) 시디西諦(鄭振鐸), 『외침吶喊』, 『문학주보文學週報』 제251기, 1926년 11월 21일, 50쪽.

28) 루쉰, 「'아Q정전'의 창작 연유」, 『루쉰전집』 제3권, 394~395쪽.

29) 루쉰, 「'아Q정전' 러시아어 번역본 서문 및 저자 약력」, 『루쉰전집』 제7권, 84쪽.

30) 루쉰, 「'아Q정전'의 창작 연유」, 『루쉰전집』 제3권, 397쪽.

31) 루쉰, 「왕차오난에게致王喬南」, 『루쉰전집』 제12권, 245쪽.

32) 루쉰, 「아Q정전」, 『루쉰전집』 제1권, 512쪽.

33) 루쉰, 「리지예에게致李霽野」(1936년 5월 8일), 『루쉰전집』 제14권, 95쪽.

34) 루쉰, 「아Q정전」, 『루쉰전집』 제1권, 513쪽.

35) 같은 책, 514쪽.

36) 같은 곳.

37) 같은 책, 515쪽.

38) 루쉰, 「새로 쓴 옛날이야기 · 서언故事新編 · 序言」, 『루쉰전집』 제2권, 353쪽.

39) 왕야오, 「'새로 쓴 옛날이야기' 산론'故事新編'散論」, 『루쉰 작품 논집魯迅作品論集』, 北京: 人民文學出版社, 1984.

40) 루쉰, 「아Q정전」, 『루쉰전집』 제1권, 514쪽.

41) 같은 책, 515쪽.

42) 같은 책, 515쪽.

43) 같은 책, 519쪽.

44) 같은 책, 521쪽.

45) 같은 책, 528쪽.

46) 같은 곳.

47) 같은 책, 529쪽.

48) 같은 곳.

49) 같은 책, 531쪽.

50) 같은 책, 533쪽.

51) 같은 책, 537쪽.

52) 「아Q정전」 주석 41, 『루쉰전집』 제1권, 557~558쪽 참조.

53) 루쉰, 「아Q정전」, 『루쉰전집』 제1권, 538~539쪽.

54) 같은 책, 539쪽.

55) 같은 책, 542쪽.

56) 루쉰, 같은 책, 545쪽.

57) 같은 책, 545~546쪽.

58) 루쉰, 「'외침' 자서'吶喊'自序」, 『루쉰전집』 제1권, 437쪽.

59) 같은 곳.

60) 같은 책, 439쪽.

61) 루쉰, 「아Q정전」, 『루쉰전집』 제1권, 547쪽.

62) 같은 곳.

63) 같은 곳, 551~552쪽.

64) 탕타오, 「루쉰 소설 리얼리즘론-루쉰 탄신 백주년 기념論魯迅小說的現實主義-紀念魯迅誕辰一百週年)」, 『루쉰의 미학사상魯迅的美學思想』, 北京: 人民文學出版社, 1984년판, 114~115쪽.

65) 장쉬둥, 「중국 모더니즘 기원의 '명'과 '언'에 대한 변호: '아Q정전' 다시 읽기中國現代主義起源的'名''言'之辯: 重讀'阿Q正傳'」, 『루쉰연구 월간魯迅研究月刊』 2009년 제1기, 4~5쪽.

66) 리창즈, 『루쉰비판魯迅批判』, 北京: 北京出版社, 2003년판, 153쪽.

67) 다케우치 요시미, 「루쉰魯迅」, 『근대의 초극近代的超克』, 孫歌 편집, 李冬木·趙京華·孫歌 옮김, 北京: 三聯書店, 2005년판, 7~8쪽.

68) 루쉰, 「화개집 · 문득 생각나는 것 5華蓋集 · 忽然想到之五」, 『루쉰전집』 제3권, 45쪽.

69) 루쉰, 「화개집 · 문득 생각나는 것 6華蓋集 · 忽然想到之六」, 『루쉰전집』 제3권, 47쪽.

70) 루쉰, 「이이집 · 혁명시대의 문학-4월 8일 황푸군관학교 강연而已集 · 革命時代的文學-四月八日在黃埔軍官學校講」, 『루쉰전집』 제3권, 437쪽.

71) 루쉰, 「'외침' 자서」, 『루쉰전집』 제1권, 438~439쪽.

72) 다케우치 요시미, 「루쉰」, 『근대의 초극近代的超克』, 56~57쪽

73) 같은 책, 57~58쪽.

74) 루쉰, 「아침 꽃 저녁에 줍다 · 후지노 선생朝花夕拾 · 藤野先生」, 『루쉰전집』 제2권, 317쪽.

75) 루쉰, 「스파르타의 혼」, 『루쉰전집』 제8권, 9쪽.

76) 루쉰, 「화개집 · 문득 생각나는 것 10」, 『루쉰전집』 제3권, 96쪽.

77) 루쉰, 「화개집 · 문득 생각나는 것 11」, 『루쉰전집』 제3권, 102쪽.

78) 천융陳涌, 「루쉰 소설의 리얼리즘을 논함論魯迅小說的現實主義」, 『인민문학人民文學』 1954년 제

11기, 16~17쪽.

79) 같은 곳.

80) 요한 베르크Johann Adam Bergk, 「계몽이 혁명을 이끄는가?啓蒙導致革命嗎?」, 『계몽운동과 현대성: 18세기와 20세기의 대화啓蒙運動與現代性: 18世紀與20世紀的對話』, James Schmidt 편, 徐向東, 盧華萍 옮김, 上海: 上海人民出版社, 2005, 234쪽.

81) 한나 아렌트, 『혁명론論革命』, 陳周旺 옮김, 南京: 鳳凰出版傳媒集團/譯林出版社, 2007, 10~11쪽.

82) 같은 책, 11쪽.

83) 요한 베르크, 위의 책, 234쪽.

84) 루쉰, 「화개집 · 문득 생각 나는 것 3」, 『루쉰전집』 제3권, 16~17쪽.

85) 루쉰, 「아Q정전」, 『루쉰전집』 제1권, 552쪽.

86) 캉더康德, 「이 문제에 대한 하나의 해답: 무엇이 계몽인가?對這個問題的一個回答: 什麽是啓蒙?」, 『계몽운동과 모더니티: 18세기와 20세기의 대화啓蒙運動與現代性: 18世紀與20世紀的對話』, 上海: 上海人民出版社, 2005, 61쪽.

87) 루쉰, 「차개정잡문 · '연극'주간 편자에게 보내는 답장且介亭雜文 · 答'戲'週刊編者信」, 『루쉰전집』 제6권, 150쪽.

88) 프로이트, 『문명 및 불만文明及其不滿』; 何桂全 옮김, 『문명론論文明』, 何桂全 옮김, 北京: 國際文化出版公司, 2000, 64~65쪽.

89) http://bbs.ifeng.com/viewthread.php?tid=3887409###.

90) 같은 곳.

91) 같은 곳.

92) 첸싱춘, 「죽어버린 아Q 시대」, 『태양월간』 1928년 제3호, 2쪽.

93) 루쉰, 「'아Q정전'의 창작 연유」, 『루쉰전집』 제3권, 397쪽.

부록

1) 『논어論語』 「자로子路」 편에 나온다.

2) 『타짜 별전』은 코난 도일A. Conan Doyle의 『로드니 스톤Rodney Stone』을 가리킨다. 이 소설의 중국어 번역 명칭이 『박도별전博徒別傳』이었다. 여기에서 이 소설을 찰스 디킨스의 작품이라고 한 것은 루쉰의 오류다. 박도博徒는 노름꾼이란 뜻이 있기 때문에 『타짜 별전』으로 번역했다.

3) 삼교구류의 삼교는 유교, 불교, 도교다. 구류는 유가儒家, 도가道家, 음양가陰陽家, 법가法家, 명가名家, 묵가墨家, 종횡가縱橫家, 잡가雜家, 농가農家다. 소설가를 넣어 십가十家라고도 한다. 그러나 역대로 소설가는 정식 학문에 속하지 못하는 가담항설을 쓰는 사람으로 취급되었다.

4) 중국의 민간연예에서 이야기꾼들이 소설 본문으로 들어가려고 할 때 흔히 쓰는 상투어다.

5) 수재는 중국 고대에 현이나 주에서 시행한 향시에 합격한 사람이다. 한나라 때부터 사용된 명칭인

데, 흔히 광무제 유수劉秀의 이름을 피휘하여 무재茂才라고도 했다.

6) 지보는 중국 청나라 말기와 민국 초년에 지방 작은 고을의 치안을 맡아보던 관리다.

7) 문文은 중국 돈의 단위로 현재는 쓰이지 않는다. 1문은 대체로 엽전 한 닢을 가리켰다. 현재 단위로 환산하면 1문은 0.5위안元에 해당한다.

8) 음력 8월은 중추절이 가장 큰 명절이므로 달月과 관계된 이름을 짓는 경우가 많았다. '웨팅'月亭(월정)이나 '구이'桂(계수나무 계)'는 모두 달과 관계된 이름이다.

9) 『군명백가성』은 중국의 성씨와 성씨의 본관, 발상지, 집단 거주지 등을 군郡 이름과 연결해 정리한 책이다. 저자는 미상이다.

10) 중국어에서 사람 이름 앞에 붙이는 아阿자는 정식 이름이 아니라 친근함을 나타내는 접두어에 불과하다.

11) 후스즈胡適之의 스즈適之는 후스胡適의 자字다. 후스는 1917년 「문학개량추이文學改良芻議」란 논설을 발표하여 고문을 버리고 현대 백화문으로 문학을 하자고 주장했다. 나중에는 국학운동에 참여하여 치밀한 고증으로 기존 학설의 한계를 돌파하기도 했다.

12) 행장行狀은 전통사회에서 어떤 사람의 일생을 기록한 전기다.

13) 토곡사土穀祠는 중국 전통 마을에서 땅의 신과 곡식의 신에게 제사를 올리는 일종의 사당이다. 한국에는 토곡사라는 명칭이 없으므로 서낭당으로 번역했다.

14) 문동은 동생童生이라고도 한다. 명나라 때는 주로 현시에 합격한 사람을 지칭하였으나 청나라 이후로는 과거시험 준비생으로 아직 수재秀才가 되지 못한 사람을 가리켰다.

15) 피휘는 옛날 왕조시대에 임금, 스승, 부모 등의 이름을 함부로 부르거나 쓰지 않은 것이다.

16) 여기에 나오는 청룡, 천문, 각, 인, 천당 등은 중국 민간의 도박 용어다. 각 용어에 돈을 걸고 주사위나 골패 등으로 승자를 결정한다.

17) 거인은 중국 고대 과거시험 과정에서 성시에 합격한 사람이다. 현시에 합격한 수재들이 성시에 응시했다.

18) 『맹자孟子』「이루離婁」에 나온다.

19) 『좌전左傳』「선공宣公」 4년에 나온다.

20) 우마吳媽는 우씨吳氏댁 아주머니란 뜻이다. 흔히 중국 전통사회에서 하층계급의 부인을 가리키는 용어였으므로 '우서방댁'으로 번역했다.

21) 『삼국지 · 오서三國志 · 吳書』「여몽전呂蒙傳」에 나온다.

22) 『논어』「옹야雍也」에 나온다.

23) 『논어』「자한子罕」에 나온다.

24) 숭정황제는 명나라 마지막 황제 사종思宗이다. 청나라 말기와 민국 초기에 중국에서 한족 중심의 민족주의가 성행하면서 만주족 청나라를 타도하기 위해 한족의 명나라를 계승해야 한다는 흐름이 있었다.

25) 선덕향로는 명나라 선종 선덕(1426~1435) 연간에 만든 소형 동향로다.

26) 유해선은 중국 전설에 나오는 신선이다. 오대 시대에 종남산에서 수도하여 신선이 되었다고 한다. 중국 민간에서 흔히 이마의 머리는 짧게 깎고 옆과 뒤의 머리는 길게 놔둔 모습으로 그린다.